Diplômé de littérature anglaise, Lincoln Child a été responsable éditorial aux éditions St. Martin's Press à New York avant de se consacrer entièrement à l'écriture. Il vit aujourd'hui dans le New Jersey.
Douglas Preston a débuté sa carrière comme auteur et éditeur au Muséum d'histoire naturelle de New York. Il a également enseigné à l'université de Princeton. Preston et Child ont débuté leur collaboration dans les années 1990. Vivant à plusieurs centaines de kilomètres l'un de l'autre, ils coécrivent leurs livres par téléphone, fax et via Internet. Leurs thrillers connaissent tous un vif succès.

R pour revanche

Des mêmes auteurs
aux Éditions J'ai lu

Douglas Preston et Lincoln Child

LA CHAMBRE DES CURIOSITÉS *(N° 7619)*
LES CROASSEMENTS DE LA NUIT *(N° 8227)*
ICE LIMIT *(N° 8433)*
LE VIOLON DU DIABLE *(N° 8671)*
DANSE DE MORT *(N° 8815)*
LE LIVRE DES TRÉPASSÉS *(N° 9078)*
CROISIÈRE MAUDITE *(N° 9257)*
RELIC *(N° 9373)*
VALSE MACABRE *(N° 9561)*
LE GRENIER DES ENFERS *(N° 9644)*
FIÈVRE MUTANTE *(N° 9915)*
LE PIÈGE DE L'ARCHITECTE *(N° 9916)*
VENGEANCE À FROID *(N° 10336)*

Douglas Preston

LE CODEX *(N° 8602)*
T-REX *(N° 8892)*
CREDO *(N° 9179)*
IMPACT *(N° 9766)*

Lincold Child

DEEP STORM *(N° 9170)*

Douglas Preston et Mario Spezi

LE MONSTRE DE FLORENCE *(N° 9544)*

DOUGLAS
PRESTON
&
LINCOLN
CHILD

R pour revanche

Traduit de l'américain (États-Unis)
par Sebastian Danchin

J'AI LU

Titre original :
GIDEON'S SWORD

Publié par Grand Central Publishing, New York, 2011.

I

Melvin crew

1

Août 1988

Rien n'avait préparé Gideon Crew à l'épreuve qui l'attendait à l'âge de douze ans. Le détail le plus insignifiant, un bruit, une odeur, chaque instant de cette journée resterait gravé à jamais dans sa mémoire, à la façon d'un trésor enfermé dans une vitrine qu'il contemplerait à loisir tout au long de son existence.

Sa mère était passée le prendre au tennis dans le break Plymouth familial. Le thermomètre avait franchi la barre des trente degrés, une de ces journées moites où les vêtements vous collent à la peau, où la chaleur se veut aussi poisseuse qu'un ruban attrape-mouches. À peine installé sur le siège avant, l'enfant avait dirigé les déflecteurs du tableau de bord sur son visage, savourant l'air frais. Le véhicule longeait le mur d'enceinte du cimetière d'Arlington lorsque deux motards l'avaient intercepté, gyrophares et sirènes allumés. D'une main gantée de noir, le premier d'entre eux avait fait signe à sa mère de se diriger vers la bretelle du Columbia Pike, puis lui avait intimé d'un geste l'ordre de se ranger sur le bas-côté.

Gideon comprit qu'il ne s'agissait pas d'un simple contrôle de routine en voyant les deux policiers sauter de leurs machines et se précipiter vers la voiture en courant.

— Suivez-nous, ordonna l'un des flics en se penchant à la vitre côté conducteur. Tout de suite.

— Que se passe-t-il ? s'étonna la mère de Gideon.

— Question de sécurité nationale. Suivez-nous, nous vous ouvrons la voie. Vite !

— Je ne comprends...

Mais les deux hommes enfourchaient déjà leurs engins respectifs.

Toutes sirènes hurlantes, ils les escortèrent sur le Columbia Pike et le George Mason Drive, obligeant les autres véhicules à leur céder la place. À mesure qu'ils roulaient, d'autres motards se joignaient à eux, ainsi que des voitures de police et même une ambulance, jusqu'à former un cortège qui hululait en zigzaguant au milieu de la circulation. Gideon ne savait s'il devait avoir peur ou au contraire profiter du spectacle. En tournant sur Arlington Boulevard, il sut que leur destination finale était l'Inscom, le centre de renseignement militaire de l'US Army.

Les agents postés à l'entrée du complexe s'écartèrent devant le cortège, qui s'engagea à vive allure sur Ceremonial Drive avant de stopper devant un barrage de police, au milieu d'une débauche de camions de pompiers, de voitures de patrouille et de camionnettes aux initiales des SWAT, l'unité d'intervention spéciale. Le bâtiment dans lequel travaillait le père de Gideon se dressait derrière un rideau de chênes parfaitement taillés, sa colonnade blanche précédée d'une pelouse vert émeraude impeccable. L'édifice avait conservé son allure prude de l'époque où il abritait un pensionnat de jeunes filles. Un vaste espace avait été dégagé devant les portes sur lesquelles étaient braqués les fusils de deux tireurs d'élite, allongés derrière un petit tertre.

Gideon sentit le regard de sa mère se poser sur lui.

— Attends-moi dans la voiture, lui intima-t-elle d'une voix blanche. Ne sors sous aucun prétexte.

Le visage cireux, elle quitta la Plymouth escortée de policiers. Le petit groupe disparut dans la foule.

Elle avait oublié de couper le moteur et la climatisation tournait toujours à plein régime. Gideon descendit sa vitre en actionnant la manivelle ; le brouhaha des talkies-walkies et des ordres qui fusaient de toutes parts emplit alors la voiture. Deux hommes en uniforme bleu la longèrent en courant, puis un flic cria des instructions dans sa radio, alors que des sirènes mugissaient de tous côtés.

Le grésillement acide d'un mégaphone résonna dans l'air poisseux.

— Sortez en gardant les mains bien en vue.

La rumeur de la foule se tut comme par enchantement.

— Vous êtes cerné. Vous ne pouvez plus vous échapper. Relâchez votre otage avant qu'il ne soit trop tard et sortez.

Gideon écarquilla les yeux dans le silence retrouvé. Tous les regards étaient braqués sur la porte du bâtiment.

— Votre femme est ici. Elle voudrait vous parler.

Le haut-parleur du mégaphone grésilla de plus belle lorsqu'un sanglot amplifié troua l'air, étrange et grotesque.

— Melvin ? MELVIN ?

Gideon se pétrifia. Il était en plein cauchemar. Il ouvrit sa portière et descendit de la voiture, immédiatement enveloppé d'une vague de chaleur.

— Melvin… Je t'en prie, sors. Personne ne te fera de mal, je te le promets. Libère cet homme.

La voix lui semblait étrangère, mais le doute n'était plus permis : il s'agissait bien de sa mère.

Le petit garçon fendit la foule des policiers et des militaires, mais personne ne lui prêta attention. Il s'approcha du premier barrage et posa machinalement la main sur le gros rondin de bois peint en bleu, scrutant le bâtiment. La chaleur figeait les feuilles sur les branches des chênes et donnait au ciel immaculé une teinte presque blanche.

— Melvin, si tu libères cet homme, ils accepteront de t'écouter.

Un silence interminable répondit à la mère de Gideon. Puis la silhouette d'un inconnu replet, vêtu d'un costume, franchit le seuil du bâtiment. Il observa les alentours d'un air hébété avant de courir vers les barrières de bois sur ses jambes courtaudes. Quatre policiers coiffés de casques se précipitèrent, l'arme au poing, et happèrent l'inconnu qu'ils abritèrent derrière une camionnette.

Gideon passa alors sous le barrage et s'avança au milieu des flics en civil et des agents en uniforme équipés de talkies-walkies, trop occupés à observer le bâtiment pour remarquer son manège.

Au même instant, une petite voix s'éleva de l'entrée.

— Il faut une enquête !

La voix de son père ! Gideon s'immobilisa, la gorge nouée.

— J'exige une enquête ! Vingt-six personnes sont mortes !

Le mégaphone crachota et une voix d'homme sortit du haut-parleur.

— N'ayez crainte, professeur Crew. Nous ferons le nécessaire. En attendant, je vais vous demander de sortir les mains en l'air. C'est compris ? Je vous demande de vous rendre.

— Vous ne m'avez pas écouté, reprit le père de Gideon d'une voix tremblante, presque enfantine. Des gens sont morts et rien n'a été fait. Promettez-moi qu'il y aura une enquête.

— Je vous le promets.

Gideon atteignit le second barrage. Il se trouvait assez proche à présent pour remarquer que la porte du bâtiment était entrouverte. La chaleur lui donnait mal à la tête et il avait dans la bouche une odeur métallique désagréable.

Le battant s'écarta et le garçon vit s'encadrer dans le rectangle sombre de la porte la silhouette de son père, minuscule au centre de la façade majestueuse de brique. Il avança d'un pas en levant les mains, paumes en avant, la cravate de travers. Son costume était tout fripé et des mèches de cheveux barraient son front.

— N'allez pas plus loin, lui ordonna la voix. Arrêtez-vous.

Melvin Crew obtempéra, ébloui par le soleil. Puis des coups de feu éclatèrent, si rapprochés qu'on aurait pu croire qu'il s'agissait de simples pétards, et il se trouva projeté en arrière, aussitôt avalé par le trou noir de la porte.

— Papa ! hurla Gideon en traversant à toutes jambes le parking inondé de soleil. Papa !

Une explosion de cris retentit dans son dos.

— Ne tirez pas ! Qui est ce gosse ?

Il traversa la pelouse en courant tandis que plusieurs témoins de la scène tentaient de l'intercepter.

— Arrêtez-le, bon sang !

Il glissa sur l'herbe, tomba à genoux, se releva aussitôt, hypnotisé par la vision des deux chaussures émergeant de l'ombre du bâtiment, pointées vers le ciel, leurs semelles usées visibles de tous, l'une d'elles percée d'un trou. Un cauchemar, un simple cauchemar. Avant d'être plaqué au sol, il eut encore le temps de voir les pieds de son père s'agiter une dernière fois dans un spasme.

— Papa ! hurla-t-il, le visage plongé dans l'herbe qu'il labourait de ses doigts dans l'espoir de se relever, tout le poids du monde pesant sur ses épaules.

Il en était certain, les pieds avaient bougé, son père était vivant. Gideon allait se réveiller et tout redeviendrait comme avant.

2

Octobre 1996

Gideon avait emprunté un vol de nuit depuis la Californie. L'avion était resté bloqué sur le tarmac de l'aéroport de Los Angeles pendant deux heures avant de daigner décoller. À son arrivée à Washington, il avait rejoint le centre-ville en bus et pris le métro jusqu'au terminus avant d'achever sa course en taxi. Il se serait volontiers passé d'un tel périple, surtout financièrement. L'argent semblait filer à une vitesse effrayante. Quant au butin récolté lors de son dernier cambriolage, il s'était révélé plus difficile à fourguer que d'habitude.

Lorsqu'il avait reçu l'appel de l'hôpital, il avait voulu croire qu'il s'agissait d'une fausse alerte de plus, d'une crise d'hystérie, d'un abus d'alcool, mais le médecin l'avait détrompé en lui exposant froidement la vérité.

— Son foie ne tardera pas à la lâcher et une greffe n'est pas envisageable, du fait de ses antécédents. Vous la verrez sans doute pour la dernière fois.

Elle se trouvait aux urgences, les traits hagards, ses cheveux décolorés étalés sur l'oreiller, leur blancheur faisant ressortir le noir des racines. Une âme charitable s'était évertuée à lui appliquer du fard à paupières.

Autant repeindre les volets d'une maison hantée ! Un ronflement rauque s'échappait des tuyaux qui lui sortaient des narines, et les bips des appareils auxquels elle était reliée troublaient discrètement le silence de la pièce. Une vague de pitié, teintée de culpabilité, s'empara de Gideon. Emporté par le tourbillon de sa propre existence, il avait négligé de s'occuper d'elle. Mais, chaque fois qu'il avait tenté de l'aider par le passé, elle s'était enivrée et leurs discussions avaient tourné en disputes. Une fin de vie injuste. Terriblement injuste.

Il prit sa main, chercha les mots justes sans parvenir à les trouver et se résolut à lui demander, tout en se détestant de poser une question aussi imbécile :

— Comment ça va, maman ?

Elle posa sur lui un regard morne. Le blanc de ses yeux était de couleur jaunâtre. Ses doigts osseux serrèrent faiblement les siens en tremblant, et elle trouva enfin la force de s'animer.

— C'est la fin.

— Maman, je t'en prie, ne dis pas ça.

Elle balaya l'argument d'un geste.

— Je sais que le docteur t'a parlé. J'ai une cirrhose, avec toutes les joyeusetés qui vont avec, sans parler des problèmes cardiaques et pulmonaires dus à des années de cigarettes. Je suis une épave et je ne peux m'en prendre qu'à moi.

Gideon ne sut quoi répondre. C'était vrai, bien évidemment. Sa mère n'avait jamais mâché ses mots. Comment une femme aussi forte avait-elle pu se montrer aussi faible avec le tabac et l'alcool ?

— La vérité finit invariablement par nous libérer, poursuivit-elle, même si elle nous rend malheureux.

Son aphorisme préféré. Gideon la connaissait suffisamment pour savoir qu'un aveu pénible allait suivre.

— Le moment est venu de te dire la vérité, poursuivit-elle en respirant péniblement. Et elle ne va pas te plaire.

Il attendit qu'elle ait repris son souffle.

— Il s'agit de ton père.

Ses yeux malades se fixèrent sur la porte de la chambre.

— Va la fermer.

Gideon, inquiet, repoussa doucement le battant et retourna s'asseoir au chevet de sa mère, qui lui prit la main.

— *Golubzi*, murmura-t-elle.

— Quoi ?

— *Golubzi*. Ce sont des roulés au chou, un plat traditionnel russe.

Elle marqua un temps d'arrêt afin de remplir ses poumons.

— Il s'agit aussi du nom de code donné par les Soviétiques à une opération. En l'espace d'une nuit, vingt-six agents infiltrés ont été roulés. Effacés.

— Pourquoi me racontes-tu ça ?

— Renard des mers.

Elle ferma les paupières, la poitrine oppressée. À présent qu'elle avait pris la décision de parler, on aurait dit que les mots ne sortaient pas assez vite.

— Le nom de code officiel du projet sur lequel travaillait ton père à l'Inscom. Un nouveau système de cryptage… ultraconfidentiel.

— Tu es sûre que tu as le droit de me raconter toutes ces histoires ? demanda Gideon.

— Ton père n'était pas censé m'en parler, mais il l'a fait.

Les paupières toujours closes, elle donnait l'impression de s'enfoncer dans les replis du matelas.

— Le projet Renard des mers avait besoin d'être testé. C'est pour cette raison qu'ils ont engagé ton père et que nous sommes venus à Washington.

Gideon hocha la tête. Pour un élève de cinquième, quitter la Californie et s'installer dans la capitale n'avait pas été très drôle.

— En 1987, l'Inscom a transmis le projet Renard des mers à l'Agence de sécurité nationale, qui l'a approuvé.

— Tu ne m'en avais jamais parlé.

— Je t'en parle, maintenant.

Elle avala péniblement sa salive.

— Il n'aura fallu aux Russes que quelques mois pour venir à bout de ce nouveau système. Le 5 juillet 1988, le lendemain de la fête de l'Indépendance, ils ont éliminé tous nos espions.

Elle soupira longuement. Autour d'eux, les machines continuaient d'émettre leurs bips dans la pièce, accompagnés du chuintement de la machine à oxygène et de la rumeur étouffée de l'hôpital.

Gideon s'accrocha aux doigts de sa mère.

— Ils ont mis la responsabilité de ce fiasco sur le dos de ton père...

— Maman, la coupa Gideon en lui serrant la main. Tout ça appartient au passé.

Elle secoua la tête.

— Ils ont fichu sa vie en l'air. C'est pour cette raison qu'il a réagi de la sorte en prenant ce type en otage.

— Quelle importance ? J'ai fini par accepter l'idée que papa avait commis une erreur.

Les paupières s'ouvrirent brutalement.

— Il n'a *pas* commis d'erreur. Il a servi de bouc émissaire.

Elle avait prononcé ces deux mots d'une voix rauque, comme s'il lui fallait se laver la gorge d'une saleté.

— Que veux-tu dire ?

— À la veille de l'opération Golubzi, ton père avait rédigé une note dans laquelle il décrivait les défauts du projet Renard des mers. Ses supérieurs ne l'ont pas écouté, mais c'était lui qui avait raison, et vingt-six personnes sont mortes.

Elle inspira bruyamment en labourant les draps de ses doigts décharnés.

— Le projet Renard des mers était classé secret défense, ses supérieurs étaient libres de dire ce qu'ils souhaitaient, personne n'aurait été en mesure de les contredire. Ton père ne venait pas du sérail, c'était un civil, un chercheur. Il était facile d'aller trouver dans son dossier les épisodes de dépression pour lesquels il avait été traité.

Gideon se figea sur sa chaise.

— Tu es en train de me dire… que ce n'était pas sa faute ?

— C'était même le contraire. Ils se sont empressés de détruire les preuves et de lui faire porter le chapeau du désastre de l'opération Golubzi. Ce qui explique son geste le jour de la prise d'otage, et qu'on l'ait abattu alors qu'il se rendait, les mains en l'air. On a voulu l'empêcher de parler. Ton père a été assassiné de sang-froid.

Gideon avait la curieuse impression de flotter dans l'espace de la chambre. Le récit de sa mère était terrible, mais il lui retirait des épaules un énorme poids. Ce père dont on avait publiquement sali le nom depuis qu'il avait douze ans n'était pas le personnage dépressif et instable, le mathématicien raté que l'on décrivait. Toutes les moqueries et les humiliations, les murmures et les ricanements dans son dos, tout s'effaçait brusquement, à mesure qu'il prenait conscience de l'énormité du crime dont son père avait été victime. Gideon se souvenait parfaitement de cette journée, des promesses du négociateur. Il n'avait jamais oublié la façon dont on avait attiré son père dehors, en pleine lumière, pour mieux l'abattre.

— Mais qui… ? murmura-t-il.

— Chamblee Tucker, le directeur adjoint de l'Inscom, qui était responsable du projet Renard des mers. Il s'est protégé derrière ton père. Il se trouvait à Arlington Hall Station, ce jour-là. C'est lui qui a donné l'ordre de tirer. N'oublie jamais ce nom : Chamblee Tucker.

Elle se tut, trempée de sueur, le souffle court comme au sortir d'un marathon.

— Merci de m'avoir tout raconté, prononça son fils d'une voix égale.

— Pas fini, chuchota-t-elle entre deux respirations.

Sur l'écran du contrôleur cardiaque, la petite ligne verte avait franchi la barre des cent quarante.

— Arrête de parler, maman. Tu as besoin de te reposer.

— *Non*, répliqua-t-elle avec force. J'aurai tout le temps de me reposer… après.

Gideon attendit qu'elle poursuive.

— Tu connais la suite, puisque tu l'as vécue. La litanie des déménagements, la pauvreté, les hommes… Je n'y arrivais pas. Ma vie s'est arrêtée ce jour-là, je suis morte à l'intérieur. J'ai conscience d'avoir été une mauvaise mère pour toi. Toi… qui souffrais tant.

— Ne t'inquiète pas, j'ai survécu.

— Tu crois vraiment ?

— Bien sûr, mentit Gideon en sentant son cœur se pincer.

La respiration de sa mère commençait à ralentir, la pression de ses doigts se relâchait. Comprenant qu'elle était sur le point de s'endormir, il reposa sa main sur les couvertures, et se penchait vers elle avec l'intention de l'embrasser lorsqu'elle l'agrippa brusquement par le col de sa chemise, posant sur lui un regard proche de la démence.

— Règle-lui son compte.

— Quoi ?

— Anéantis Tucker. Venge ton père en t'assurant bien qu'il sache à la dernière minute pourquoi… et qui.

— Mais enfin, tu sais ce que tu me demandes ? murmura Gideon en jetant autour de lui un regard paniqué. Maman, tu ne sais plus ce que tu dis.

— Prends ton temps, ajouta-t-elle d'une voix à peine audible. Termine tes études, passe ta maîtrise. Apprends. Observe. Sois patient. Tu finiras par trouver le moyen d'y parvenir.

Ses doigts se décrispèrent, elle ferma les yeux, puis laissa échapper une bouffée d'air, comme un ultime soupir.

Ce n'était pas loin d'être le cas. Elle s'enfonça dans le coma et mourut deux jours plus tard, après avoir prononcé des paroles qui hanteraient longtemps Gideon.

— Tu finiras par trouver un moyen d'y parvenir. L'heure de la revanche a sonné…

3

Aujourd'hui

Gideon Crew émergea du bois de pins et se dirigea vers le chalet. Il tenait à la main un étui en aluminium contenant sa canne à pêche et portait en bandoulière un sac de toile au fond duquel reposaient deux truites, soigneusement posées sur un lit d'herbe humide. C'était une splendide journée de mai ; la caresse du soleil lui chauffait doucement le cou. Il avançait à grandes enjambées au milieu des herbes sauvages, faisant fuir sur son passage abeilles et papillons.

Le chalet se dressait de l'autre côté du pré, un bloc de rondins taillés à la main et de briques d'adobe surmonté de tôle rouillée, avec une porte et deux fenêtres. Une rangée de panneaux solaires dépassait du toit, à côté d'une antenne parabolique permettant la réception d'Internet à haut débit.

Dans le lointain, les pics montagneux du Colorado dessinaient une série de crocs bleutés dont le relief s'adoucissait à mesure que la montagne cédait la place au bassin de la Piedra Lumbre.

Gideon travaillait à la « Colline », le surnom donné au laboratoire de Los Alamos[1]. Il passait la semaine dans un appartement de fonction insipide, situé au coin de Trinity et d'Oppenheimer, mais profitait des week-ends en menant l'existence qu'il aimait dans ce chalet des monts Jemez.

Il poussa la porte de sa cabane et gagna le coin cuisine, se délesta de sa musette et sortit les truites qu'il rinça à l'eau claire avant de les essuyer. D'une main, il tourna le cadran de l'iPod posé sur son dock et programma « Green Chimneys » de Thelonious Monk. Les premières notes de piano s'échappèrent des haut-parleurs.

Il pressa un citron dont il mélangea le jus avec du sel, ajouta de l'huile d'olive et du poivre fraîchement moulu, et badigeonna les poissons avec la marinade en récitant dans sa tête la recette de la truite à la provençale : oignons, tomates, ail, vermouth, farine, origan et thym. Il prenait un seul repas par jour, préparé par ses soins avec la passion d'un gourmet. Lorsque la faim se faisait sentir en dehors de ce rituel, il se contentait de barres chocolatées et de chips avalées sur le pouce.

Il se lava soigneusement les mains, rejoignit l'espace servant de salon et rangea sa canne à pêche dans le porte-parapluies posé dans un coin, puis il s'allongea paresseusement sur l'antique canapé de cuir. Un feu, purement décoratif à cette époque de l'année, crépitait dans la grande cheminée de pierre au-dessus de laquelle trônaient des bois d'élan, baignés dans la lumière dorée du soleil de l'après-midi. Une peau d'ours habillait le plancher ; un plateau de jacquet et un jeu de dames ornaient les murs ; des livres étaient empilés par dizaines dans tous les coins ; les étagères débordaient d'ouvrages rangés tant bien que mal.

---

1. Ce laboratoire de recherche mythique est celui où a été mise au point l'arme atomique. *(Toutes les notes sont du traducteur.)*

Gideon tourna son regard vers l'alcôve dissimulée derrière une vieille couverture d'Hudson Bay Point[1] et resta longtemps sans bouger. Il n'avait pas vérifié le système depuis la semaine précédente et se sentait trop fatigué pour s'en occuper, attendant l'heure du repas avec impatience. La discipline héritée d'une longue habitude l'obligea pourtant à se lever. Il peigna des doigts ses longues mèches sombres et s'approcha de la couverture derrière laquelle s'élevait un léger ronronnement.

Lorsqu'il écarta le rideau improvisé d'une main hésitante, il fut assailli par une forte odeur de plastique chaud et de circuits électroniques. Quatre ordinateurs de dimensions et de marques diverses, empilés sur un rack au-dessus d'un petit bureau en bois, clignotaient dans la pénombre. Des appareils de base dont le plus jeune avait cinq ans : un serveur Apache couplé à trois postes clients Linux. Gideon n'avait guère besoin de machines puissantes, tant qu'elles étaient fiables. Le seul équipement coûteux de son installation était un routeur à haut débit.

Au-dessus du rack d'ordinateurs était accroché un ravissant dessin au crayon de Winslow Homer représentant la côte rocheuse du Maine. L'un des rares vestiges de son passé de cambrioleur, qu'il ne s'était jamais résolu à vendre.

Il tira à lui un vieux fauteuil à roulettes et s'installa devant le petit bureau sur le plateau duquel il posa nonchalamment les pieds. Un clavier sur les genoux, il fit courir ses doigts sur les touches : l'un des écrans s'anima.

Le moteur de recherche mis au point par ses soins avait enfin obtenu un résultat ! Cela faisait près d'un an

---

1. Couvertures de laine que l'Hudson's Bay Company troquait aux populations amérindiennes contre des fourrures aux XVIIIe et XIXe siècles.

que cela ne s'était pas produit. Restait à savoir si la machine n'avait pas commis d'erreur, comme la fois précédente. Le cœur battant, il reposa les pieds par terre et s'escrima furieusement sur son clavier. Le moteur de recherche avait déniché un mot-clé dans la table des matières d'un document de l'Agence de sécurité nationale archivé à l'université George Washington. Le document lui-même restait classé secret défense, mais la table des matières avait fait l'objet d'une mise en ligne dans le cadre de l'ordonnance 12958 de déclassification des dossiers relatifs à la Guerre froide.

Le mot-clé n'était autre que le nom de son père : L. Melvin Crew. Quant au document classifié, il était intitulé : *Analyse du standard de cryptage logarithmique EVP-4 de type Renard des mers : de la possibilité théorique de décodage de type backdoor par l'utilisation d'un groupe de points de torsion – appartenant à une courbe elliptique*.

— Jésus Marie Joseph, murmura Gideon, hypnotisé par l'écran.

Cela faisait des années qu'il espérait découvrir une piste. À ceci près qu'il s'agissait de beaucoup plus que ça.

C'était à peine croyable ! Pouvait-il s'agir du rapport dans lequel son père remettait en cause le projet Renard des mers ? Le rapport que le général Tucker était censé avoir détruit ?

Il n'y avait qu'un moyen d'en avoir le cœur net.

4

Minuit. Gideon Crew avançait d'une démarche voûtée, une casquette de base-ball à l'envers sur le crâne, les mains enfoncées dans les poches d'un manteau graisseux ouvert sur une chemise crasseuse dont les pans dépassaient d'un pantalon trop large qui lui tombait sur les fesses. La chance lui souriait : c'était jour de ramassage des ordures à Brookland, une banlieue de Washington.

Il s'engagea sur Kearny Street et passa devant un pavillon à la pelouse mal taillée entourée d'une vieille barrière en bois. Une poubelle débordait à l'entrée de l'allée, dégageant un délicat fumet de crevettes pourries dans l'air moite. Il s'arrêta, lança un regard furtif autour de lui et plongea la main au milieu des ordures. Ses doigts rencontrèrent ce qui ressemblait à des restes de frites. Un chat borgne à la silhouette famélique sortit la tête d'une haie.

— T'as faim, collègue ?

Le fauve émit un miaulement grave et s'approcha en agitant prudemment la queue. Gideon lui tendit une frite. L'animal la renifla d'un air soupçonneux, la mangea et miaula à nouveau.

Gideon lui en lança une poignée.

— C'est tout pour ce soir, mon bébé. Tu devrais savoir que les acides gras sont mauvais pour toi.

Le chat, confortablement enraciné sur le trottoir, entama son festin.

L'homme replongea la main dans la poubelle, remua les détritus et tira des déchets une liasse de papiers qu'il feuilleta rapidement, le temps de constater qu'il s'agissait des devoirs de math d'un enfant, tous notés cinq sur cinq. Les parents du gamin auraient été mieux inspirés de les encadrer.

Il les rejeta dans la poubelle et sortit cette fois un pilon de poulet qu'il mit de côté à l'intention du chat avant de reprendre son exploration, à deux mains cette fois, jusqu'à ce que ses doigts trouvent d'autres documents au milieu de la masse gluante. Il les remonta à la surface et découvrit des factures de téléphone.

Bingo.

— Hé là ! s'écria une voix.

Il releva la tête et reconnut la silhouette chétive du propriétaire du pavillon, Lamoine Hopkins. L'Afro-Américain le menaçait d'un doigt agressif.

— Vous ! Foutez-moi le camp d'ici tout de suite !

Gideon glissa lentement les factures dans sa poche.

— On n'a même plus le droit d'avoir faim, dans ce pays ? demanda-t-il en brandissant le pilon de poulet.

— Rien ne vous empêche d'avoir faim ailleurs ! s'énerva le petit homme. C'est un quartier comme il faut, ici ! Je vous interdis de toucher à ma poubelle !

— Faut pas le prendre comme ça !

Un portable apparut dans la main de Hopkins.

— J'appelle la police !

— Hé, je fais rien de mal, mec !

— Allô ? cria l'autre sur un ton théâtral. J'ai trouvé un intrus chez moi en train de fouiller mes poubelles. J'habite au 1517 Kearny Street.

— Désolé, bougonna Gideon en s'éloignant d'un pas traînant, son pilon de poulet à la main.

— J'exige qu'on envoie une voiture de patrouille ! Tout de suite ! s'énerva Hopkins d'une voix aiguë. Il essaie de s'enfuir !

L'intrus lança nonchalamment le pilon au chat, tourna le coin de la rue et accéléra le pas. Il s'essuya les mains du mieux qu'il le put sur la toile de sa casquette dont il se débarrassa ensuite, ôta le vieux manteau acheté à l'Armée du Salut, le retourna, rentra les pans de sa chemise dans son pantalon et peigna ses cheveux en arrière. Il atteignait sa voiture de location, à quelques rues de là, lorsqu'il croisa une voiture de police dont les occupants le gratifièrent à peine d'un regard. Il se glissa derrière le volant et actionna le démarreur, satisfait de son expédition. Non seulement il avait trouvé ce qu'il cherchait, mais il avait eu la chance d'avoir une charmante conversation avec M. Hopkins en personne.

Elle ne tarderait pas à lui être utile.

Dès le lendemain, il appelait successivement tous les numéros enregistrés sur la facture d'Hopkins depuis sa chambre d'hôtel. Au cinquième appel, il faisait mouche.

— Service technique, Kenny Roman à l'appareil.

Et voilà ! D'un doigt, il mit en route l'enregistreur numérique branché sur la ligne.

— Monsieur Roman ?

— Oui ?

— Je m'appelle Éric, je vous appelle au nom de la société de crédit Sutherland.

— Je vous écoute.

— C'est au sujet du prêt que vous avez contracté pour l'achat de votre Dodge Dakota 2007.

— Quelle Dakota ?

— Les remboursements n'ont pas été effectués depuis trois mois et la société Sutherland...

— Qu'est-ce que vous me chantez là ? J'ai pas la moindre Dakota !

— Monsieur Roman, je sais à quel point les temps sont durs, mais si les mensualités dues ne nous parviennent pas...

— Vous êtes sourd ou quoi ? Vous vous gourez, mon vieux. Je suis pas la bonne personne. J'ai même pas de pick-up. Allez vous faire foutre !

L'homme raccrocha.

Gideon reposa le combiné, débrancha l'enregistreur et écouta la conversation à trois reprises. « Qu'est-ce que vous me chantez là ? Je n'ai pas la moindre Dakota, imita-t-il à voix haute. Vous êtes sourd ou quoi ? Vous vous gourez, mon vieux. Je suis pas la bonne personne. J'ai même pas de pick-up. »

Il répéta la tirade à plusieurs reprises, sur des rythmes et des tons différents, jusqu'à maîtriser la diction et les intonations de son interlocuteur, puis il décrocha le téléphone et composa le numéro du département des Techniques de l'information, à Fort Belvoir.

— Techniques de l'information, répondit la voix de Lamoine Hopkins à l'autre bout du fil.

— Lamoine ? s'assura-t-il dans un chuchotement. C'est Kenny.

— Kenny ? s'étonna Hopkins sur un ton méfiant. Qu'est-ce qui t'arrive ?

— J'ai attrapé une putain de crève. En plus, je voudrais te parler d'un sujet... plutôt sensible.

— Sensible ? Comment ça ?

— Tu as un problème, Lamoine.

— Moi ? Un problème ?

Gideon vérifia ses notes.

— J'ai reçu un coup de fil d'un certain Roger Winters.

— Winters ? *Winters t'a téléphoné ?*

— Oui, il m'a dit qu'il y avait un souci. Il voulait savoir combien de fois tu m'avais appelé depuis ton boulot, ce genre de conneries.

— Oh, putain !

— Exactement, approuva le faux Kenny. Il voulait savoir si tu m'avais appelé depuis l'ordinateur de ton bureau en te servant de Skype, par exemple.

— Bien sûr que non ! Ce serait contraire à toutes les règles de sécurité, jamais j'aurais fait un truc pareil !

— Il prétendait que si.

Lamoine respirait de plus en plus péniblement à l'autre bout du fil.

— Mais c'est complètement faux !

— C'est ce que je lui ai dit. Écoute-moi, Lamoine. Si tu veux mon avis, ils réalisent un audit quelconque et tu es dans leur collimateur.

— Qu'est-ce que je vais devenir ? pleurnicha Hopkins. Je n'ai pourtant rien à me reprocher ! Même si je le voulais, je ne pourrais même pas passer un appel depuis mon ordinateur de bureau.

— Pour quelle raison ?

— À cause du pare-feu.

— Un pare-feu, ça se contourne.

— Tu plaisantes ? Je te signale que je travaille pour un organisme soumis au secret défense.

— Aucun pare-feu n'est parfait.

— Putain, Kenny, puisque je te dis que c'est *impossible* ! Je te signale que je bosse pour les Techniques de l'information. Comme toi. Il n'y a qu'un seul port de sortie pour l'ensemble du réseau, et il n'accepte que les paquets cryptés protégés par des mots de passe. En plus, les paquets n'ont accès qu'à certaines adresses IP externes. Tous nos documents classifiés sont numérisés. Jamais je n'aurais pu me servir de Skype pour appeler quelqu'un ! Je ne suis même pas autorisé à envoyer des e-mails !

Gideon renifla bruyamment et se moucha.
— Tu dois bien connaître le numéro de port.
— Bien sûr, mais pas les mots de passe, et ils changent toutes les semaines.
— Ton boss, Winters, il les connaît ?
— Non. Il y a trois personnes ici qui sont au courant, en tout et pour tout : le directeur, son adjoint, et le responsable de la sécurité. C'est normal, sinon n'importe qui pourrait expédier par e-mail des documents classifiés.
— Je croyais que les mots de passe étaient générés par vos équipes.
— Tu rigoles ? Ils nous parviennent directement de la CIA sous enveloppes cachetées. Par porteur spécial, en plus, rédigés à la main sur une vulgaire feuille de papier. Jamais par voie électronique.
— Le hic, c'est le numéro du port, insista Gideon. Il est écrit quelque part ?
— Ils le gardent dans un coffre, mais plein de gens le connaissent.
Gideon poussa un grognement.
— Quelqu'un aura décidé de tout te mettre sur le dos. Un type qui a merdé et cherche à se défausser sur une pauvre pomme. « On n'a qu'à mettre ça sur le dos de Lamoine ! »
— Impossible.
— C'est plus courant qu'on ne croit. Ce sont toujours les lampistes qui payent. À ta place, je sortirais mon parapluie.
— Comment ?
Gideon laissa s'écouler un silence pesant.
— J'ai une idée... C'est quoi, déjà, le numéro du port ?
— 6151. Quel rapport avec le reste ?
— Je procède à quelques petites vérifications et je te rappelle ce soir, chez toi. En attendant, tu ne parles à

personne de cette histoire. Contente-toi de travailler comme si de rien n'était, en gardant profil bas. Ne cherche pas à me rappeler, je suis sûr qu'ils surveillent ta ligne. On en reparle ce soir, quand tu seras chez toi.

— Je n'arrive pas à y croire. En tout cas, je te dois une fière chandelle, Kenny. Vraiment.

— À quoi servent les amis ? répliqua Gideon entre deux quintes de toux.

5

Dès qu'il eut raccroché, Gideon Crew se débarrassa de ses vêtements et tira du placard de sa chambre un portemanteau recouvert d'une chemise Turnbull & Asser et d'un costume bleu Thomas Mahon taillés sur mesure. Il les enfila, noua autour de son cou une cravate Spitalfields Flower, étala une noisette de gel sur ses mèches rebelles et compléta le tableau en ajoutant une touche de gris à ses tempes, ce qui lui donna instantanément cinq ans de plus.

Il observa le résultat dans la glace en faisant ses comptes : entre le costume, la chemise, la cravate, les chaussures et la coupe de cheveux, cette métamorphose lui avait coûté la bagatelle de trois mille deux cents dollars, sans compter ses frais de voyage, la chambre et la voiture avec chauffeur, le tout réglé à l'aide des quatre cartes de crédit qu'il s'était procurées pour l'occasion, sans espoir de rentrer un jour dans ses frais.

Vive l'Amérique !

Une Lincoln Navigator de couleur noire l'attendait devant l'entrée de l'hôtel. Il se glissa sur la banquette arrière et tendit au chauffeur un papier sur lequel figurait sa destination. La limousine démarra pendant que

Gideon s'enfonçait confortablement dans le cuir souple, en évitant de penser que cette plaisanterie lui coûtait trois cents dollars de l'heure. Et bien davantage s'il se faisait prendre…

La circulation était fluide : la Lincoln s'arrêta une demi-heure plus tard devant l'entrée de Fort Belvoir, le siège de l'Inscom, un immeuble des années 1960 particulièrement hideux, entouré d'un immense parking.

C'était là que, dans un bureau, se trouvait un Lamoine Hopkins dans ses petits souliers. C'était surtout là, quelque part dans les archives, qu'était rangé le rapport classifié rédigé par le père de Gideon.

— Attendez-moi ici, ordonna-t-il au chauffeur d'une voix trop aiguë qui trahissait sa nervosité.

Il avala sa salive et s'obligea à relâcher les muscles de son cou.

— Je suis désolé, monsieur, mais il est interdit de se garer devant le bâtiment.

— Si l'on vous pose la question, vous direz que le député Wilcyzek a rendez-vous avec le général Moorehead. Cela dit, s'ils se montrent insistants, vous n'aurez qu'à vous ranger plus loin. Je ne devrais pas en avoir pour plus de dix minutes.

— Bien, monsieur.

Gideon descendit de voiture et remonta la petite allée, poussa les portes du bâtiment et s'approcha du bureau d'accueil. Le grand hall grouillait de militaires en uniforme et de civils à la mine pompeuse. Pas de quoi le réconcilier avec Washington.

Un sourire de circonstance aux lèvres, il se pencha vers l'hôtesse d'accueil. Tenue irréprochable, permanente bleutée, le type même de l'employée zélée et scrupuleuse. Il ne pouvait espérer mieux.

— Député Wilcyzek. Je suis attendu par le directeur adjoint, le général Thomas Moorehead. J'ai…

Un coup d'œil à sa montre.

— ... trois minutes d'avance.

Son interlocutrice bomba instantanément le torse.

— Bien sûr, monsieur le député. Je vous demande un instant.

Elle décrocha son téléphone, appuya sur une touche, glissa quelques mots dans le combiné et se tourna vers le visiteur.

— Je vous demande pardon, monsieur le député. Pourriez-vous m'épeler votre nom ?

Il s'exécuta en dissimulant mal son irritation, histoire de signifier à son interlocutrice qu'elle aurait été mieux inspirée de savoir à qui elle avait affaire. Celle-ci afficha une moue gênée et reprit sa conversation avant de raccrocher.

— Je suis sincèrement désolée, monsieur le député, mais le général est absent toute la journée, et sa secrétaire ne trouve pas trace de votre rendez-vous. Êtes-vous bien sûr... ?

Gideon l'arrêta net en la fusillant du regard.

— Si je suis *sûr* ? demanda-t-il en haussant un sourcil.

La moue de la femme s'était transformée en grimace outragée, et sa permanente bleutée en tremblait presque.

Il consulta à nouveau sa montre.

— Vous êtes madame... ?

— Wilson.

Il sortit de sa poche une feuille de papier et la lui tendit.

— Je vous laisse le soin de vous en assurer par vous-même.

La copie d'un e-mail concocté par ses soins, prétendument rédigé par la secrétaire du général, qui confirmait le rendez-vous en ce jour où il était sûr que le militaire était absent. Elle le lut avant de le lui rendre.

— Je suis désolée, mais le général n'est pas là. Souhaitez-vous que j'appelle à nouveau sa secrétaire ?

Gideon la gratifia d'un regard glacial.

— Je souhaiterais parler à sa secrétaire *personnellement*.

Elle lui tendit le téléphone d'une main hésitante après avoir composé le numéro.

— Excusez-moi, madame Wilson, mais il s'agit d'une affaire classée secret défense. Si cela ne vous dérange pas...

Le visage de la femme s'empourpra, mais elle se leva sans un mot et s'éloigna de quelques pas. Le téléphone collé à l'oreille, Gideon lui tourna le dos, coupa d'un doigt la communication et composa discrètement le numéro de poste du général Shorthouse, le directeur de l'Inscom.

Il doit y avoir trois personnes ici qui sont au courant, en tout et pour tout : le directeur, son adjoint, et le responsable de la sécurité.

— Le bureau du directeur, annonça la voix de la secrétaire.

Gideon répondit à mi-voix, contrefaisant la voix de celui qui lui avait lancé la police aux trousses, la veille, pour avoir osé fouiller sa poubelle.

— Lamoine Hopkins, des Techniques de l'information, à l'appareil. Le général a cherché à me joindre au sujet d'une défaillance du système de sécurité. C'est urgent.

— Un instant.

Une minute plus tard, la voix du directeur résonnait à son oreille.

— Oui ? De quoi s'agit-il ? Je ne vous ai jamais appelé.

— Je suis désolé, mon général, répondit Gideon sur un ton mielleux en imitant la voix de Hopkins. J'imagine que ça ne doit pas être agréable.

— Que voulez-vous dire, Hopkins ?

— Je veux parler de la défaillance du système, et du réseau de secours qui refuse de se déclencher.

— Le système fonctionne parfaitement.

— Comment, mon général ? Mais votre réseau nous apparaît à l'écran comme défaillant, avec toutes les conséquences que vous pouvez imaginer.

— C'est absolument ridicule. Je travaille sur mon ordinateur à l'instant où je vous parle et tout fonctionne normalement. Et pour quelle raison m'appelez-vous du bureau d'accueil ?

— Cela confirme ce que je disais, mon général. La matrice du réseau téléphonique est intégrée au système informatique, toutes les informations indiquées sont erronées. Je vais vous demander de bien vouloir vous déconnecter et de vous reconnecter, de façon à ce que je puisse identifier le problème.

D'un coup d'œil, Gideon constata que l'hôtesse d'accueil mettait un point d'honneur à ne pas écouter la conversation.

Il entendit un bruit de clavier à l'autre bout du fil.

— C'est fait, annonça le général.

— C'est curieux, je ne vois apparaître aucune activité au niveau de votre adresse. Puis-je vous demander de recommencer ?

Nouveau bruit de clavier.

— Toujours rien, mon général. On dirait que votre identifiant ne fonctionne plus. C'est ennuyeux. Il va falloir demander une enquête. Et il fallait que ça tombe sur vous ! Je suis sincèrement désolé, mon général.

— Ne mettons pas la charrue avant les bœufs, Hopkins. Il doit bien y avoir une solution.

— Eh bien… on peut toujours essayer. Mais je vais devoir redémarrer votre compte depuis ici, et j'aurai besoin de votre identifiant et de votre mot de passe, mon général.

Un silence.

— Je ne suis pas certain de pouvoir vous les donner.

— Vous ne le savez sans doute pas, mais le mot de passe change automatiquement en cas de redémarrage du système, afin de vous permettre de nous donner l'ancien s'il y a un problème. Je comprends très bien que ça vous ennuie, mon général. Seulement, je vais devoir appeler l'Agence de sécurité nationale pour leur demander l'autorisation de court-circuiter le mot de passe et...

— C'est bon, Hopkins. Je n'étais pas au courant de ce détail, céda le général avant d'indiquer à Gideon les précieuses informations.

Le faux Hopkins laissa s'écouler quelques secondes, puis il laissa percer son soulagement :

— Ouf ! Le redémarrage a fonctionné, mon général. Apparemment, il s'agissait d'un simple bug, et non d'une défaillance du système de sécurité. Tout est bon, vous pouvez y aller.

— Parfait.

Gideon mit fin à la communication et se tourna vers la femme.

— Désolé de vous avoir fait attendre, annonça-t-il en lui tendant l'appareil. Le problème est réglé.

Quelques instants plus tard, il quittait le bâtiment devant lequel l'attendait la Lincoln.

Allongé sur le lit de sa chambre d'hôtel, Gideon scrutait l'écran de son ordinateur portable, connecté à l'une des machines de l'AGS, l'Administration générale des services, piratée à distance par ses soins. Il avait volontairement jeté son dévolu sur l'organisme gouvernemental en charge des fournitures de la bureaucratie fédérale, sachant avoir affaire à une cible facile.

Sans le vouloir, Hopkins lui avait indiqué la solution en lui précisant que l'Inscom pouvait uniquement transmettre des données à des adresses IP autorisées. Toutes relevaient de services classés secret défense, à l'exception d'un seul : les archives de la Sécurité nationale, entreposées à l'université George Washington. Il s'agissait du fonds le plus important au monde, réunissant notamment la masse des rapports gouvernementaux déclassifiés, conformément aux règles édictées par la loi.

Se servant de l'ordinateur de l'AGS comme cheval de Troie, Gideon avait demandé à ce que le rapport de l'Inscom soit ajouté au lot quotidien de documents envoyés aux archives de la Sécurité nationale afin d'y être déclassifiés. L'utilisation du port 6151, validée par le mot de passe généreusement fourni par le général Shorthouse, avait permis au fichier pdf de rejoindre des millions d'autres dans les serveurs de l'université George Washington.

À présent que la manœuvre avait fonctionné, restait à récupérer le document concerné.

Le lendemain matin, un personnage aussi charmant que vieillot avec sa veste en tweed, son pantalon en velours à grosses côtes, ses mocassins éculés et sa cravate tricotée – trente-deux dollars à l'Armée du Salut – apparut à l'entrée de la bibliothèque Gelman de l'université George Washington. Se présentant sous le nom d'Irwin Beauchamp, professeur associé, il expliqua avoir perdu la carte qui lui avait été attribuée. Touchée par la mine déconfite de l'universitaire distrait, une secrétaire bienveillante accepta sans peine de le laisser accéder aux archives. Une demi-heure plus tard, Beauchamp quittait le bâtiment, une simple enveloppe de papier kraft sous le bras.

De retour à son motel, Gideon Crew tira de l'enveloppe un mince rapport d'une main tremblante. L'heure de vérité avait sonné. Une vérité qui pouvait aussi bien le libérer que le plonger dans les affres.

6

Analyse du standard de cryptage logarithmique EVP-4 de type Renard des mers : de la possibilité théorique de décodage de type backdoor par l'utilisation d'un groupe de points de torsion – appartenant à une courbe elliptique.

Gideon avait beau avoir suivi des cours de mathématiques avancées à la fac, puis au MIT, les formules qu'il découvrait dans le rapport dépassaient de beaucoup ses compétences, qui lui permettaient néanmoins de comprendre qu'il tenait entre les mains un document explosif : le rapport de son père détaillant les imperfections du projet Renard des mers, le fameux rapport que sa mère croyait détruit. De toute évidence, le salopard qui avait voulu impliquer Melvin Crew, jugeant trop risquée la destruction pure et simple du document, s'était contenté de l'enfouir dans les archives sans imaginer un seul instant que la fin de la Guerre froide pourrait le voir remonter à la surface. À l'époque du mur de Berlin, quel général américain aurait pu imaginer une telle éventualité ?

Gideon poursuivit sa lecture. Son cœur fit un bond dans sa poitrine lorsqu'il découvrit le dernier paragraphe. La conclusion, rédigée dans le plus pur jargon scientifique, était une véritable bombe.

« En résumé, l'auteur estime que le standard de cryptage EVP-4 de type Renard des mers, fondé sur la théorie des logarithmes discrets, est imparfait. L'auteur a apporté la démonstration qu'il existait potentiellement une classe d'algorithmes, fondée sur la théorie des fonctions elliptiques à base de nombres complexes, permettant de résoudre, à l'aide de paramètres de calcul en temps réel, certaines fonctions logarithmiques de type discret. Si l'auteur n'a pas encore été en mesure d'identifier les algorithmes spécifiques concernés, il apporte la preuve ici de la possibilité d'une telle identification.

Cette découverte démontre la vulnérabilité du standard de type Renard des mers. En cas d'adoption d'un tel standard, l'auteur est convaincu que, en l'état actuel des recherches soviétiques dans le domaine des mathématiques, tout type de code mis au point à l'aide de ce standard serait susceptible d'être décrypté en un temps relativement court.

L'auteur recommande fortement que le standard d'encryptage EVP-4 de type Renard des mers ne soit pas adopté sous sa forme actuelle. »

C'était donc vrai. Gideon Crew tenait la preuve que son père avait été piégé. Et assassiné. Il connaissait également l'identité du coupable : le général Chamblee S. Tucker, retraité de l'armée, actuellement PDG de Tucker & Associés, l'une des grandes firmes de lobbying de K Street, dont la clientèle était constituée des principaux fabricants d'armes du pays. Tucker s'était endetté jusqu'au cou afin de financer une compagnie qui lui aurait rapporté beaucoup d'argent s'il ne s'était pas appliqué à le jeter par les fenêtres, à cause de son train de vie extravagant.

En lui-même, le rapport n'avait aucune valeur. Gideon savait pertinemment que l'on pouvait aisément l'accuser d'avoir fabriqué un faux. Mais ces quelques pages constituaient tout de même à ses yeux le moyen de mettre en scène la petite surprise qu'il réservait à Chamblee S. Tucker.

Se servant une nouvelle fois de l'ordinateur de l'AGS piraté la veille, il nettoya le rapport de ses codes de classification originaux et l'expédia à une dizaine de banques de données à travers le monde. La survie du précieux document assurée, il adressa depuis son propre ordinateur un e-mail à chamblee.tucker@tuckerandassociates.com, en prenant soin d'y joindre le rapport, puis il rédigea le message suivant :

« Mon général,

Je sais ce que vous avez fait. Je sais pourquoi, et comment.

Dès lundi, j'enverrai le fichier joint aux rédactions du *Post*, du *Times*, à l'Associated Press et aux principales chaînes d'information, avec une lettre d'explication.

Je vous souhaite un bon week-end.

Gideon Crew. »

7

Installé derrière un imposant bureau dans l'antre lambrissé de chêne de sa maison de McLean, en Virginie, Chamblee S. Tucker jouait machinalement avec un lourd presse-papier en verre de Murano, les yeux perdus dans le vague. Le personnage portait bien ses soixante-dix ans, et il le savait. Il changea le presse-papier de main et le soupesa à plusieurs reprises.

Quelqu'un frappa à la porte du bureau.

— Entrez, lança-t-il en reposant le bloc de verre avec précaution.

Charles Dajkovic pénétra dans la pièce. En dépit de sa tenue civile et de sa courte moustache poivre et sel, tout chez lui trahissait le militaire : la coupe en brosse, le cou de taureau, le torse raide, le regard bleu acier.

— Bonjour, mon général.

— Bonjour, Charlie. Asseyez-vous. Une tasse de café ?

— Volontiers.

Le visiteur prit place sur le siège que lui désignait son interlocuteur, à côté d'une petite table où l'attendaient un pot de café, du sucre, du lait et des tasses sur un plateau d'argent.

— Voyons... commença le général avant de marquer une courte pause. Vous travaillez pour Tucker & Associés depuis maintenant dix ans, me semble-t-il ?

— À peu près, monsieur.

— Cela dit, nos relations remontent à plus longtemps encore.

— Oui, monsieur.

— Nous avons un passé commun. L'opération Fureur urgente. C'est même ce qui m'a incité à vous engager. La confiance qui se gagne sur les champs de bataille est sans égale dans ce monde de fous. Ceux qui n'ont jamais combattu côte à côte ne connaissent pas la signification des mots confiance et loyauté.

— C'est très vrai, monsieur.

— C'est pour cette même raison que je vous ai demandé de venir chez moi aujourd'hui. Parce que vous avez toute ma confiance.

Le général s'arrêta brièvement avant de poursuivre.

— Laissez-moi vous raconter une histoire dont je vous laisserai deviner seul la morale. Vous ne m'en voudrez pas d'oublier certains détails, vous allez tout de suite comprendre pourquoi.

Dajkovic approuva.

— Le nom de John Walker Lindh vous est-il familier ?

— Celui qu'on surnomme le Taliban américain ?

— Lui-même. Et avez-vous déjà entendu parler d'Adam Gadahn ?

— Ce type qui a rejoint les rangs d'Al-Qaïda et réalise des vidéos pour Ben Laden ?

— Exactement. Je suis entré en possession d'informations hautement confidentielles au sujet d'un troisième converti américain. À ceci près que celui-ci est infiniment plus dangereux.

Nouvelle pause.

— Le père de cet individu travaillait pour l'Inscom à l'époque où je m'y trouvais. Il s'agissait d'un traître qui transmettait des données sensibles aux Soviétiques. Je précise que ces éléments sont hautement confidentiels. Vous aurez peut-être gardé en mémoire la conclusion de cette triste affaire : l'homme s'est emparé d'un otage dans notre ancien QG et nos tireurs d'élite l'ont abattu. Sous les yeux de son gamin.

— Je m'en rappelle.

— Ce que vous ne savez pas, parce que l'information a été classifiée, c'est que notre homme avait révélé aux Russes l'identité de vingt-six de nos agents. Ils ont tous été raflés un soir et sont morts sous la torture dans les goulags soviétiques.

Dajkovic reposa sans un mot sa tasse de café vide.

— Je me contente de vous planter le décor, en vous laissant libre d'imaginer dans quelles conditions ce gamin a pu grandir... Quoi qu'il en soit, à l'image de Lindh et de Gadahn, ce type s'est converti. Mais au lieu de se contenter de fréquenter bêtement les camps d'entraînement de Ben Laden en Afghanistan, il a suivi de brillantes études au MIT et travaille actuellement à Los Alamos. Il se nomme Gideon Crew. C-R-E-W.

— Comment a-t-il pu échapper à la vigilance de nos services de sécurité ?

— Il a des amis haut placés et s'est astreint à ne commettre aucune erreur. Un type de première force, d'apparence irréprochable. C'est pourtant sur lui que compte Al-Qaïda pour obtenir la bombe.

Dajkovic s'agita sur son siège.

— Pourquoi ne l'arrête-t-on pas ? Il suffirait de lui retirer l'autorisation de circuler librement à Los Alamos.

Tucker se pencha vers son interlocuteur.

— Charlie, vous n'êtes pas naïf à ce point, tout de même.

— J'espère que non, monsieur.

— Que se passe-t-il dans ce pays, à votre avis ? Nous sommes infiltrés par les djihadistes, de la même façon que nous avons été infiltrés par les Rouges pendant la Guerre froide. Des djihadistes *américains*.

— Je comprends.

— Ce type est intouchable, du fait de la protection dont il bénéficie au plus haut niveau. Rien de probant, bien évidemment. Je suis tombé sur cette information tout à fait par hasard, mais je ne suis pas homme à me dégonfler lorsqu'il s'agit de défendre mon pays. Je vous laisse imaginer de quoi Al-Qaïda serait capable si elle mettait la main sur une bombe atomique.

— Je n'ose y penser.

— Je vous connais bien, Charlie. Vous êtes le meilleur élément des Forces spéciales que j'ai eu sous mon commandement. Vous avez des qualités que personne d'autre ne possède. Il ne me reste qu'à vous demander : jusqu'à quel point aimez-vous votre pays ?

Son interlocuteur donna l'impression de se gonfler sur sa chaise.

— Il est tout à fait inutile de me poser la question, monsieur.

— Je le sais. Et vous êtes bien la seule personne à qui je puisse révéler une information de cette importance. J'ajouterai ceci : il faut parfois assumer seul son devoir de citoyen et de patriote.

Dajkovic, ses traits burinés plus sombres qu'à l'accoutumée, garda le silence.

— Aux dernières nouvelles, l'individu en question se trouvait à Washington. Il occupait une chambre dans un établissement de Dodge Park, le Luna Motel. Nous le soupçonnons de vouloir entrer en contact avec un autre djihadiste, d'avoir l'intention de lui transmettre des documents.

Dajkovic ne disait toujours rien.

— Je ne sais pas combien de temps il doit rester là-bas, et où il compte se rendre ensuite. Il possède un ordinateur portable, avec tous les dangers que cela représente dans la situation actuelle. Vous me suivez ?

— Je vous suis *parfaitement*. Et je vous remercie de m'offrir une opportunité telle que celle-ci.

— Merci, Charlie. Du fond du cœur.

Tucker saisit la main de Dajkovic dans la sienne. Pris par l'émotion, il le serra contre lui à l'étouffer.

Lorsque son visiteur quitta la pièce, le général crut voir briller une larme dans son regard.

8

Au détour d'un long virage épousant les contreforts de Stormtower Ridge, la station de sports d'hiver de Manahoac apparut soudain : un long chapelet d'immeubles et de chalets éparpillés autour d'un complexe hôtelier et d'un terrain de golf, au pied des monts Blue Ridge.

Dajkovic ralentit à l'entrée de la station et s'arrêta devant une guérite.

— Je voulais admirer le paysage, déclara-t-il au garde qui le laissa passer d'un geste.

Crew avait laissé cette adresse au Luna Motel, « au cas où l'on chercherait à le joindre », avait précisé l'employé de la réception. Il avait donc choisi de s'isoler dans ce lieu reculé, uniquement accessible en voiture, et protégé par des nuées de caméras. Tucker avait deviné juste. Soit Crew avait rendez-vous avec l'un de ses contacts, soit il s'agissait d'un piège. La seconde solution, probablement. Mais qui entendait-il piéger ? Dans quel but ?

Dajkovic se rangea devant l'hôtel et tendit un billet de cinq dollars au voiturier en lui indiquant qu'il n'en avait que pour quelques minutes.

— En effet, acquiesça la réceptionniste à laquelle il s'adressait peu après. M. Gideon Crew est arrivé chez nous ce matin. Il nous a demandé de vous dire qu'il partait en randonnée au mont Stormtower, précisa-t-elle après avoir consulté son écran.

— À moi ?

— Je suppose qu'il s'agissait de vous, puisqu'il a signalé que quelqu'un le demanderait.

— Je vois.

— Il a précisé qu'il comptait emprunter le sentier de randonnée de Sawmill et qu'il serait de retour vers 18 heures.

— Combien de temps faut-il pour se rendre au mont Stormtower ?

— À peu près deux heures, et autant pour en redescendre.

La femme le déshabilla du regard avec un sourire.

— Sans doute moins pour quelqu'un comme vous, répliqua-t-elle.

Un coup d'œil à sa montre indiqua à Dajkovic qu'il était 14 heures.

— Si je calcule bien, il vient tout juste de partir.

— En effet. Le message a été déposé à la réception il y a tout juste vingt minutes.

— Auriez-vous une carte de la région ?

— Bien sûr, monsieur, s'empressa la femme en lui fournissant un document détaillé sur lequel étaient tracés les chemins de randonnées.

Dajkovic regagna sa voiture et consulta le plan. Le chemin de Sawmill démarrait un peu plus loin, un sentier qui serpentait à travers la montagne en suivant une ancienne route réservée aux camions de pompiers.

Crew avait fort bien pu laisser ces instructions à l'intention de son contact, mais Dajkovic n'y croyait guère. Aucun espion digne de ce nom n'aurait agi de façon aussi ouverte. Il devait donc s'agir d'un piège, destiné à quiconque aurait la mauvaise idée de se lancer à ses trousses. Si Dajkovic avait vu juste, Crew lui avait tendu une embuscade.

Il examina la carte et constata qu'il était plus rapide de gagner le sommet du Stormtower en suivant le remonte-pente d'une piste de ski, sur le versant opposé.

Il poursuivit sa route au-delà du terrain de golf et se gara sur le parking aménagé à l'intention des skieurs. Il descendit de voiture, ouvrit le coffre et récupéra un boîtier. De retour dans son véhicule, il l'ouvrit, sortit un Colt M1911 et un holster qu'il ajusta autour de son épaule, y glissa le pistolet chargé et dissimula le tout sous un blouson coupe-vent. Il sortit un poignard qu'il accrocha à sa ceinture, en dissimula un autre dans l'une de ses bottines et fourra un petit Beretta de calibre .22 dans la poche de son pantalon, puis il acheva de se préparer en enfouissant des munitions de rechange, des jumelles et deux bouteilles d'eau dans un petit sac à dos avant de se pencher une dernière fois sur la carte.

Aucun doute. Si Crew avait effectivement décidé de tendre un piège à un poursuivant éventuel, il l'aurait fait dans la partie dégagée du sentier de Sawmill, en profitant de la présence d'une série de replis de terrain.

9

Dajkovic se lança à l'assaut de la piste de ski. La pente, particulièrement raide, était longue de huit cents mètres, mais il était au mieux de sa forme physique et pouvait franchir l'obstacle en dix minutes. Une fois passé le sommet, il ne lui resterait plus qu'à redescendre le sentier de la Scierie, gagner un pic repéré sur la carte depuis lequel il lui serait facile de surveiller les replis de terrain, repérer Crew et lui tendre sa propre embuscade.

Cinq minutes plus tard, à mi-chemin de la piste de ski, il découvrit une cabane réservée à l'entretien du remonte-pente, fermée pendant l'été. Il la contournait lorsqu'il entendit une explosion. Un choc d'une grande violence lui laboura le haut du dos et le projeta au sol en lui coupant le souffle.

Il tentait de dégager son Colt .45 tout en s'efforçant d'étouffer la douleur et de reprendre sa respiration lorsque la semelle d'une botte s'abattit sur son cou tandis que le canon encore chaud d'une arme se plantait sur sa nuque.

— Je vous demanderai de mettre gentiment les bras en croix.

Le cerveau embrumé par le choc, Dajkovic peinait à recouvrer ses esprits, mais il finit par s'exécuter.

— Vous avez reçu une décharge de billes de caoutchouc, reprit la voix. La prochaine fois, ce sera de la chevrotine.

Tout en maintenant la pression du fusil contre son crâne, celui qu'il devina être Crew le fouilla et lui retira successivement le Colt, le Beretta et le poignard, sans découvrir celui qu'il dissimulait dans sa bottine.

— Mettez-vous sur le dos, les mains bien en vue.

Dajkovic s'exécuta en grimaçant et se retrouva face à un personnage élancé, la trentaine, cheveux noirs raides, nez allongé, qui l'observait de ses yeux d'un bleu intense. Il tenait d'une main assurée un Remington de calibre .12.

— Belle après-midi pour une petite promenade, pas vrai, sergent ? Je me présente : Gideon Crew.

Dajkovic eut du mal à dissimuler son étonnement.

— Mais oui, je sais à peu près tout de vous, Dajkovic. Et je serais curieux de savoir quelle fable Tucker a pu vous servir pour vous envoyer à mes trousses.

Son poursuivant ne répondit rien, trop occupé à actionner les rouages de son cerveau, mortifié de s'être fait rouler par sa cible. Il se rassura en se disant que tout n'était pas perdu puisqu'il lui restait le second poignard. Certes, Crew avait sur lui l'avantage de la jeunesse, mais sa silhouette anémique laissait deviner un physique peu musclé.

Celui-ci lui adressa un sourire.

— À vrai dire, je crois pouvoir deviner les mensonges de ce cher général.

Mais Dajkovic s'entêtait dans son silence.

— J'imagine qu'il n'y est pas allé de main morte pour vous transformer en tueur à gages. Vous n'êtes pas le genre de type à tirer dans le dos d'un ennemi. Il vous aura expliqué que j'étais un traître. Probablement à la solde d'Al-Qaïda. Le prétexte est à la mode, d'autant que mes activités à Los Alamos me laissent tout le loisir de trahir mon pays. L'argument aura suffi à vous convaincre.

L'ex-sergent le regarda de ses yeux ébahis. Comment ce type pouvait-il être au courant ?

— Il a précisé que mon père était un traître, qu'il avait causé la perte de nos agents.

Crew éclata d'un rire triste.

— Je l'imagine volontiers en train de vous expliquer que la trahison est un trait de famille.

Dajkovic commençait à recouvrer sa lucidité. Il s'était fait avoir comme un bleu, mais il lui suffisait de mettre la main sur ce satané couteau et Crew était un homme mort, même s'il trouvait le temps de décharger son arme.

— Puis-je m'asseoir ? demanda-t-il

— Très lentement. Pas de gestes brusques.

Il se redressa. La douleur s'était atténuée, comme toujours avec des côtes cassées, jusqu'à ce qu'elle revienne en force. Il rougit à l'idée qu'un tel freluquet ait pu le mettre à terre avec une volée de billes en caoutchouc.

— J'ai une question à vous poser, reprit Crew. Comment pouviez-vous être sûr que Tucker ne vous avait pas menti ?

L'homme ne répondit pas. Il venait de remarquer qu'il manquait une phalange à l'annulaire de la main droite de son adversaire. La main avec laquelle il tenait le fusil.

— J'étais persuadé que Tucker m'enverrait quelqu'un, je le voyais mal s'exposer lui-même. De préférence un homme de confiance qui avait servi sous ses ordres. Il m'a suffi de consulter la liste de ses employés pour deviner qu'il vous choisirait. Lors de l'invasion de la Grenade, c'est à vous qu'il a confié le commandement de l'unité de

Marines chargée d'assurer la protection de l'école de médecine américaine, avant l'arrivée du gros des troupes sur l'île. Vous avez fait votre boulot à la perfection, pas un étudiant n'a été blessé.

Le visage de marbre, Dajkovic attendait son heure.

— Alors, vous campez sur vos positions à mon sujet, ou bien vous êtes prêt à entendre quelques petits détails qui risquent fort de ne pas coller avec l'histoire du général Tucker ?

Le prisonnier préféra ne pas répondre. Pas question de donner la plus petite satisfaction à ce salopard.

— Tant pis. Comme c'est moi qui me trouve du bon côté de ce fusil, vous serez obligé de m'écouter quand même. Vous aimez les contes de fées, sergent ? Mais attention : celui que je vais vous raconter se termine plutôt mal. Il était une fois, au mois d'août 1988, un petit garçon de douze ans...

Dajkovic avait beau savoir que toute cette histoire était un tissu de conneries, il écouta attentivement son interlocuteur. Tous les soldats dignes de ce nom savent qu'une information, même fausse, peut se révéler utile.

En moins de cinq minutes, Crew lui avait déballé son boniment, non sans talent. Ces types-là possédaient un don lorsqu'il s'agit de mentir. Puis il tira une enveloppe de sa poche et la jeta aux pieds de Dajkovic.

— Voici le rapport rédigé par mon père à l'intention de Tucker. Celui à cause duquel il s'est fait assassiner.

Dajkovic ne prit pas la peine de la ramasser, et les deux hommes restèrent un long moment à s'observer d'un air belliqueux.

— Eh bien, finit par dire Crew en secouant la tête, il faut croire que j'étais naïf de vouloir convaincre un vieux soldat comme vous que son supérieur chéri était un menteur, un lâche et un assassin.

Il fronça les sourcils avant de poursuivre.

— Vous allez transmettre un message à Tucker de ma part.

Dajkovic ne desserrait toujours pas les dents.

— Dites-lui que je l'anéantirai comme il a anéanti mon père. À petit feu. J'ai transmis le rapport à plusieurs journaux, ce qui déclenchera une enquête. L'un ou l'autre demandera au gouvernement la confirmation qu'il ne s'agit pas d'un faux. À mesure que la vérité apparaîtra, Tucker verra son intégrité remise en question. La corruption fait partie de l'univers dans lequel il travaille, mais la respectabilité représente un atout indispensable dans ce métier, et il verra ses clients le fuir les uns après les autres. Pauvre Tucker... Savez-vous au moins qu'il est endetté jusqu'au cou ? Sa propriété de McLean lui coûte les yeux de la tête, et il doit des tonnes de fric à la banque pour son appartement de parvenu dans la région des Poconos, son pied-à-terre de New York et son yacht du New Jersey.

Crew secoua la tête d'un air navré.

— Vous savez comment il a baptisé son yacht ? *Fureur urgente*. Vous ne trouvez pas ça rigolo ? La seule et unique heure de gloire de cet enfoiré. Les Poconos, McLean, le New Jersey... Au moins, on ne pourra pas lui reprocher d'avoir bon goût. C'est vrai, la petite amie qu'il entretient dans l'Upper East Side ferait presque oublier son côté nouveau riche, mais on peut difficilement en vouloir à la pauvre fille. Une oiselle affamée à qui il faut donner la becquée nuit et jour. Tucker a eu le tort de ne pas économiser, comme tout le monde, et je peux vous dire que la faillite ne sera que le début de ses ennuis. L'enquête finira par apporter la preuve qu'il a fait accuser injustement mon père, alors qu'il était le véritable responsable de la mort de ces vingt-six agents. Il sera mis en prison.

Dajkovic restait sans réaction, au grand agacement de Crew, qui reprit :

— J'aurais une dernière question à vous poser.

Dajkovic savait que l'autre finirait par baisser sa garde. Il le sentait.

— Avez-vous déjà vu Tucker se battre ? Que savez-vous de ses capacités de soldat ? Je serais prêt à parier qu'il a pris soin de poser le pied à la Grenade une fois la plage soigneusement sécurisée.

Malgré lui, Dajkovic repensa à sa déception lorsqu'il avait constaté que Tucker débarquait en effet après tout le monde. Mais c'était normal pour un général de son importance.

— Et puis merde, s'énerva Crew en reculant d'un pas. J'ai eu tort de penser que vous seriez capable de réfléchir par vous-même. Contentez-vous de transmettre mon message.

— Je peux me lever ?

— Avec plaisir. J'ai assez vu votre sale gueule.

Enfin ! Dajkovic feignit de poser la main par terre afin de se relever. D'un geste fulgurant, il sortit le poignard de sa cachette et visa le cœur de Crew.

10

Gideon eut à peine le temps de voir briller l'acier de la lame. Il voulut se jeter de côté, mais il était trop tard et le poignard s'enfonça profondément dans son épaule. Il recula sous le choc et tenta de relever le canon de son arme, mais Dajkovic était déjà sur lui, le jetait à terre et lui arrachait le fusil des mains.

La nuque de Crew heurta brutalement un rocher dans un craquement sinistre et tout devint noir dans sa tête. Lorsqu'il reprit ses esprits, quelques instants plus tard, il était allongé dans l'herbe et son adversaire le menaçait avec son propre fusil. Sa blessure à l'épaule le brûlait et du sang s'en échappait. Il tendit les doigts afin de retirer l'arme, mais Dajkovic l'arrêta d'un geste.

— Non, lui ordonna-t-il en reculant. Gardez les mains loin du corps. L'heure est venue de vous réconcilier avec Dieu.

— Ne faites pas ça, répliqua Gideon.

Son assaillant chargea le canon de l'arme.

Crew aurait voulu pouvoir chasser le brouillard qui l'empêchait de réfléchir.

— Que savez-vous de moi en dehors de ce que vous a dit Tucker ? Putain, vous êtes donc incapable de réfléchir ?

Lorsque Dajkovic leva le canon du fusil en le regardant droit dans les yeux, sa cible céda au désespoir. En mourant, il perdait toute chance de venger son père et d'infliger à Tucker la punition qu'il méritait.

— Vous n'êtes pas un tueur.

— Je suis prêt à m'autoriser une exception avec vous.

Le doigt se crispa sur la détente.

— Accordez-moi au moins une faveur avant de me tuer. Lisez le contenu de cette enveloppe, renseignez-vous sur mon père en vous fiant uniquement aux éléments qui ont été *prouvés*. Ensuite, laissez-vous guider par votre conscience.

Le doigt de l'ancien soldat se figea.

— Interrogez ceux qui ont assisté à la scène en 1988, vous verrez si je mens. Mon père a été abattu de sang-froid, alors qu'il avait les mains en l'air. Quant à ce rapport, vous finirez par vous apercevoir qu'il a bien existé. En m'ôtant la vie, vous acceptez la responsabilité de ne pas découvrir la vérité.

Dajkovic l'observait avec un regard étrange.

— Vous ne trouvez pas ça bizarre ? Qu'un employé haut placé de Los Alamos transmette des secrets d'État à Al-Qaïda, ça, c'est possible. Mais que le général Tucker en ait eu vent et fasse appel à *vous* pour régler le problème, ça vous paraît crédible ?

— Vous avez des amis en haut lieu.

— Des amis en haut lieu ? Lesquels ?

Dajkovic baissa lentement le canon de l'arme. Le teint étrangement pâle, il transpirait abondamment, au point qu'on aurait pu le croire malade. Soudain, il s'agenouilla près de son prisonnier et fit mine de saisir le manche du poignard.

Gideon détourna le regard. Il avait échoué. Dajkovic avait décidé de lui trancher la gorge et d'abandonner son cadavre sur le sentier.

Mais le sergent dégagea la lame de la blessure. Sa victime cria de douleur, comme si on l'avait brûlée à l'aide d'un fer chauffé à blanc.

Loin de brandir l'arme, Dajkovic dégagea un pan de sa chemise qu'il découpa en lanières. Gideon, entre ébahissement et douleur, vit alors son adversaire se pencher vers lui et panser sa blessure.

— Tenez les bandes bien serrées contre la plaie, lui ordonna ce dernier.

Il obtempéra machinalement.

— Il va falloir vous trouver un hôpital.

Le blessé hocha la tête, le souffle rauque, la main crispée sur le pansement qui ne suffisait déjà plus à absorber le sang. La douleur était plus aiguë depuis que la lame avait été retirée.

Dajkovic l'aida à se relever.

— Vous arriverez à marcher ?

— Il n'y a que de la descente, balbutia Gideon entre deux halètements.

Clopin-clopant, à moitié porté par l'homme de main, il trouva le moyen de parcourir la distance qui les séparait de la voiture de celui-ci qui l'aida à prendre place à l'avant, côté passager.

— J'espère que ce n'est pas une voiture de location, marmonna Gideon en voyant son sang maculer le siège en cuir. Sinon, ils ne vous rendront jamais votre caution.

Le sergent referma la portière, fit le tour du véhicule, s'installa derrière le volant et actionna le démarreur, le visage fermé à double tour.

— Vous me croyez, à présent ? lui demanda Gideon.

— À peu près.

— Pour quelle raison avez-vous changé d'avis ?

— C'est facile à deviner, grommela-t-il en enclenchant la marche arrière. Au moment de mourir, on pense uniquement à l'essentiel. Il n'y a plus de place pour le baratin. Je l'ai souvent constaté à la guerre. Je l'ai lu dans vos yeux à l'instant où vous avez compris que j'allais vous tuer. La haine, le désespoir, la sincérité aussi. À ce moment-là, j'ai su que vous disiez la vérité. Ce qui signifie...

Il sembla hésiter, puis il enfonça la pédale d'accélérateur et la voiture bondit sur la route dans un long crissement de pneus.

— Ce qui signifie que Tucker m'a menti. Et ça me met très en colère.

11

— Qu'est-ce que c'est que ce cinéma ?

Tucker se leva d'un bond en voyant Dajkovic pénétrer dans la pièce en tirant derrière lui son prisonnier menotté. Il fit le tour de son bureau et dévoila un pistolet qu'il braqua sur lui.

C'était la première fois que Gideon rencontrait son ennemi juré. Chamblee Tucker était plus gras en personne que sur les dizaines de photos consultées depuis la mort de sa mère. Son cou éclatait au niveau du col de sa chemise ; pas un cheveu ne dépassait de sa coupe en brosse ; ses joues soigneusement rasées luisaient légèrement en laissant entrevoir un réseau dense de petits vaisseaux qui trahissaient son penchant pour la bouteille. Il arborait la tenue standard de Washington : cravate agressive, costume bleu sombre, chaussures à quatre cents dollars. Quant au bureau, il était à l'image de son utilisateur : lambris, meubles anciens soigneusement choisis par un architecte d'intérieur, tapis persans, murs couverts de photos, de diplômes, de récompenses.

— Vous êtes fou ? explosa le général. Je ne vous ai pas demandé de l'amener ici. Bon sang, Dajkovic ! Moi qui vous croyais capable de conduire cette mission tout seul !

— Je vous l'ai amené parce que l'histoire qu'il m'a racontée était assez différente de la vôtre. Et figurez-vous qu'elle avait même l'air crédible.

Tucker fusilla son collaborateur du regard.

— Vous accordez plus de crédit à ce salaud qu'à moi ?

— Je cherche uniquement à comprendre de quoi il retourne, mon général. J'ai protégé vos arrières pendant des années, j'ai lavé votre linge, qu'il soit propre ou sale, et je suis tout disposé à continuer, mais il s'est passé un drôle de truc sur cette montagne : figurez-vous que je me suis pris à croire ce type.

— Qu'est-ce que vous me chantez là ?

— Il se trouve que j'ai des doutes et que je cesse de me comporter en bon petit soldat chaque fois que ça m'arrive. Vous souhaitez que je vous débarrasse de ce type ? Pas de problème, je suis prêt à exécuter vos ordres, mais j'ai besoin de savoir de quoi il retourne avant de lui coller une balle dans la tête.

Tucker regarda fixement son interlocuteur pendant de longues secondes, puis il détourna les yeux et se passa la main sur le crâne. Il se dirigea vers un meuble soigneusement ciré, ouvrit un tiroir, prit une bouteille de Paddy's et un verre qu'il déposa bruyamment sur le bureau. Il se servit une grande rasade de whisky qu'il avala d'un coup, puis il se tourna vers Dajkovic en prenant sa respiration.

— Vous a-t-on vu arriver jusqu'ici ?

— Non, mon général.

Il regarda brièvement Gideon avant de s'intéresser à nouveau au sergent.

— Que vous a-t-il raconté, exactement ?

— Que son père n'était pas un traître et que lui-même n'était pas un terroriste.

Tucker reposa doucement son verre.

— Très bien. J'avoue avoir un peu brodé. Son père n'a jamais fourni de secrets aux Soviétiques.

— Qu'avait-il fait ?

— Vous devez comprendre que la Guerre froide était une véritable guerre, Dajkovic. N'importe quel conflit génère son lot d'iniquités, de dommages collatéraux. Nous avons commis l'erreur de mettre en service un code qui n'était pas au point, et plusieurs de nos hommes sont morts. Si l'incident avait été ébruité, l'ensemble des services de cryptage auraient été démantelés à une époque où nous avions impérativement besoin de découvrir de nouveaux systèmes d'encodage. Son père a été sacrifié au nom de la raison d'État. N'oubliez pas qu'à l'époque, c'était eux ou nous.

— Oui, mon général. Je m'en souviens.

— Et voilà que, vingt ans plus tard, ce Gideon Crew déboule comme un chien dans un jeu de quilles. Il me menace, essaie de me faire chanter, de démolir tout ce que nous avons bâti. Pas uniquement ma réputation, mais aussi celle de toute une caste de patriotes. C'est pour cette raison que nous devons l'éliminer. Vous comprenez ?

— Je comprends, répondit Dajkovic avec l'ombre d'un sourire. Il était inutile de tourner autour du pot pour me confier cette mission. Je suis cent pour cent derrière vous, quels que soient vos besoins.

— Nous sommes d'accord sur ce que j'attends de vous ?

— Absolument.

Tucker, continuant d'ignorer le prisonnier, montra du menton la bouteille.

— Un whisky pour sceller notre accord ?

— Non merci.

Il se servit à nouveau et vida son verre d'un trait.

— Faites-moi confiance, c'est encore le plus sage. Vous aurez droit à ma gratitude éternelle. Emmenez-le en passant par le garage et assurez-vous que personne ne vous voie.

Dajkovic hocha la tête.

— Allons-y, souffla-t-il en poussant Gideon.

Les deux hommes quittèrent la pièce l'un derrière l'autre. Ils traversèrent la grande entrée et gagnèrent la cuisine dont l'une des portes donnait sur le garage.

Gideon posa une main menottée sur la poignée et constata que la porte était verrouillée. Au même instant, il crut discerner un mouvement du coin de l'œil et comprit instantanément ce qui se passait. Il se jeta désespérément sur Dajkovic à l'instant où Tucker ouvrait le feu sur son homme de main. Frappé de plein fouet, celui-ci s'écrasa contre la porte et s'effondra sur le carrelage en poussant un grognement. Gideon eut tout juste le temps de plonger et d'apercevoir la silhouette de Tucker, plantée sur le seuil de la cuisine, bras tendus. Le pistolet aboya de nouveau, dans sa direction cette fois, et la balle s'écrasa à quelques centimètres de son visage. Il se releva d'un bond et feignit de se jeter sur le général.

Le troisième coup de feu éclata à l'instant précis où il s'aplatissait sur le corps de Dajkovic dont le pistolet gisait tout près. Un projectile lui frôla l'oreille. Il dirigea le canon de l'arme sur le général, mais celui-ci avait déjà quitté la cuisine.

Sans perdre une seconde, Gideon agrippa Dajkovic par le revers de sa chemise et le tira à l'abri de la machine à laver. Il lui fallait réfléchir vite. Comment allait réagir Tucker ? Il ne pouvait se permettre de les laisser en vie, mais il ne pouvait pas davantage appeler la police ou s'enfuir.

Cela signifiait une lutte à mort.

Il risqua un regard derrière la cloison et découvrit une vaste salle à manger plongée dans l'obscurité. Tucker les attendait là.

Une toux résonna dans son dos et Dajkovic se redressa en grondant. Plusieurs détonations retentirent sur le seuil de la pièce. Gideon plongea au moment où deux balles se fichaient dans la carcasse de la machine à laver, sectionnant un tuyau dans un grand jet d'eau.

Il répliqua, mais Tucker avait déjà regagné la salle à manger.

— Passez-moi le pistolet, hoqueta Dajkovic.

Son énorme poing se referma sur le .45 qu'il ôta des mains du prisonnier, puis il tenta de se relever.

— Attendez, lui murmura Gideon. Je vais m'élancer jusqu'à la table de la cuisine. Il devrait alors s'avancer et tenter de m'abattre en se protégeant derrière le chambranle. Vous n'aurez qu'à tirer à travers la cloison.

Dajkovic hocha la tête. Gideon prit sa respiration et quitta l'abri de la machine à laver. Il bondissait en direction de la table de la cuisine lorsqu'il comprit à quel point sa position était vulnérable.

Le sergent se dressa alors tant bien que mal sur ses jambes en poussant un rugissement d'animal blessé. Du sang plein les lèvres, les yeux hagards, il se rua vers la porte de la salle à manger en vidant son chargeur à travers la cloison et s'immobilisa en titubant au milieu de la cuisine, faute de munitions.

Le temps donna l'impression de s'arrêter pendant une éternité. Soudain, la silhouette massive du général s'encadra dans l'ouverture de la porte, le sang coulant d'une demi-douzaine de blessures par balle. Il trébucha, puis sa carcasse épaisse s'écroula sur le sol. Après un instant d'hébétude, Dajkovic tomba à genoux en crachant du sang et roula sur le côté.

Gideon bondit sur ses pieds et envoya voler l'arme de Tucker d'un coup de pied, puis il s'agenouilla à côté de l'homme de main dont il fouilla les poches, à la recherche de la clé des menottes.

— Ne bougez pas, lui recommanda-t-il en examinant sa blessure.

La balle, entrée au niveau du dos, avait percé un poumon, apparemment sans provoquer d'autres dégâts.

De façon surprenante, le visage de l'homme s'éclaira alors et ses lèvres couvertes de sang dessinèrent un sourire grimaçant.

— Vous avez enregistré la conversation ?

Gideon tapota la poche de sa veste.

— Dans son intégralité.

— Super, hoqueta Dajkovic avant de s'évanouir avec un air béat.

Toujours menotté, Gideon éteignit le petit enregistreur. Pris d'un malaise, il sentit la pièce tourner autour de lui tandis que résonnaient les premières sirènes dans le lointain.

II

Gideon Crew

12

Gideon Crew avançait le long du vieux sentier muletier qui descendait en pente douce vers Chihuahueños Creek dont on apercevait les méandres en contrebas, au milieu des prés. Le mois de juin était bien entamé, mais il se trouvait à près de trois mille mètres d'altitude et l'air était d'une fraîcheur vivifiante, l'azur du ciel chargé de cumulus. L'arrivée d'un orage ne faisait aucun doute.

Son épaule droite le faisait encore souffrir, mais on lui avait retiré les fils une semaine plus tôt et il pouvait à nouveau se servir de son bras. La lame avait causé une lésion profonde, mais nette. Quant au choc reçu à la tête, il n'avait pas laissé de séquelles.

Il s'immobilisa en plein soleil. Il n'était pas venu pêcher là depuis un mois, à la veille de son départ pour Washington. Le destin lui avait enfin permis d'atteindre l'objectif qui l'obsédait depuis tant d'années, et de façon pour le moins spectaculaire. Un chapitre de son histoire se refermait. Tucker était mort, sa mémoire à jamais souillée. Gideon avait dignement vengé son père.

Il n'avait pensé à rien d'autre depuis douze ans, au point de négliger tout le reste : amis, amour, carrière.

Un immense sentiment de soulagement avait pris le relais. Il se sentait enfin libre. Libre de mener une existence normale. À trente-deux ans, il avait la vie devant lui, et une infinité d'envies à satisfaire.

En commençant par attraper la truite jaune monstrueuse qu'il savait tapie dans l'un des bassins de la rivière qui murmurait à ses pieds.

Il emplit longuement ses poumons, respirant à l'envi les odeurs de pin et d'herbe, s'efforçant d'oublier le passé afin de ne plus penser qu'à l'avenir. Il contempla avec délice le paysage qui l'entourait. Son endroit préféré sur cette terre. Personne d'autre que lui ne venait pêcher dans ce lieu auquel on accédait au terme d'une pénible et longue randonnée. Les truites sauvages qui habitaient les trous d'eau et les replis de la rivière étaient aussi capricieuses que rétives. Un faux mouvement, l'ombre d'une canne à pêche au-dessus de l'eau, un pas trop lourd sur l'herbe grasse de la rive, et le bassin se dépeuplait pour longtemps.

Il s'assit dans l'herbe loin de l'onde, jambes croisées, se débarrassa de son sac à dos et posa l'étui à canne à pêche à côté de lui. Il en dévissa l'embout, assembla les longueurs de bambou sur lesquelles il fixa le moulinet avant de passer le fil de nylon à travers les anneaux, puis il se mit en quête de la mouche idéale en fouillant dans la boîte où il les rangeait. Les sauterelles étaient peu nombreuses dans le coin, mais il y en avait suffisamment pour alimenter la convoitise des poissons lorsque l'une ou l'autre avait le malheur de sauter dans l'eau. Gideon choisit une petite sauterelle jaune et verte dans sa boîte et l'attacha à l'extrémité de la ligne. Abandonnant son équipement sur le pré, il se coula au milieu des herbes en veillant à avancer le plus légèrement possible. Parvenu au bord d'un grand bassin, il s'accroupit, déroula quelques dizaines de centimètres de ligne et envoya la mouche dans l'eau d'un geste habile du poignet.

Un puissant remous lui signala qu'il avait une touche. Il sauta sur ses pieds, tendit la ligne et entama la lutte avec le poisson. Il s'agissait d'une grosse prise, une truite bagarreuse bien décidée à s'échapper dans le labyrinthe des racines bordant la rive. Tout en relevant la canne, Gideon jouait du pouce afin d'empêcher le poisson de s'échapper. Il donna du mou en voyant sa tête frétiller à la surface de l'eau dans une gerbe de gouttelettes qui scintillèrent au soleil. La robe couleur sang de l'animal apparut brièvement en pleine lumière, puis il replongea précipitamment. Le pêcheur tira sur sa ligne, mais sa proie savait que son salut dépendait de sa capacité à se réfugier dans le nœud de racines. Le fil de nylon se tendit à craquer.

— Professeur Crew ?

Gideon se retourna en sursautant, relâchant son effort, donnant du mou à sa proie qui profita de l'aubaine pour se cacher. La ligne s'emmêla dans l'enchevêtrement de végétation aquatique et se détendit soudainement : la truite s'était libérée.

Furieux, le pêcheur fusilla du regard l'intrus qui se tenait à quelques mètres de lui : un inconnu d'une cinquantaine d'années, vêtu d'un pantalon de toile fraîchement repassé, de chaussures de randonnée flambant neuves et d'une chemise à carreaux, les yeux dissimulés derrière des lunettes noires. Ses cheveux étaient poivre et sel, son teint olivâtre et son visage très vif aux traits fatigués, marqué de cicatrices ressemblant à des traces de brûlures.

Gideon rembobina la ligne en jurant entre ses dents, puis il releva la tête et constata que l'inconnu attendait patiemment, un léger sourire aux lèvres.

— Qui êtes-vous ? l'interrogea-t-il sur un ton agressif.

L'homme s'approcha.

— Manuel Garza.

Gideon fixa la main que l'autre lui tendait, sourcils froncés, jusqu'à ce que l'homme la retire.

— Désolé de vous déranger en dehors de vos heures de travail, ajouta Garza, mais ça ne pouvait pas attendre.

Il paraissait anormalement maître de lui, son sourire vissé aux lèvres. Et ce calme commençait à agacer sérieusement son interlocuteur.

— Comment m'avez-vous trouvé ?

— Simple déduction. Nous savons que vous avez l'habitude de pêcher dans le coin. Le signal de votre téléphone portable nous a également aidés.

— C'est donc vous, Big Brother ? De quoi s'agit-il ?

— Je ne suis pas en mesure de vous en dire davantage à ce stade.

Cette rencontre pouvait-elle être liée à la mort de Tucker ? Impossible. La page était tournée, Gideon avait mené sa mission à bien, lavé l'honneur des siens, répondu aux questions des enquêteurs. Il regarda sa montre d'un air entendu.

— Retrouvons-nous pour l'apéritif à 18 heures dans mon petit chalet. Inutile de vous expliquer où il se trouve, vous me paraissez fort bien renseigné. À tout à l'heure ! Ma partie de pêche n'est pas terminée.

— Je suis désolé, professeur Crew, mais je vous l'ai déjà dit, ça ne peut pas attendre.

— Qu'est-ce qui ne peut pas attendre ?

— Nous avons un travail à vous confier.

— J'ai déjà un travail. À Los Alamos. Vous savez, l'endroit où sont conçus tous ces jolis petits engins nucléaires.

— Le travail que nous avons l'intention de vous confier est nettement plus excitant, et infiniment mieux rémunéré. Cent mille dollars pour une semaine de votre temps. Vous êtes l'homme de la situation et vous aurez l'occasion, en prime, de servir ce pays. Sans parler d'une somme dont vous avez le plus grand besoin. Toutes ces dettes...

Garza laissa la phrase en suspens en secouant la tête.

— Les cartes de crédit sont faites pour ça. L'Amérique est la patrie de la liberté, au cas où vous l'auriez oublié.

Gideon fut pris d'une hésitation. Il avait effectivement besoin d'argent, et la somme qu'on lui proposait était inespérée.

— En quoi consiste ce boulot ?

— Au risque de me répéter, il est trop tôt pour vous le dire. Un hélicoptère nous attend sur le plateau. Il nous conduira jusqu'à l'aéroport d'Albuquerque où se trouve le jet privé qui nous permettra de rallier le lieu de votre mission.

— Vous voulez dire que vous êtes venu en hélico ? Arrêtez vos conneries !

Il se souvint brusquement avoir entendu un ronronnement, un peu plus tôt, sans y prêter attention. Les monts Jemez servaient régulièrement à l'entraînement des pilotes de la base de Kirtland.

— Il y a vraiment urgence.

— On dirait. Pour qui travaillez-vous ?

— Je ne suis pas en mesure de vous le dire, répliqua Garza. Vous êtes prêt ? ajouta-t-il en souriant, la main tendue en direction du sentier muletier qui traversait les contreforts de la mesa.

— Ma mère m'a fait promettre de ne jamais suivre un inconnu dans son hélicoptère.

— Je ne puis que vous répéter ce que je vous ai déjà dit, professeur. Cette mission devrait vous intéresser, dans tous les sens du terme. Pourquoi ne pas m'accompagner à notre quartier général afin d'en savoir davantage ?

— Où ça ?

— À New York.

Gideon ouvrit de grands yeux et secoua la tête en ricanant. *Cent mille dollars...* Exactement ce dont il avait besoin pour entamer une nouvelle page de son existence.

— La mission en question est-elle illégale ?

— Pas le moins du monde.

— Après tout ! Je n'ai pas visité la Grosse Pomme depuis longtemps. Très bien, Manuel. Je vous suis.

13

Six heures plus tard, le soleil se couchait au-dessus des eaux de l'Hudson lorsque la limousine s'engagea dans la 12e Rue Ouest, au cœur de l'ancien quartier des abattoirs de Manhattan. Cette partie de la ville avait changé du tout au tout depuis l'époque où Gideon y faisait régulièrement la fête, pendant ses années d'études au MIT. Les vénérables entrepôts en brique, avec leurs chaînes desquelles pendaient des crocs de boucher, avaient laissé place à une multitude de boutiques chics, de restaurants à la mode, d'immeubles et d'hôtels branchés au milieu desquels déambulaient des passants à l'air faussement détaché. La limousine avança en cahotant sur les vieux pavés et s'arrêta devant l'un des rares bâtiments épargnés par les promoteurs immobiliers.

— Nous sommes arrivés, annonça Garza.

À sa descente de voiture, Gideon constata qu'il faisait nettement plus chaud à New York qu'au Nouveau-Mexique. Il observa l'entrée du bâtiment d'un œil dubitatif : une double porte métallique sur une plate-forme de chargement couverte d'affiches usées et de graffitis divers. L'immeuble, haut de douze étages, était imposant. Le fronton arborait une inscription à demi effacée – Abattoirs Price & Price – au-dessus de laquelle la brique sale cédait la place à un duplex de verre et d'aluminium, comme posé sur le toit du vieil immeuble.

Lorsque Gideon s'engagea, à la suite de Garza, dans l'escalier en béton permettant d'accéder à la plate-forme de chargement, la double porte s'écarta automatiquement sur des gonds bien huilés. Les deux hommes pénétrèrent dans un couloir sombre et se retrouvèrent devant une porte en acier de facture nettement plus récente, à côté de laquelle avait été placé un boîtier équipé d'un clavier et d'un scanner rétinien. Garza posa son attaché-case à ses pieds, approcha son visage du scanner, et l'ouverture coulissa en silence.

— Il ne manque plus que Max la Menace, railla Gideon.

Son accompagnateur posa sur lui un regard d'où avait disparu toute trace de sourire.

En s'avançant, il découvrit une véritable cathédrale, haute de quatre étages, éclairée par des centaines de points lumineux. Des passerelles métalliques couraient en hauteur tout autour de l'immense espace que meublaient des rangées entières de tables sur lesquelles reposaient les objets les plus disparates : des moteurs d'avion en cours de dissection, des projets en 3D de quartiers entiers, la maquette d'une centrale nucléaire soumise à une attaque terroriste par voie aérienne. Une table plus spectaculaire encore accueillait une coupe géologique d'un fond marin. Des techniciens en blouse blanche évoluaient en tous sens, prenant des notes sur des tablettes tactiles tout en conversant à voix basse.

— Vous m'aviez parlé d'un quartier général, s'étonna Gideon, mais on se croirait plutôt dans les studios Industrial Light and Magic.

— Le terme magique convient assez bien, répliqua Garza en lui montrant le chemin. De la magie de haut vol.

Le visiteur suivit son guide entre les tables dont il détaillait le contenu à mesure de leur avancée. Il reconnut deux maquettes incroyablement fidèles de Port-au-Prince, avant et après le tremblement de terre, de petits drapeaux plantés dans l'une d'elles figurant l'ampleur des dégâts. Un peu plus loin se trouvait une réplique à grande échelle d'un module spatial constitué d'éléments cylindriques surmontés de panneaux solaires.

— On dirait la station spatiale internationale.

Garza approuva de la tête.

— Telle qu'elle se présente avant de quitter son orbite.

Gideon posa sur lui un regard surpris.

— Avant de quitter son orbite ?

— Afin de remplir son rôle secondaire.

— Son *quoi* ? C'est une plaisanterie ?

— Nous procédons à de simples expériences, rien de plus.

À l'autre extrémité de l'immense caverne les attendait un ascenseur ouvert qui les déposa sur la passerelle supérieure. Les deux hommes franchirent une porte donnant sur un labyrinthe de couloirs peints en blanc et pénétrèrent quelques instants plus tard dans une petite salle de réunion aux murs blancs entièrement nus, basse de plafond, meublée d'une unique table de bois poli.

Un inconnu en chaise roulante se tenait à son extrémité. Jamais Gideon n'avait eu l'occasion de croiser un personnage d'allure aussi surprenante : une tête anormalement grosse, des cheveux bruns parsemés de blanc, coupés très court. L'un des yeux de l'étrange individu était recouvert d'un bandeau noir qui lui donnait l'air d'un pirate, tandis que l'autre, d'un gris étincelant, observait fixement son visiteur. Une inquiétante balafre rose traversait sa joue droite, de la naissance des cheveux au menton en passant par son œil mutilé, et poursuivait son tracé sinistre le long de son cou avant de se perdre dans le col de la chemise bleue. Un costume noir à rayures complétait ce tableau peu engageant.

L'homme accueillit son visiteur en le gratifiant d'un sourire qui n'ôtait rien à l'austérité de son maintien.

— Merci d'être venu d'aussi loin, professeur Crew. Asseyez-vous, je vous en prie.

Gideon obtempéra tandis que Garza se mettait en retrait, le long du mur.

— Je me nomme Eli Glinn, déclara l'homme en fauteuil roulant. Bienvenue dans les locaux d'Effective Engineering Solutions.

— Ne m'en veuillez pas d'avoir oublié d'apporter mon CV. M. Garza ne m'en a pas laissé le temps.

— Je n'aime guère perdre le mien. Si vous voulez bien vous donner la peine d'écouter, je vous éclairerai sur la nature de votre mission.

— Est-elle en rapport avec le Disney World que j'ai aperçu en bas ? Les catastrophes naturelles, accidents d'avion et autres attaques terroristes ? C'est en réfléchissant à des problèmes de ce genre que vous imaginez des solutions ?

Glinn le gratifia d'un regard indulgent.

— Entre autres activités, EES s'est spécialisée dans l'analyse de l'échec.

— L'analyse de l'échec ?

— Comprendre les raisons et les conditions qui y conduisent, qu'il s'agisse d'assassinat politique, d'accident d'aviation ou d'attaque terroriste, constitue un atout essentiel lorsqu'il s'agit de résoudre des problèmes d'ingénierie. L'analyse de l'échec est la face cachée des sciences de l'ingénieur.

— Je ne comprends pas bien.

— L'ingénierie est la science qui permet de concevoir et de fabriquer des objets, mais son objectif ne s'arrête pas là. Elle consiste également à envisager l'échec afin de mieux le prévenir. EES joue sur les deux tableaux en concentrant ses efforts sur la résolution de problèmes complexes. À ce jour, nous n'avons connu aucun échec. *Aucun*. À une petite exception près, sur laquelle nous travaillons actuellement.

Glinn prit une inspiration avant de poursuivre.

— La conception et l'analyse d'échecs sont à la fois notre pain quotidien et notre *couverture*. Derrière la façade de nos activités officielles, il nous arrive de mener à bien des projets hautement confidentiels, à la demande de clients bien particuliers. Et même *très* particuliers. Nous avons besoin de vous dans le cadre de l'un de ces projets.

— Pourquoi moi ?

— J'y viendrai dans un instant, mais laissez-moi tout d'abord vous fournir quelques détails. À l'heure où je vous parle, un savant chinois s'apprête à débarquer aux États-Unis. Nous croyons savoir que cet homme porte sur lui les plans d'une arme nouvelle extrêmement sophistiquée.

Gideon s'apprêtait à lancer une plaisanterie lorsqu'une œillade de Glinn l'en dissuada.

— Cela fait deux ans que les services de renseignement américains ont eu vent d'un projet mené dans le plus grand mystère au cœur d'un laboratoire souterrain situé aux environs de Lob Nor, une zone de Chine occidentale dans laquelle Pékin effectue des essais nucléaires. Des sommes et des moyens scientifiques considérables ont été affectés à ce projet. La CIA croit savoir que Pékin met au point une arme nouvelle, une sorte de Projet Manhattan[1] chinois susceptible de

1. Le projet de recherche américain qui a permis le développement de la première bombe atomique à Los Alamos, en 1945.

remettre en question l'équilibre entre les grandes puissances.

Gideon écarquilla les yeux.

— Une arme de destruction massive plus efficace que la bombe à hydrogène ?

— C'est ce que nous croyons savoir. Il semble que l'un des principaux scientifiques attachés à cette arme soit en route pour les États-Unis. Pour quelle raison ? Nous n'en savons rien. Nous entretenons l'espoir qu'il nous apporte les plans, mais nous n'en avons pas la certitude.

— Pour quelle raison agirait-il ainsi ?

— Il est tombé dans un piège lors d'un congrès scientifique qui se déroulait à Hong Kong.

— Comment ça ?

— Le scénario habituel : une femme séduisante est chargée de placer la victime dans une situation compromettante, avec photos à l'appui... Mais le piège n'a apparemment pas fonctionné comme prévu et notre homme a fui la Chine sous l'emprise de la panique.

— Je vois le tableau. Quand votre savant est-il censé arriver ici ?

— Il est actuellement en route. Il est monté à Hong Kong dans un vol de la Japan Airlines à destination de New York. Il a fait escale à Tokyo il y a neuf heures et devrait atterrir à JFK à 23 h 10. C'est-à-dire dans quatre heures.

— Bon sang. Je comprends mieux votre hâte.

— Votre mission est simple. Il s'agit de repérer notre homme à l'aéroport, de le filer et de lui subtiliser les plans à la première occasion afin de nous les livrer.

— Comment dois-je m'y prendre ?

— À vous d'y réfléchir.

— Avec quatre heures devant moi ?

Glinn acquiesça.

— Nous ne savons pas sous quelle forme se présentent les plans, ni où ils sont cachés. Il peut aussi bien s'agir d'un fichier codé, encrypté à l'intérieur d'une image dissimulée dans un ordinateur portable, que d'une clé USB ou d'un bon vieux microfilm.

— Cette mission est aberrante. Je ne vois pas qui pourrait réussir.

— Rares sont ceux qui seraient capables de la mener à bien, je le reconnais. C'est pour cette raison que nous vous avons choisi, professeur Crew.

— Vous plaisantez, j'imagine. Rien ne m'a jamais préparé à une tâche de ce type. Je vous rappelle que je suis un simple chercheur à Los Alamos. Vous devez avoir dans vos locaux une bonne douzaine de personnes plus qualifiées que moi.

— Vous êtes le candidat idéal, au contraire, et pour deux raisons. La première tient à votre *ancienne* profession.

— De quoi voulez-vous parler ?

— Je fais référence à vos talents de cambrioleur, spécialiste des musées.

La phrase de Glinn laissa Gideon sans voix.

— Je ne parle pas des grands musées, mais des établissements privés possédant des collections moins voyantes et des systèmes d'alarme moins performants auxquels vous accordiez votre préférence.

— Vous devriez changer d'informateurs, répliqua Gideon d'une voix sourde. Je ne cambriole pas les musées. Mon casier judiciaire peut aisément en attester.

— C'est bien la meilleure preuve d'un talent qui pourra se révéler fort utile dans le cas présent. Cela dit, je sais pertinemment que vous avez renoncé à cette première carrière le jour où d'autres intérêts ont pris le dessus. J'en arrive à la seconde raison. Nous avons suivi avec le plus grand intérêt l'opération menée avec brio contre le général Chamblee S. Tucker.

Gideon eut à nouveau toutes les peines du monde à masquer sa surprise.

— Quelle opération ? demanda-t-il d'un air faussement déconcerté. Tucker a pété les plombs et nous a attaqués, un jour où je lui rendais visite avec l'un de ses employés.

— À d'autres. Je sais que vous avez consacré les douze dernières années à de brillantes études qui vous ont permis d'obtenir un doctorat au MIT, tout en cherchant un moyen de piéger Tucker pour venger votre père. Je sais par quel moyen vous êtes parvenu à déclassifier un rapport top secret afin de vous en servir contre votre proie. C'était un personnage puissant qui avait érigé autour de lui d'importants remparts. Vous avez fait preuve de beaucoup d'initiative et de sang-froid, dans la mise en œuvre de l'opération comme lors de la fusillade.

Gideon en avait le tournis. C'était donc la raison de sa présence dans cet endroit. Glinn avait décidé de le faire chanter.

— Je ne vois pas de quoi vous voulez parler, tenta-t-il.

— Allons, allons. N'ayez crainte, je n'ai aucunement l'intention de divulguer votre petit secret. Nous étions nous-mêmes à l'affût d'un bon moyen de nous débarrasser de Tucker. À la demande de l'un de nos clients, bien évidemment. Vous nous avez simplifié la tâche, et c'est ainsi que nous avons été amenés à nous intéresser à vous.

Gideon ne savait de quelle façon réagir. Glinn reprit :

— Vous m'avez demandé tout à l'heure pourquoi nous vous avions choisi. À vrai dire, professeur Crew, nous savons *tout* de vous, bien au-delà de vos dons de monte-en-l'air : votre enfance difficile, le détail de vos travaux sur les charges nucléaires à Los Alamos, vos talents de cordon-bleu, votre penchant pour les chemises hawaïennes et les pulls en cachemire, votre passion pour le jazz et l'alcool. Accessoirement, votre amour des femmes. Le seul détail qui nous fait encore défaut tient à cette phalange manquante à l'annulaire.

Il haussa le sourcil de son œil valide d'un air interrogateur. Gideon, rouge de colère, parvint à se contrôler.

— Si vous refusez d'éclaircir ce mystère, peut-être accepterez-vous de nous expliquer ceci : le retournement de Dajkovic faisait-il partie de votre plan initial ?

Son interlocuteur restait muet de stupéfaction.

— Je vous donne ma parole que rien de ce que vous nous révélerez ne sortira d'ici, le rassura Glinn. Vous devez bien vous en douter, nous savons préserver les secrets.

Gideon prit le temps de réfléchir. Cet homme lui avait bien fait comprendre qu'il le tenait à sa merci, mais il avait l'intuition d'avoir affaire à un personnage digne de confiance.

— Très bien, céda-t-il enfin. J'avais tout prévu depuis le départ. J'ai tendu cette embuscade à Tucker en sachant qu'il ne viendrait pas lui-même par lâcheté. J'avais calculé qu'il m'enverrait Dajkovic, dont je savais que c'était un type droit, avec l'intention de le retourner. Le stratagème a fonctionné et nous avons monté ensemble le reste de la... de l'opération.

Glinn hocha la tête.

— J'en étais certain. Un petit chef-d'œuvre d'ingénierie dans le domaine des sciences humaines. À une erreur près. Savez-vous laquelle ?

— Je n'ai pas pensé à fouiller ses vacheries de bottines.

Glinn afficha un sourire et son visage laissa filtrer pour la première fois un soupçon d'humanité.

— Exactement. Cela dit, l'opération ne s'est pas terminée sans heurts puisque Dajkovic a été blessé. Que s'est-il passé ?

— Tucker n'était pas un imbécile, il a compris que son employé lui mentait.

— Comment ?

— Il a refusé le verre que son patron lui offrait. Nous pensons que c'est le détail qui lui a mis la puce à l'oreille.

— Dans ce cas, l'erreur est imputable à Dajkovic, et non à vous. Je ne m'étais donc pas trompé, vous n'avez commis qu'une seule erreur. J'avoue n'avoir jamais rien vu de comparable. Vous êtes l'homme qu'il nous faut.

— J'ai mis plus de dix ans à mettre au point ma vengeance. Cette fois-ci, vous ne m'accordez que quatre heures.

— Le problème est infiniment moins complexe.

— Et si j'échouais ?

— Vous n'échouerez pas.

Gideon s'accorda quelques secondes de réflexion.

— Autre question : que comptez-vous faire de l'arme mise au point par les Chinois ? Je n'ai pas l'intention de nuire à mon pays.

— Aucun risque : mon client n'est autre que le gouvernement des États-Unis.

— Impossible. Washington aurait fait appel au FBI ou à la CIA au lieu de s'adresser à une firme privée.

Glinn glissa alors la main dans la poche de sa veste et posa sur la table un document qu'il fit glisser d'un doigt vers son interlocuteur, qui découvrit une carte aux armes des États-Unis.

— Le directeur du Renseignement national ?

— Vous m'auriez déçu en accordant une foi aveugle en tout ce que je vous affirme. Aussi, je vous invite à vérifier par vous-même en contactant cette personne à la direction de la Sécurité intérieure. Elle vous confirmera que nous travaillons pour ses services.

— Jamais on n'acceptera de me passer un type aussi haut placé !

— Il vous suffit d'utiliser mon nom.

Hésitant, Gideon observait son interlocuteur en silence. Cent mille dollars... Une belle somme, mais un boulot difficile. Et dangereux. Glinn avait tort de lui accorder une telle confiance.

Il secoua la tête.

— Monsieur Glinn, jusqu'au mois dernier, j'ai mis toute mon énergie à la réalisation d'un seul objectif. Je me sens enfin libre de vivre. Je voudrais avoir des amis, me poser, rencontrer quelqu'un, me marier, avoir des enfants. Je voudrais apprendre les secrets de la pêche à la mouche à mon fils. Le boulot que vous me proposez sent le soufre. Or, j'ai le sentiment d'avoir pris suffisamment de risques pour toute une vie. Vous comprenez ? Cette mission ne m'intéresse pas.

Un silence pesant s'abattit sur la pièce.

— C'est votre dernier mot ? demanda Glinn.

— Oui.

L'infirme adressa un léger signe de tête à Garza qui tira de son attaché-case un dossier médical, le posa sur la table, l'ouvrit et dévoila un épais tas de résultats d'analyses, de scanners et de radiographies.

— Je ne comprends pas, s'étonna Gideon. Pourquoi me montrez-vous ces radios ?

— Parce que ce sont les vôtres, prononça Glinn à regret.

14

Gideon s'empara du dossier médical avec inquiétude. Le nom du patient avait été soigneusement découpé sur les scanners et les radios, passé au noir sur les résultats d'analyses.

— C'est quoi, cette histoire ? Où les avez-vous dénichés ?

— Dans le service où vous avez été traité suite à votre blessure à l'arme blanche.

— Et alors ?

— Lors de ce séjour, il a été procédé aux examens habituels : radios, IRM, prélèvements sanguins. Vous souffriez d'un choc à la tête, de sorte que les médecins se sont intéressés plus particulièrement à votre cerveau, et ils ont découvert accidentellement que vous souffriez d'une malformation artérioveineuse. Ce que l'on appelle en jargon médical un anévrisme de l'ampoule de Galien.

— Mais encore ?

— Il s'agit d'une malformation, souvent congénitale, du réseau veineux irriguant l'artère cérébrale. Le sujet ne présente généralement aucun symptôme jusqu'à l'âge de vingt ans, quand apparaissent les premiers syndromes.

— C'est dangereux ?

— Extrêmement.

— Je suppose qu'il existe des traitements.

— Dans votre cas, l'anévrisme se situe au niveau du polygone de Willis, à la base du cerveau. Il n'est pas opérable. Et malheureusement fatal.

— Fatal ? Mais en combien de temps ?

— Les praticiens les plus optimistes vous donnent un an à vivre.

— Un an ?

La tête lui tournait.

— *Un an ?* répéta-t-il, hébété.

Il sentit une montée de bile lui envahir la bouche tandis que Glinn poursuivait ses explications d'une voix neutre.

— En termes purement statistiques, vos chances de vivre encore deux ans sont inférieures à cinq pour cent. Le décès survient habituellement de façon très rapide, sans aucun signe avant-coureur ou presque. Le patient ne présente ni symptôme ni trouble jusque-là, ne nécessite ni traitement ni régime alimentaire particulier. Bref, il vit tout à fait normalement avant de mourir brutalement. Cette pathologie est incurable et inopérable, ainsi que je vous l'ai expliqué.

Gideon regardait fixement son interlocuteur, abasourdi par la monstruosité de ce qu'il lui révélait. Pris d'une rage incontrôlable, il se leva d'un bond.

— Vous me faites chanter, c'est ça ? Si vous croyez pouvoir me convaincre de cette façon-là, bande de salopards, vous vous trompez lourdement. C'est un tissu de conneries, ajouta-t-il, hypnotisé par le dossier médical. Un coup monté. Si c'était vrai, les médecins m'en auraient averti. Ce sont les radios d'un autre malade.

— Nous avons demandé aux médecins de ne rien vous révéler, répliqua Glinn d'une voix égale. Nous leur avons expliqué qu'il en allait de la sécurité nationale. Il nous fallait surtout recueillir l'avis d'autres spécialistes, aussi avons-nous transmis votre dossier au Dr Moron Stall à l'hôpital Mass General de Boston, le meilleur spécialiste au monde des anévrismes de l'ampoule de Galien. Il nous a confirmé le diagnostic et le pronostic. Croyez-moi, nous avons été aussi choqués que vous. Nous avions d'importantes vues sur vous.

— Dans ce cas, pourquoi lever le secret aujourd'hui ?

— Professeur Crew, répondit Glinn avec une note de bienveillance dans la voix, croyez bien que nous compatissons.

Gideon, le souffle court, l'observait avec des yeux méfiants. Il ne pouvait s'agir que d'une ruse, ou bien d'une erreur.

— Je refuse de vous croire.

— Nous comptions vous proposer un poste chez nous lorsque la terrible nouvelle nous a été communiquée. Nous nous interrogions à votre sujet lorsque nous est parvenue l'information de la défection de Wu. Il s'agit d'une alerte de la plus haute importance. Vous êtes la seule personne capable de réussir, surtout dans des délais aussi brefs, ce qui explique la brutalité avec laquelle nous avons agi, et je m'en excuse sincèrement.

Gideon s'épongea le front d'une main tremblante.

— Bravo pour votre timing.

— Le timing des affections incurables n'est jamais le bon.

La colère qui l'étouffait quelques instants plus tôt semblait s'être évaporée, laissant place à un immense découragement.

— En fin de compte, nous n'avons pas le choix étant donné l'urgence de la situation. Nous ne savons pas précisément à quoi nous attendre avec Wu, mais nous ne pouvons pas nous permettre de laisser passer notre chance. En cas de refus de votre part, le FBI sera trop heureux de prendre le relais avec l'un de ses agents, mais je puis déjà vous prédire que ce sera un désastre. La décision vous appartient, Gideon. Vous ne disposez que de dix minutes, et j'espère sincèrement que vous accepterez.

— Tout ça est complètement dingue. Je n'arrive pas à y croire.

Il se leva dans un silence lourd et s'approcha de la petite fenêtre de verre cathédrale derrière laquelle brillaient les lumières de la caverne. Au bout de quelques instants, il se retourna.

— J'ai du mal à croire que vous ayez le culot de me demander de vous aider après m'avoir annoncé une nouvelle pareille.

— J'aurais préféré agir autrement, croyez-le bien.

— Un an, c'est bien ça ? Il me reste moins d'une putain d'année à vivre ?

— Vous trouverez dans le dossier un graphique illustrant l'évolution de la maladie. Il s'agit uniquement de probabilités. Vous disposez d'une période de six mois à un an devant vous, deux tout au plus.

— Et il n'existe aucun traitement ?

— Aucun.

— J'ai besoin d'un remontant. Apportez-moi un scotch.

Garza appuya sur un bouton et un panneau de bois s'écarta, révélant un minibar. Quelques instants plus tard, il posait un verre devant Gideon.

Celui-ci avala une gorgée, puis une autre, et attendit que l'alcool produise son effet, sans succès.

— Vous avez le choix, reprit Glinn d'une voix douce. Vous pouvez passer les quelques mois qui vous restent à vous amuser, à brûler la vie par tous les bouts. Ou bien alors vous pouvez décider de consacrer cette année à votre pays. Il m'est impossible de choisir à votre place.

Gideon vida son verre d'un trait.

— Un autre ? s'enquit Garza.

Il lui répondit par la négative d'un geste de la main.

— Vous avez également la possibilité de remplir cette mission et de prendre votre décision dans une semaine, armé d'un pécule suffisant pour vivre les mois qui vous restent dans un confort relatif.

Les yeux de son interlocuteur faisaient la navette entre le dossier et Glinn.

— C'est bon, j'accepte votre putain de mission, grommela-t-il en ramassant le dossier médical. Une dernière précision : j'emporte ces radios avec moi et je compte bien les confier à un spécialiste. Si jamais vous m'avez raconté des conneries, je m'occuperai personnellement de vous.

— Fort bien, acquiesça Glinn en glissant un autre dossier dans sa direction. Vous trouverez ici l'ensemble des informations relatives à votre mission, ainsi que divers renseignements sur votre objectif, et quelques photos. Il se nomme Wu Longwei, mais se fait couramment appeler Mark Wu. L'adoption d'un prénom occidental est une habitude courante chez les cadres chinois. Manuel ? ajouta-t-il en se calant sur son siège.

Garza s'avança, une épaisse liasse de billets de cent dollars dans une main et un Colt Python dans l'autre.

— Cet argent permettra de couvrir vos frais, précisa Glinn. Vous connaissez le maniement de cette arme ?

Gideon empocha les billets et soupesa le Colt.

— J'aurais préféré le modèle en inox satiné.

— Vous trouverez cette variante en acier bleuté plus discrète lors des opérations de nuit, réagit sèchement Glinn. Quelles que soient les circonstances, vous ne devez en aucun cas entrer en contact avec nous tout au long de l'opération. En cas de besoin, c'est nous qui vous contacterons. Compris ?

— Pour quelle raison ?

— Monsieur Garza, veuillez indiquer la sortie au professeur Crew, rétorqua simplement Glinn. Il n'a pas une minute à perdre.

Gideon se trouvait sur le seuil de la pièce lorsque la voix de Glinn s'éleva dans son dos.

— Merci à vous. Merci beaucoup.

15

Gideon gara l'immense limousine sur une place réservée aux taxis, face aux arrivées du terminal 1 de l'aéroport Kennedy. Il avait encore en tête son coup de téléphone à la direction de la Sécurité intérieure, passé depuis une cabine en quittant les locaux d'EES. Sans prêter attention aux coordonnées figurant sur la petite carte, il avait composé le numéro du standard où une hôtesse anonyme, en l'entendant prononcer le nom d'Eli Glinn, s'était empressée de le mettre en relation avec le directeur en personne. Dix minutes plus tard, il raccrochait, éberlué, se demandant bien pour quelle raison on l'avait personnellement choisi pour une mission aussi folle. « Nous avons toute confiance en M. Glinn », lui avait affirmé le directeur de la DSI à plusieurs reprises. « Il ne s'est jamais trompé. »

Gideon chassa la conversation de sa tête avant d'essayer, avec moins de succès, d'oublier les pensées noires qui l'agitaient. Il aurait tout le temps d'y réfléchir par la suite. Il lui fallait impérativement se concentrer sur le travail qui l'attendait.

Il était presque minuit mais l'aéroport JFK ressemblait à une fourmilière, à mesure qu'atterrissaient les derniers vols en provenance d'Extrême-Orient.

Gideon vit bientôt s'approcher deux agents à l'allure martiale. Il descendit de voiture et afficha un sourire narquois.

— Vous jouez à quoi ? se précipita le premier flic, un freluquet aux allures de fouine. L'espace de stationnement réservé aux limousines, c'est là-bas ! précisa-t-il d'un geste agacé en faisant trembler son carnet de PV.

Son collègue, gros et mou, le suivait en soufflant.

— Qu'est-ce qui se passe ? s'enquit-il, l'air perdu.

Le contrevenant croisa ses bras interminables, posa nonchalamment le pied sur le pare-chocs et adressa un sourire au flic bonasse.

— Agent Hardy ? demanda-t-il.

— Non, moi c'est Gorski, répondit l'autre.

— Excusez-moi, je vous avais confondu avec Hardy.

— Hardy ? Connais pas.

— Et pour cause, grinça son coéquipier. Il n'y a pas d'agent Hardy chez nous. Je sais pas de qui vous voulez parler, mais vous avez pas le droit de stationner ici.

— J'attends un VIP, précisa Gideon en sortant de sa poche un paquet de chewing-gums qu'il tendit aux deux flics.

Le gros ne se fit pas prier.

— Faites-moi voir votre licence de taxi, continua le petit en repoussant le paquet de chewing-gums tout en lançant à son collègue une œillade assassine.

Gideon lui présenta la licence « louée » à grands frais, en même temps que la limousine. Le petit flic la lui arracha des mains et la tendit à son coéquipier qui l'examina attentivement tandis que le prétendu chauffeur rangeait ses chewing-gums en roulant des mâchoires d'un air pensif.

— Vous savez très bien que vous n'avez pas le droit de rester là, s'énerva le petit flic d'une voix aiguë. Je vous colle un PV, et vous avez intérêt à dégager d'ici dans la foulée.

Sans attendre la réponse, il commença à noircir son carnet.

— Ne faites pas ça, l'avertit Gideon. Les PV me donnent de l'urticaire.

Le flic émit un petit ricanement.

— Vous n'avez pas dû bien entendre, insista Gideon.

— Entendre quoi ?

— Que je venais chercher un VIP.

— Rien à foutre de votre VIP. Vous n'avez pas le droit de stationner ici, un point c'est tout, répliqua le contractuel dont le stylo s'était figé sur le carnet.

De son côté, son gros collègue déchiffrait longuement la licence, les lèvres froncées en signe de concentration.

— Qui vous venez chercher ? finit par demander le freluquet en constatant que son interlocuteur ne se départait pas de son calme olympien.

Le sourire de Gideon s'élargit.

— Vous devez bien vous douter que je ne suis pas en mesure de vous le révéler, précisa-t-il en consultant sa montre. Son avion est en train d'atterrir. Il ne va pas tarder à franchir la douane grâce au coupe-file réservé aux personnalités. Le problème, c'est que je suis censé l'attendre *à l'intérieur*, pas sur le trottoir, à cause de deux fl... euh, de deux agents.

Gorski lui rendit sa licence.

— Tout est en ordre, déclara-t-il sur un ton innocent.

— On n'a jamais été avertis de l'arrivée d'une personnalité, reprit son collègue qui commençait à rabattre son caquet. Je suis désolé, mais le règlement est le même pour tout le monde.

Gideon leva les yeux au ciel.

— Génial ! Vous n'êtes au courant de rien ! Après tout, je m'en fiche. Allez-y, mettez-moi un PV. Je le garderai en souvenir.

Il faisait mine de regagner l'habitacle de la limousine en secouant la tête d'un air navré lorsque le petit flic l'arrêta d'un geste en plissant les paupières.

— Normalement, on est censés être notifiés avant l'arrivée des personnalités. Qui c'est ? Un politicard ?

Gideon s'immobilisa, la main sur la poignée de la portière.

— Disons que c'est l'un des nôtres. Le Big Boss. Du genre à s'énerver gentiment quand il y a une déconnade.

Les deux flics se regardèrent.

— Vous voulez dire... le préfet de police ?

— Je ne vous ai rien dit.

— On aurait dû être avisés, pleurnicha Gorski.

Le moment était venu de passer à la vitesse supérieure. Abandonnant son air bonhomme, Gideon regarda ostensiblement sa montre.

— Il faut vous mettre les points sur les *i*, ou quoi ? C'est quand même pas compliqué à comprendre : si je ne suis pas au pied des escalators pour l'accueillir dans une minute, je peux vous garantir que ça va chier des bulles. Et je ne vais pas me gêner pour rédiger un rapport expliquant que j'ai été bloqué par deux contractuels qui avaient oublié de consulter leurs e-mails.

Il tira de sa poche un carnet et un stylo.

— Ça s'épelle comment, Gorski ?

— Euh... lâcha celui-ci en implorant des yeux son collègue.

Gideon se tourna vers le freluquet.

— Vous aussi, vous voulez figurer dans mon rapport ? C'est quoi votre nom ? Laurel ? demanda-t-il en les gratifiant tour à tour d'un regard furibond.

Les deux hommes se dégonflèrent aussitôt.

— On surveille votre limousine, suggéra le petit flic en lissant sa veste d'uniforme d'un geste nerveux. Allez le chercher.

— Oui, oui, ajouta Gorski. Pas de souci, on veille au grain.

— Bien joué, les gars. Je suis heureux de voir que les montagnards sont là. C'est mon film préféré !

Disparaissant d'un pas martial à l'intérieur du terminal, il gagna la zone de retrait des bagages où l'attendait le grondement mécanique des tapis roulants et des escalators que descendaient des hordes de passagers.

Il rejoignit le petit groupe des chauffeurs de limousine qui attendaient au pied des marches, un panneau à la main, dévisageant tous les Asiatiques qui passaient à sa hauteur. Il avait pris soin de mémoriser les deux portraits de Wu fournis par Glinn, mais il y avait toujours le risque que son gibier ne ressemble pas aux photos fournies.

Il reconnut soudain le savant au milieu du flot des passagers. Un petit homme à l'allure grave, doté d'un front haut surmonté d'une calotte de cheveux, de lunettes à monture noire épaisse et d'une veste d'universitaire en tweed. Il descendait les escalators d'un air timide, tête baissée, épaules voûtées, le plus discrètement possible, sans bagage à main ni ordinateur portable.

Après avoir atteint le bas des escalators, au lieu de se diriger vers les tapis roulants des bagages, il poursuivit son chemin en direction de la sortie, passant précipitamment à côté de Gideon.

Pris de court, celui-ci s'élança dans son sillage. La file d'attente pour les taxis était déserte. Wu prit un ticket au distributeur et se glissa à l'arrière du premier véhicule garé là, une Ford Escape.

Gideon courut jusqu'à la limousine.

— Hé ! Que se passe-t-il ? lui cria le flic maigre.

— Je me suis trompé de terminal ! Putain, je suis dans la merde.

Il sortit le billet de cinquante dollars qu'il tenait prêt dans la poche de sa veste en cas d'urgence, le jeta en direction des deux flics et monta dans l'immense véhicule.

Le temps que les deux hommes se ruent sur le billet qui s'envolait au vent et il démarrait sur les chapeaux de roue à la suite de la Ford.

16

Gideon accéléra en s'engageant sur la bretelle de sortie du terminal et rattrapa le taxi de justesse au moment où il rejoignait le Van Wyck Expressway. Il ralentit prudemment, veillant à se tenir à bonne distance de la Ford qui glissait au milieu de la circulation, fluide à cette heure tardive, changeant régulièrement de file afin de détourner les soupçons éventuels de Wu.

Une filature ordinaire. Ni le chauffeur de taxi ni le savant ne semblaient imaginer qu'ils étaient suivis par un véhicule aussi voyant qu'une limousine. La Ford se faufila sur le Grand Central Parkway en direction de Manhattan et passa le Shea Stadium, puis l'aéroport de La Guardia. Les silhouettes des gratte-ciel apparurent au niveau du pont RFK, leurs lumières scintillant sur les eaux sombres de l'East River. Le taxi évita le FDR Drive en franchissant le pont de la 3ᵉ Avenue et remonta sur East Harlem, s'enfonça dans la 125ᵉ Rue et bifurqua sur Park Avenue en direction du centre-ville.

Wu se rendait visiblement dans l'Upper East Side. Gideon repassa dans sa tête les détails du plan qu'il avait mis au point. Le mieux était encore de suivre le taxi jusqu'à sa destination finale, de se garer et de…

Soudain, il remarqua dans son rétroviseur une Lincoln Navigator noire aux vitres teintées qui se rapprochait rapidement. Au lieu de le dépasser, elle se colla au pare-chocs du taxi. Le véhicule semblait neuf, mais l'ampoule de sa plaque d'immatriculation était grillée, rendant toute identification impossible.

Gideon passa sur la file de gauche et accéléra brièvement dans l'espoir de distinguer le conducteur du 4 × 4 à travers le pare-brise. Peine perdue, il faisait trop sombre. Il se résolut à se coller dans son sillage, inquiet de la tournure des événements.

La Ford prit de la vitesse, mais la Navigator ne se laissait pas distancer. Le taxi freina, aussitôt imité par son poursuivant.

Voilà qui ne présageait rien de bon.

La Lincoln fit alors un bond en avant en faisant rugir son moteur ; son énorme pare-chocs chromé heurta l'arrière du taxi, le poussant sur le bas-côté. Dans un long crissement de pneus, celui-ci zigzagua dangereusement et reprit tant bien que mal sa trajectoire en s'insérant sur la file de gauche. La Navigator fonça à nouveau sur lui. Le taxi évita le choc en se glissant sur la file de droite, son chauffeur freina, mais le conducteur de la Lincoln donna un coup de volant énergique et le heurta violemment avant qu'il n'accélère à nouveau, klaxonnant désespérément sur l'avenue.

Le taxi regagna la file de gauche avant de virer au coin de la 116e Rue Est. La circulation était nettement plus intense sur cette artère bien éclairée de Spanish Harlem où régnait une forte animation devant les bars et les restaurants, en dépit de l'heure avancée.

La Navigator l'imita en brûlant de la gomme tandis que Gideon, embarrassé par la longueur de sa limousine, négociait le virage en dérapage contrôlé. Le cœur battant à tout rompre, il s'efforçait de ne pas se laisser distancer par le 4 × 4 dont le conducteur cherchait par tous les moyens à emboutir la Ford.

Le chauffeur de taxi tentant de semer son poursuivant, les deux véhicules filaient à toute allure sur la 116e Rue en zigzaguant entre les voitures dans un concert de klaxons rageurs, de crissements de pneus et d'injures. Gideon, les mains moites, s'accrocha au volant de la limousine.

Les trois véhicules franchirent Lexington Avenue à plus de cent kilomètres heure en direction du carrefour brillamment éclairé de la 3e Avenue. Soudain, le feu passa à l'orange. Gideon enfonça la pédale de frein. Jamais ils ne parviendraient à passer. Mais la Navigator déboîta soudainement sur la file des véhicules qui arrivaient en sens inverse, alignant son capot avec celui du taxi. D'un coup de volant brutal, elle heurta celui-ci, qui franchit le carrefour en tournoyant sur lui-même dans un nuage de fumée, heurta de plein fouet une voiture qui venait à sa rencontre, fit un tonneau et s'écrasa au milieu d'un groupe de badauds agglutinés devant une *lechonera* portoricaine, dans un mélange atroce de chair hachée et de métal froissé. La carcasse du taxi acheva sa course mortelle en faisant exploser la vitrine d'un restaurant avant de retomber lourdement dans un nuage de vapeur et un bruit de fin du monde, amplifié par la cascade des cochons de lait, des couennes grillées et des côtes de porc s'échappant de la rôtissoire qui roulèrent sur la Ford avant de se disperser sur le trottoir.

Le temps s'arrêta brièvement dans un silence oppressant avant que ne fusent les plaintes et les hurlements de la foule en pleine débandade. Gideon, qui observait la scène avec horreur après avoir stoppé de justesse la limousine à l'orée du carrefour, ne put s'empêcher de penser à la fuite insensée des fourmis sur une bûche incandescente.

Il bondit hors du véhicule et se précipitait vers le lieu du désastre lorsqu'il vit arriver un bus, remontant la 3e Avenue bien au-dessus de la vitesse autorisée. Il se figea au bord du trottoir et vit l'énorme véhicule lui passer sous le nez. Le chauffeur, apercevant brusquement les corps qui jonchaient la chaussée, voulut freiner, mais il était trop tard. Il écrasa plusieurs des victimes avec un bruit sourd avant de perdre définitivement le contrôle de son véhicule, qui dérapa sur l'asphalte dans un hurlement de pneus et se jeta contre une voiture, de l'autre côté du carrefour. Ses portes et fenêtres déversèrent aussitôt un flot de passagers paniqués qui se bousculaient et se battaient entre eux dans l'espoir de s'échapper.

Gideon chercha des yeux la Navigator. Arrêtée un peu plus loin, elle démarra sur les chapeaux de roue et disparut rapidement au coin de la 2e Avenue.

Il traversa l'intersection en courant et s'approcha du taxi qui gisait sur le toit, le capot imbriqué dans la vitrine du restaurant. Le nombre des victimes était impressionnant. Certaines s'étaient figées dans la mort, d'autres remuaient encore. L'essence échappée du réservoir de la Ford traversait le trottoir et dessinait un ruisseau sombre dans le caniveau en direction du bus en feu. Celui-ci explosa soudain en faisant trembler l'air et retomba lourdement sur la chaussée.

Les flammes, hautes de deux ou trois étages, projetaient une lumière sinistre sur un tableau dantesque. À des dizaines de mètres à la ronde, les fenêtres s'étaient ouvertes en laissant entrevoir des nuées de visages affolés.

Le bruit était infernal : un mélange de cris, de hurlements, d'appels au secours, de râles et de gémissements dans le craquement du brasier et le hululement lugubre du klaxon coincé du bus.

Gideon éprouvait toutes les peines du monde à garder les idées claires. À quatre pattes sur le trottoir, il examina l'intérieur du taxi. Le corps du conducteur, sous la violence du choc, avait été réduit à l'état de bouillie dans un magma de tôle et de verre. Il fit le tour du véhicule, à la recherche du passager, et constata que Wu était encore vivant. Les yeux grands ouverts, il battait machinalement des mâchoires et tendit une main couverte de sang en apercevant Gideon.

Ce dernier s'arc-bouta sur la poignée de la portière défoncée. Constatant qu'elle ne bougeait pas d'un millimètre, il se glissa à plat ventre le long du taxi, agrippa les bras du savant qu'il s'appliqua à extraire de l'épave à travers la fenêtre explosée. Les jambes du malheureux, horriblement mutilées, saignaient abondamment. Gideon éloigna le rescapé de l'incendie en le portant jusqu'au coin de la rue où il le déposa avec mille précautions. Il sortit son portable avec l'intention d'appeler les secours, mais les sirènes convergeant de toutes parts au-dessus de la cacophonie ambiante lui indiquèrent que c'était inutile.

Le savant chinois agrippa d'une main sanglante le revers de la veste de son sauveur et posa sur lui un regard vide, comme s'il avait perdu toute notion de la réalité. Il battit silencieusement des lèvres.

— Comment ? lui demanda Gideon en collant l'oreille à la bouche du blessé.

— Roger ? murmura-t-il avec un fort accent étranger. Roger ?

— Oui, acquiesça Gideon sans se poser de question. C'est moi. Je suis Roger.

Le savant balbutia quelques paroles en chinois, puis il poursuivit en anglais.

— Notez ces chiffres. Vite. Huit, sept, un, zéro, cinq, zéro…

— Attendez, l'arrêta Gideon en fouillant ses poches, à la recherche d'un stylo et d'un morceau de papier. Répétez.

Wu s'exécuta, enchaînant péniblement les chiffres que Gideon notait à mesure. Malgré son accent, il s'exprimait de façon claire et précise, avec une rigueur toute scientifique.

87105003302201401047836415600221120519715
01351010017502503362992421140099170520090
08007004003500278100006505761638437032530
000584409206000100100l001

Il s'arrêta soudain.

— C'est tout ? insista Gideon.

Wu hocha la tête et ferma les yeux.

— Vous savez… ce qu'il vous reste à faire, conclut-il d'une voix rauque.

— Non, je ne sais pas. Dites-moi…

Il s'arrêta en constatant que Wu avait sombré dans l'inconscience.

Gideon se releva, complètement hébété, couvert du sang du savant. Les camions de pompiers et les voitures de police arrivaient sur les lieux en bloquant l'avenue, à distance respectable du bus qui continuait de brûler au milieu d'épais nuages d'une fumée noire et âcre.

— Mon Dieu ! sanglota une femme à quelques mètres du blessé, hypnotisée par le spectacle. Quelle tragédie ! Quelle horrible tragédie !

Gideon se tourna vers elle, puis se releva au milieu des pompiers qui surgissaient de toutes parts et se dirigea, d'une démarche mécanique, vers la station de métro la plus proche, abandonnant sa limousine, coincée par la masse des véhicules de secours.

17

Henriette Yveline baissa le bloc à pinces qu'elle était en train de consulter, retira ses lunettes et leva les yeux sur le jeune homme tout taché qui pénétrait d'un pas hésitant aux urgences. Grand et mince, plutôt beau garçon, des cheveux très noirs hirsutes qui lui barraient le front, un regard d'un bleu soutenu. *Mon Dieu, dans quel état il se trouve…* Du sang coagulé plein les mains, sa chemise marbrée de taches rouges, il la regardait d'un air hagard au milieu d'une forte odeur d'essence et de caoutchouc brûlé. Il tremblait de tous ses membres.

— En quoi puis-je vous aider ? s'enquit-elle d'une voix qui laissait percer son inquiétude.

Henriette avait toujours mis un point d'honneur à ce que la salle d'accueil des urgences de l'hôpital Mount Sinai reste impeccable, ce qui n'était pas aisé un samedi soir de juin aussi chaud que celui-là.

— Euh… oui, oui, répondit l'inconnu d'une voix anxieuse. Mon… mon ami vient d'être hospitalisé à la suite d'un accident de la circulation. Wu Longwei. Il se fait parfois appeler Mark Wu.

— Et vous êtes ?

L'homme avala sa salive dans l'espoir de ne pas perdre complètement les pédales.

— Gideon Crew. Je suis l'un de ses amis.

— Je vous remercie, monsieur Crew. Puis-je vous demander si vous vous sentez bien vous-même ? Des plaies, peut-être ? Ou des saignements ?

— Non, non, tout va bien, répondit-il machinalement. Ce n'est... ce n'est pas mon sang.

— Je comprends. Je vais vous demander de patienter un instant.

Elle remit ses lunettes afin de consulter le registre des admissions.

— M. Wu a été admis il y a un quart d'heure. Il se trouve actuellement entre les mains des médecins. Puis-je vous suggérer de vous asseoir et de patienter ?

Elle lui désigna une salle d'attente à moitié pleine. Plusieurs personnes pleuraient en silence, les autres regardaient fixement devant elles. Les membres d'une famille nombreuse, rassemblés dans un coin, réconfortaient une femme obèse en sanglots.

— Pourriez-vous me dire comment il va ? s'enquit Gideon.

— Je ne suis malheureusement pas en mesure de vous fournir ce genre d'information, monsieur Crew.

— Je voudrais le voir. Il faut *absolument* que je le voie.

— Il n'est pas en mesure de recevoir des visites à l'heure actuelle, répondit Yveline d'une voix plus ferme. Vous pouvez faire confiance à nos équipes, elles font le maximum.

Elle marqua une courte pause avant d'assener l'argument qui ne manquait jamais de rassurer ses interlocuteurs.

— Mount Sinai est l'un des meilleurs établissements hospitaliers au monde.

— Dites-moi au moins comment il va.

— Je suis désolée, monsieur, mais le règlement nous interdit de communiquer la moindre information d'ordre médical aux personnes extérieures à la famille.

Gideon posa sur elle un regard inquisiteur.

— Que… qu'entendez-vous par famille ?

— Un proche ou un conjoint.

— Je comprends, mais… c'est-à-dire que Mark et moi… nous sommes très liés… au plan personnel, j'entends.

Henriette le vit rougir à cet aveu derrière le masque de poussière et de sang qui maculait son visage. Elle reposa son registre.

— Je comprends, mais seuls les proches et les conjoints considérés comme tels par la loi sont autorisés à recevoir des informations médicales.

— Autorisés par la loi… Mais vous savez comme moi que le mariage homosexuel n'est pas autorisé par l'État de New York !

— Je suis infiniment désolée, monsieur. Nous sommes malheureusement tributaires de la loi.

— Il est mort ?

Gideon criait presque en posant la question.

Elle posa sur lui un regard inquiet.

— Je vous en prie, monsieur, calmez-vous.

— C'est pour ça que vous refusez de me répondre ? Il est *mort*, c'est ça ? hurla-t-il.

— J'aurais besoin d'un document apportant la preuve de votre relation avec…

Elle laissa sa phrase en suspens. Ce n'était pas la première fois qu'elle se trouvait en butte aux récriminations d'homosexuels auxquels on refusait un droit de visite. La direction de l'établissement se perdait en discussions interminables à ce sujet, laissant le soin au petit personnel d'affronter la colère du public.

— Vous imaginez peut-être que je me balade avec une valise de papiers officiels ? répliqua-t-il en étouffant un sanglot. Nous arrivions de Chine, précisa-t-il d'une voix tremblante en chassant d'une main les mèches qui couvraient son visage, découvrant deux yeux injectés de sang.

— Je partage votre émotion, monsieur, mais vous comprendrez bien que nous ne puissions pas fournir des informations médicales au compagnon d'un malade sans une preuve de sa part.

— Des preuves ? glapit Gideon en agitant devant les yeux d'Henriette Yveline ses mains couvertes de sang. La voilà, votre preuve ! C'est son sang que j'ai sur les mains ! C'est moi qui l'ai sorti de la voiture !

La secrétaire ne savait plus comment réagir. Tous les regards étaient tournés vers eux. Jusqu'à la femme obèse qui s'était arrêtée de pleurer.

— Je *veux* savoir ! gémit-il.

Soudain, ses forces l'abandonnèrent et il s'écroula sur le sol.

Henriette appuya sur le bouton de l'interphone afin d'alerter une infirmière. L'homme s'était évanoui sous l'effet de l'émotion, il commençait déjà à reprendre ses esprits. Il se mit à genoux, en proie à une crise d'hyperventilation, et plusieurs des personnes présentes dans la salle d'attente se précipitèrent afin de l'aider à se relever.

— Proposez-lui un siège, leur conseilla Henriette. L'infirmière arrive.

Objet de toutes les attentions, Gideon se laissa tomber sur une chaise et enfouit son visage dans ses mains.

— Enfin, madame ! s'interposa une femme en se tournant vers Henriette. Quel mal y a-t-il à lui donner des nouvelles de son ami ?

Un murmure approbateur parcourut l'assistance. Gideon Crew, le visage dans les mains, se balançait d'avant en arrière.

— Il est mort, se lamentait-il à mi-voix. J'en suis sûr, il est mort.

La secrétaire, ignorant les commentaires, retourna à son registre. Elle était la première à regretter la cécité du règlement, mais elle ne pouvait se permettre d'afficher la moindre faiblesse.

— Pourquoi ne lui donnez-vous pas des nouvelles de son ami ? insista la femme.

— Ce n'est pas moi qui suis responsable du règlement. Les informations médicales sont confidentielles.

Une infirmière visiblement surmenée interrompit leur échange.

— Où se trouve le malade ?

— Il n'est pas bien. Il a eu un malaise, répondit sa collègue en désignant Gideon.

La soignante se pencha vers le jeune homme.

— Bonjour, commença-t-elle d'une voix douce. Je m'appelle Rose. Que se passe-t-il ?

— Il est mort et on refuse de me l'avouer, répliqua Gideon d'une voix étouffée par le chagrin.

— Qui ?

— Mon compagnon. Il a été admis aux urgences, mais on refuse de me répondre sous prétexte que je n'ai pas de papiers.

— C'est votre compagnon depuis longtemps ?

Gideon hocha la tête.

— Depuis cinq ans. Il est tout pour moi. En plus, il n'a aucune famille ici.

Il posa sur l'infirmière un regard implorant.

— Je vous en prie, ne le laissez pas mourir seul !

— Je peux ? répliqua-t-elle en prenant le pouls du visiteur avant de mesurer sa tension. C'est bon, vous n'avez rien de grave. Vous êtes simplement perturbé. Efforcez-vous de respirer plus lentement, je vais aller voir ma collègue de l'accueil.

Gideon acquiesça en tentant de calmer ses hoquets.

L'infirmière s'approcha d'Henriette.

— Donne-lui les informations qu'il demande, en tant que compagnon du malade. J'en prends la responsabilité.

— Très bien.

Elle se pencha sur l'écran de son ordinateur.

— Monsieur Crew ?

Il se précipita.

— Votre ami a été grièvement blessé, mais il est en vie et son état est stable, lui confia-t-elle à voix basse. Je vous demanderai de bien vouloir signer ce formulaire, en tant que compagnon du malade.

— Dieu soit loué ! s'écria Gideon. Il est vivant !

La salle d'attente tout entière éclata en applaudissements.

18

Gideon Crew examina d'un œil critique sa chambre du motel Howard Johnson, sur la 8e Avenue. L'endroit était étonnamment propre et agréable, sans les bleus et orange criards habituels. Mieux, il était équipé d'un dock sur lequel il s'empressa de placer son iPod et de programmer l'album *Blue in Green* de Bill Evans, histoire de faire le point. Les accords ambigus de « The Two Lonely People » envahirent la pièce. Il ingurgita les dernières gouttes de son quintuple expresso et jeta le gobelet dans la corbeille.

Il resta un long moment immobile sur sa chaise, face au petit bureau, bercé par la musique, relâchant un à un les muscles de son corps, laissant son esprit effectuer le tri des événements de cette journée particulièrement fertile. Quinze heures plus tôt, il pêchait tranquillement la truite dans les eaux du Chihuahueños Creek, et voilà qu'il se retrouvait dans une chambre d'hôtel de Manhattan avec vingt mille dollars en poche, une terrible épée de Damoclès au-dessus de la tête, et le sang d'un inconnu sur les mains.

Il se leva, ôta sa chemise et passa dans la salle de bains afin de nettoyer ses mains et ses bras. Il enfila une chemise propre, posa sur le lit plusieurs sacs poubelles dont il sortit les effets de Wu, découpés sur lui aux urgences et aussitôt envoyés au rebut. Il avait eu toutes les peines du monde à les récupérer, grâce à une fable à faire pleurer dans les chaumières.

Les vêtements soigneusement alignés les uns à côté des autres, il s'intéressa au contenu du portefeuille avant de vider les poches qui contenaient de la menue monnaie, un passeport, un stylo à bille, ainsi qu'un rasoir à l'ancienne, sans sa lame, dans un boîtier en plastique. Ni téléphone portable, ni BlackBerry, ni calculette, ni clé USB.

Les premières lueurs de l'aube commençaient à poindre de l'autre côté de la vitre, accompagnées par un regain de circulation et quelques coups de klaxon.

Il étala méticuleusement les différents objets et les examina d'un air pensif, un doigt sur sa lèvre inférieure. Si le savant avait apporté avec lui les plans d'une arme secrète, il les avait bien cachés. À condition de les avoir gardés sur lui. Les chiffres dont il lui avait murmuré la liste ne pouvaient représenter à eux seuls ces fameux plans, même sous forme d'un code hautement compressé. Ils devaient se trouver numérisés quelque part, sous un aspect qu'il lui restait à découvrir : puce magnétique, image holographique, CD ou DVD…

Gideon voyait mal Wu se séparer des plans. Il pouvait même avoir eu l'idée de les conserver *dans* son corps. Le tout nouvel agent secret se promit d'envisager une telle hypothèse en temps utiles, après avoir fouillé à fond les maigres possessions du scientifique.

Il s'approcha des sachets en plastique déposés près de la porte de la chambre et y récupéra un appareil électronique acheté la nuit même. La magie de Manhattan, une ville sans sommeil où l'on pouvait se procurer n'importe quoi, de jour comme de nuit, que l'on ait envie de fabriquer une bombe ou de se faire tailler une pipe. Il ouvrit le coffret et se lança dans le montage du

MAG 55W05, une machine bien connue des détectives privés, des patrons et autres champions de la parano souhaitant s'assurer qu'aucun micro caché ne risquait de surprendre leur intimité. Le temps de consulter brièvement le mode d'emploi et il allumait l'appareil.

Il commença par passer la sonde de détection sur les vêtements étalés sur le lit, avançant centimètre par centimètre. Rien. Le portefeuille et son contenu – de l'argent, des cartes professionnelles, des photos de famille – ne donnèrent pas davantage de résultat, à l'exception de la piste magnétique de l'unique carte de crédit dont disposait Wu. Lorsque Gideon colla la sonde contre celle-ci, elle clignota en émettant un signal sonore tandis que des barres défilaient sur son écran. La piste contenait visiblement des données, sans que le MAG 55 puisse lui fournir plus d'informations, hormis leur taille inférieure à 64 Ko. Il allait devoir trouver un moyen de les transférer sur un ordinateur afin de les examiner.

Le passeport chinois de Wu disposait également d'une piste magnétique placée à l'intérieur de la protection cartonnée, comme c'était le cas des documents américains. Cette fois encore, le lecteur de l'appareil signala la présence de données inférieures à 64 Ko. Gideon se gratta la tête d'un air perplexe. Il voyait mal comment les plans d'une arme secrète auraient pu tenir dans un document aussi petit. Restait à savoir quel degré de compression était atteignable dans l'état actuel des connaissances informatiques. Seul l'examen des pistes magnétiques de la carte et du passeport permettrait d'en savoir davantage.

Il se jeta sur le canapé et ferma les yeux. Il n'avait pas dormi depuis vingt-quatre heures. Bercé par les suites d'accords de « Very Early », il se laissa emporter par les rythmes et les couleurs chatoyantes de cette composition brillante. Son père lui avait transmis son amour du jazz, et Gideon pouvait encore le voir, assis dans son fauteuil, la tête penchée vers la chaîne stéréo, perdu dans la musique de Charlie Parker et de Fats Waller dont il suivait le rythme du pied en dodelinant de son crâne chauve. Son fils n'avait jamais rien écouté d'autre, aussi connaissait-il cette musique par cœur.

L'instant suivant, il ouvrit les yeux en entendant s'éteindre les dernières mesures de « If You Could See Me Now ».

Il se leva, passa dans la salle de bains, se passa la tête sous le robinet d'eau froide et la sécha à l'aide d'une serviette de toilette, pleinement réveillé. Il avait besoin de très peu de sommeil et possédait cette capacité précieuse de sortir d'une courte sieste avec les batteries rechargées. Il était près de 9 heures du matin et les conversations des femmes de chambre résonnaient dans le couloir.

Il rangea soigneusement le MAG 55 et procéda à l'examen minutieux des vêtements de Wu en utilisant une loupe de bijoutier et un scalpel X-Acto à l'aide duquel il ouvrit doublures et ourlets. Le tissu était raide de sang par endroit, constellé de débris de verre, de métal et de plastique qu'il retirait un à un avec une pince à épiler avant de les déposer sur des serviettes en papier en attendant de les examiner. Le pantalon était dans un état pitoyable ; Gideon s'appliqua à dissoudre chaque tache de sang à l'aide d'une serviette humide avant de sécher la fibre.

Au terme de quatre heures de labeur intense, il n'avait rien trouvé.

Mais il avait gardé pour la fin la cachette la plus prometteuse : les chaussures du savant.

Il était midi passé et il n'avait rien mangé depuis la veille. Le sandwich avalé dans les montagnes avait depuis longtemps cédé la place à la douzaine de cafés serrés qui lui donnaient le sentiment d'avoir bu plusieurs litres d'acide. Refusant de céder à la raison, il décrocha le téléphone et commanda un triple expresso brûlant.

Il sortit les chaussures du sachet en papier dans lequel elles se trouvaient et les déposa sur la table basse : une paire de copies chinoises de John Lobbs, couvertes de sang coagulé. La première, toute déformée, avait été arrachée du pied de son propriétaire. Sous l'effet de la chaleur, toutes deux exhalaient une odeur nauséabonde.

Gideon commença par sonder la chaussure droite avec le MAG 55 sans rien trouver de particulier. Il fut interrompu par un coup frappé à la porte. Il écarta le battant, donna un pourboire au serveur qui lui apportait son café et vida celui-ci d'un trait.

Sourd aux récriminations de son estomac, il se remit au travail en désossant méthodiquement la chaussure dont il numérotait chaque élément à l'aide d'un feutre : le talon, la semelle, les différentes pièces de cuir qu'il décousait à mesure avec son X-Acto. Le talon était constitué de plusieurs couches de cuir qu'il détacha les unes des autres en les alignant méticuleusement. Le second passage du MAG 55 ne donna rien, ce qui ne l'empêcha pas de découper en morceaux toutes les pièces de cuir et de les sonder une nouvelle fois. Toujours rien.

Il répéta l'opération avec la seconde chaussure sans plus de succès et enferma les éléments dans des sachets en plastique qu'il étiqueta avant de les ranger dans une mallette achetée pour l'occasion. Il s'enfonça dans son fauteuil en soupirant.

— Que je sois pendu, marmonna-t-il entre ses dents d'un air agacé.

Cette histoire commençait à lui taper sur les nerfs. Il repensa à la somme promise par Glinn, histoire de se redonner du courage.

Peut-être Wu avait-il caché les plans sur sa personne. Aussi improbable que cela puisse paraître, il ne pouvait se permettre d'ignorer une telle hypothèse. En attendant, un peu de musique l'aiderait à se relaxer, et il opta pour l'album *Air* de Cecil Taylor.

Il récupéra sur la table de nuit une épaisse enveloppe de papier kraft contenant les radios du savant obtenues en sa qualité de « compagnon ». Il retira l'abat-jour de la lampe de chevet et examina chaque cliché attentivement, sans négliger un centimètre. Le crâne, le torse et les bras ne présentaient aucun intérêt particulier, mais le cœur de Gideon se serra lorsqu'il découvrit une tache blanche synonyme de métal au niveau du ventre. Il se rua sur la loupe et fut immédiatement déçu en constatant qu'il s'agissait d'un débris métallique dû à l'accident, et non d'un microprocesseur ou d'un gadget d'espionnage quelconque.

Rien dans l'estomac, les intestins et le rectum n'indiquait la présence d'un récipient, d'un ballon, ou de tout autre ustensile du même ordre.

Les radiographies des jambes étaient nettement moins plaisantes à contempler. On y voyait plus d'une dizaine d'éclats de métal sous forme de taches blanches irrégulières, ainsi que des zones grisées figurant des fragments de verre et de plastique. Les clichés avaient été pris sous des angles divers, de sorte qu'il était relativement facile de deviner la forme de chaque corps étranger ; aucun ne ressemblait de près ou de loin à une puce informatique, à une capsule, à un boîtier magnétique ou laser.

Gideon revoyait le petit homme descendant les escalators de l'aéroport en scrutant les alentours avec un mélange de peur et de courage. Il n'avait jamais réfléchi jusque-là aux risques que le savant avait accepté de prendre. Pour quelle raison ? Cela tiendrait du miracle s'il remarchait un jour ou s'il survivait, tout simplement. Il n'avait pas émergé du coma depuis son admission à l'hôpital, et les médecins avaient dû lui ouvrir la boîte crânienne afin de faire retomber la pression cérébrale.

Il remit les radios dans l'enveloppe et s'approcha de la fenêtre. La nuit ne tarderait pas à tomber, il n'avait pas vu le temps passer. Sur les trottoirs de la 51e Rue, les ombres des passants s'allongeaient à la lueur des réverbères.

Il était dans une impasse. Il allait devoir trouver une solution.

Les gargouillements de son estomac lui rappelèrent qu'il était grand temps de compléter sa ration de café par des aliments solides. Agréables de préférence. Il prit son téléphone, composa le numéro du service en chambre et passa commande de deux douzaines d'huîtres fraîches.

19

Le cimetière de voitures de la police se situait près de la Harlem River, dans la partie sud du Bronx, sous le pont de Willis Avenue. Gideon ouvrit la portière du taxi et se retrouva plongé dans un univers sinistre d'entrepôts et de friches industrielles au milieu desquels pourrissaient de vieux wagons de chemin de fer, des bus scolaires et des conteneurs mangés par la rouille. De forts effluves de vase et de crustacés pourris montaient de la rivière, et la rumeur de la circulation sur le Major Deegan Expressway traversait l'air de cette fin d'après-midi avec la régularité obsédante d'une ruche bourdonnante. L'homme avait grandi dans un quartier assez peu différent de celui-là, à l'époque où sa mère était au bout du rouleau. L'odeur même lui était familière. Et déprimante.

Le lieu était entouré d'un grillage surmonté de fil de fer barbelé, et on y accédait en franchissant une barrière à roulettes précédée d'une guérite. Le parking, quasiment vide, était envahi par des buissons de sumac ; un hangar trapu montait la garde à l'orée de l'espace réservé aux centaines d'épaves rouillées, empilées les unes sur les autres.

Gideon se dirigea vers la guérite dans laquelle veillait un flic basané, un livre entre les mains. Il fit coulisser une vitre en plastique d'un bras velu en voyant approcher le visiteur.

— Ouais ?

— Bonsoir. Je me disais que vous pourriez peut-être m'aider.

— Ah bon, grommela le flic en replongeant le nez dans son livre.

Gideon se déplaça légèrement de façon à pouvoir en déchiffrer le titre et fut surpris de constater qu'il s'agissait de *La Cité de Dieu*, de Saint Augustin.

— Je suis vraiment désolé de vous déranger, poursuivit-il sur un ton obséquieux.

— Pas de souci, répliqua le flic en reposant son bouquin.

Derrière ses allures de singe, avec son front d'homme de Neandertal et ses joues mal rasées, il possédait un visage plutôt ouvert.

— C'est au sujet de mon beau-frère, improvisa Gideon. Tony Martinelli, le chauffeur de taxi tué hier dans un accident. Un type en voiture l'a projeté dans la vitrine d'un restaurant de la 116e Rue, vous en avez peut-être entendu parler.

D'un seul coup, l'homme était tout ouïe.

— Tu parles ! Ça faisait des années qu'on n'avait pas vu un accident pareil, ils parlaient que de ça à la télé. C'était votre beau-frère ? Toutes mes condoléances.

— Ma sœur est dans tous ses états. C'est terrible. Deux petits de un et trois ans à la maison, pas d'argent de côté et la maison à rembourser…

— Oui, c'est dur, approuva le flic avec une sincérité manifeste.

Gideon sortit un mouchoir de sa poche et s'épongea le front.

— Je vous explique mon problème, poursuivit-il. Mon beau-frère avait accroché une médaille à son rétroviseur. Une médaille en argent de saint Christophe qu'il possédait depuis toujours.

Le flic hocha la tête d'un air compréhensif.

— Tony s'est rendu en Italie en 2000 à l'occasion du jubilé, et le pape a béni sa médaille. Le pape en personne ! Je ne sais pas si vous êtes catholique, mais saint Christophe étant le patron des voyageurs, comme il était chauffeur de taxi, cette médaille était son bien le plus précieux. Cette rencontre avec le pape était restée le plus beau jour de sa vie.

— Je suis catholique, je sais ce que c'est.

— Je suis heureux que vous compreniez. Je ne sais pas si vous allez pouvoir m'aider, je ne voudrais surtout pas que vous ayez des ennuis à cause de moi, mais ma sœur serait tellement heureuse si elle pouvait récupérer la médaille de son mari. Elle aurait voulu la placer dans son cercueil avec lui. Je crois que ça la réconforterait de pouvoir…

La voix de Gideon se brisa.

— Je vous demande pardon, s'excusa-t-il en se mouchant dans le mouchoir qu'il s'était procuré en prévision de cette scène.

Le flic manifesta son trouble en se dandinant sur sa chaise.

— Je comprends très bien. Ça me fait de la peine pour elle et ses gosses, mais il y a un problème.

Gideon attendait impatiemment la suite.

— Il y a un problème, répéta le flic, très mal à l'aise, cherchant les mots justes. L'épave du taxi a été mise sous scellés en attendant les suites de l'enquête. Personne ne peut y avoir accès.

— Mise sous scellés ?

— Dans cet entrepôt, précisa-t-il en tendant le pouce vers le hangar.

— J'imagine tout de même que ça doit être possible d'aller là-bas et de décrocher le médaillon du rétroviseur. Ça ne changera rien à l'enquête.

— Je sais bien, mais le taxi se trouve dans un enclos entièrement grillagé et verrouillé. Le hangar aussi est fermé à clé, avec une alarme. Vous comprenez, la protection des éléments d'enquête est un élément crucial. Le taxi en est un : sa carrosserie a été éraflée par le véhicule qui l'a poussé, il reste des traces de peinture. C'est pas une petite histoire. Sept personnes sont mortes dans l'accident, sans parler des blessés. On cherche toujours le salopard qui a fait ça et aucune personne étrangère au service n'est autorisée à pénétrer dans ce hangar sans remplir des paperasses à n'en plus finir. Les enquêteurs qui approcheront de la carcasse du taxi seront même filmés, c'est vous dire. Mais il s'agit après tout d'attraper les responsables et de leur demander de rendre des comptes.

Gideon afficha une mine dépitée.

— Je comprends. Ma sœur va être déçue… Cette médaille a tellement de valeur à ses yeux.

Son visage s'éclaira, comme s'il venait d'avoir une idée.

— Tony ne doit pas être enterré tout de suite. Combien de temps pensez-vous que son taxi sera immobilisé ?

— À la vitesse où vont les formalités, l'épave risque fort d'être bloquée ici jusqu'à ce qu'on arrête les types qui ont provoqué l'accident. Il y aura procès, appel… Ça peut prendre des années. Croyez bien que je suis le premier désolé, s'excusa le flic en écartant les mains. Des années.

— Qu'est-ce que je vais pouvoir raconter à ma sœur, moi ? Vous dites que le hangar est sous alarme ?

— Et gardé vingt-quatre heures sur vingt-quatre. Quand bien même vous arriveriez à entrer, l'épave du taxi est enfermée dans une cage grillagée dont personne n'a la clé, même pas le gardien.

Gideon se frotta le menton.

— Une cage grillagée ?

— Ouais, un peu comme celles des prisonniers de Guantanamo.

— La cage aussi est sous alarme ?

— Non.

— Alors, il faut croire que le système de protection du hangar est béton.

— Toutes les ouvertures sont reliées à une sirène.

— J'imagine qu'il doit y avoir des détecteurs de mouvement et des rayons lasers.

— Pas la peine, le gardien fait sa ronde toutes les demi-heures. Il n'y a que les portes et les fenêtres qui soient protégées.

— Alors, ils ont dû mettre des caméras vidéo.

— Pour ça, oui. Une tonne. Il y en a partout.

Le flic se renfrogna.

— Je vois où vous voulez en venir, mais n'y pensez même pas.

Gideon secoua la tête.

— Vous avez raison, je suis en train de perdre la boule.

— Vous verrez, vous finirez par récupérer votre médaille, avec la satisfaction de savoir que le chauffard s'est pris vingt-cinq ans à Rikers Island.

— Ça me dérangerait pas qu'ils lui collent la peine de mort.

Le flic posa son énorme main sur le bras du visiteur.

— Encore une fois, je compatis. Toutes mes condoléances.

Gideon hocha brièvement la tête, serra la main de son interlocuteur et s'éloigna. Arrivé au bout de la rue, il se retourna. Les caméras fixées sous le toit du hangar permettaient de surveiller les alentours. Il en compta douze, mais il devait y en avoir d'autres sur l'arrière du bâtiment, et autant à l'intérieur.

Il prit le temps de réfléchir à ce qu'il venait d'apprendre. Il savait d'expérience que l'immense majorité des systèmes de sécurité se limitaient à des équipements électroniques coûteux placés plus ou moins au hasard. Il n'avait jamais pu se rendre dans un musée sans se demander comment se jouer des systèmes d'alarme censés protéger les œuvres d'art, et il avait toujours trouvé une solution.

Il secoua la tête. Cette fois-ci, le jeu n'en valait même pas la chandelle : pénétrer dans ce hangar était un jeu d'enfant.

20

Il était 3 heures du matin lorsque Gideon Crew s'engagea sur la 132e Rue en tanguant légèrement sur ses jambes, tout en grommelant des paroles inintelligibles. Il avait enfilé un jean baggy et un sweat à l'effigie de Cab Calloway surmonté d'une capuche. Le faux ventre acheté dans un magasin d'accessoires de théâtre, tout en lui donnant la silhouette d'un obèse, permettait de dissimuler le Colt Python coincé dans sa ceinture, à même la peau.

Il changea de trottoir d'un pas titubant et poursuivit son chemin vers Pulaski Park en longeant le grillage protégeant l'accès au hangar de la police. Les réverbères à vapeur de sodium éclairaient la scène d'une lumière aveuglante et pisseuse. La guérite était déserte, la barrière cadenassée, le fil de fer barbelé plus inquiétant que jamais à la lueur des projecteurs de sécurité installés tout autour du hangar.

Le grillage traversait d'anciennes voies de chemin de fer, à hauteur d'un parking abandonné dans lequel stationnaient quelques vieux semi-remorques. Gideon affecta de chercher un petit coin où se soulager. Le quartier était désert, il était probable que personne n'observait son manège, mais les caméras de surveillance ne perdaient pas un de ses gestes, et les enquêteurs ne manqueraient pas de les visionner par la suite.

Il zigzagua le long du grillage, descendit la fermeture Éclair de sa braguette, pissa bruyamment en dégageant un nuage de vapeur caractéristique et reprit sa route. Il attendit d'être à couvert pour s'accroupir brusquement et enfiler un collant sur sa tête. Le bas du grillage s'enfonçait solidement dans un lit de béton garni de montants, empêchant de le soulever. Gideon tira de la poche du sweat une pince coupe-boulons avec laquelle il découpa un carré de grillage, puis pénétra dans le cimetière de voitures en un tournemain, avant de remettre grossièrement le grillage en place.

Des ouvertures monumentales donnaient de chaque côté du hangar, chacune munie d'une petite porte. Il courut jusqu'à celle de derrière et y découvrit un clavier numérique éclairé par une diode permettant de déclencher et d'éteindre le système d'alarme. La porte, de métal plein, n'avait ni fenêtre ni judas.

Si Gideon ne disposait pas du code, ce n'était pas le cas du gardien qui veillait à l'intérieur. Le plus simple était encore de le lui demander gentiment.

Il frappa contre le battant et attendit.

Pas de réponse.

Il tambourina de plus belle.

— Holà ! cria-t-il.

Un bruit de pas lui parvint de l'autre côté de la porte.

— Qui c'est ? demanda une voix anonyme.

— Agents Halsey et Medina, aboya Gideon sur un ton autoritaire. Tout va bien ? L'alarme silencieuse s'est déclenchée au commissariat.

— L'alarme silencieuse ? Je suis au courant de rien.

Le gardien composa le code de la porte sur son propre clavier sans que Gideon puisse l'enregistrer, les chiffres s'affichant sur l'écran extérieur sous forme d'étoiles.

Le visiteur s'éclipsa alors sans bruit et se réfugia au pas de course dans la cachette repérée un peu plus tôt, au niveau du cimetière de voitures. Allongé sur un tas d'épaves compressées, il attendit la suite.

— Hé ! cria le gardien paniqué en n'osant pas quitter l'abri du hangar. Qui est là ? insista-t-il d'une voix tendue.

Et il déclencha l'alarme, ainsi que Gideon s'y attendait. Moins de cinq minutes plus tard, trois voitures de patrouille s'arrêtaient devant la barrière dans un long crissement de freins. Six flics en descendirent.

Plus on est de fous, plus on rit, plaisanta Gideon intérieurement.

Les policiers se séparèrent en deux groupes, le premier fouillant le hangar tandis que le second s'engageait dans le cimetière de voitures sans se donner la peine d'escalader les piles d'épaves instables. L'opération se poursuivit pendant près d'une demi-heure, pendant laquelle Gideon passait le temps en se remémorant la ligne de basse compliquée de la composition de Cecil Taylor écoutée un peu plus tôt. La fouille de la casse achevée, les flics examinèrent brièvement le grillage extérieur sans rien remarquer d'anormal.

Pendant ce temps, l'autre groupe multipliait les allers-retours entre le hangar et l'extérieur, sans prendre la précaution de refermer la porte à chacun de leurs passages. Ne trouvant rien, les six flics et le gardien se regroupèrent finalement près des voitures de patrouille afin d'examiner la situation avant d'envoyer leur rapport par radio au commissariat.

Exactement comme l'avait prévu Gideon qui descendit en silence de son perchoir, traversa la casse et le parking au pas de course, plié en deux, et se réfugia contre le mur du hangar qu'il longea jusqu'à la porte entrouverte. En un clin d'œil, il se trouvait à l'intérieur.

Tout en se coulant dans l'ombre des murs, il examina les lieux et se réfugia dans une nouvelle cachette, tout au fond du hangar, entre deux rangées de cages grillagées contenant des véhicules sous séquestre. Il régnait une chaleur étouffante dans le bâtiment, au milieu d'une forte odeur d'essence et d'huile de moteur.

Après un quart d'heure d'attente, Gideon entendit le gardien reprendre sa veille après avoir refermé la porte derrière lui et enclenché l'alarme. L'homme traversa le hangar sur toute sa longueur et gagna l'espace éclairé où l'attendaient un siège, un bureau, une batterie d'écrans de contrôle, ainsi qu'un téléviseur.

Il alluma ce dernier, s'installa confortablement sur son siège, les pieds sur le bureau, et se plongea dans la contemplation d'une vieille série comique parsemée de rires enregistrés, dans laquelle Gideon ne tarda pas à reconnaître les voix de Lucille Ball et de son compère Ricky Ricardo.

Bénis soient les syndicats d'avoir obtenu de haute lutte le droit pour les veilleurs de nuit municipaux de regarder la télévision tout en montant la garde.

Il rampa entre les rangées de cages en examinant leur contenu jusqu'à ce qu'il finisse par découvrir la Ford Escape. Armé de sa pince coupe-boulons, il enroba le grillage d'un morceau de chiffon et attendit une séquence de rires enregistrés pour sectionner le premier fil métallique avant de répéter l'opération, fil après fil.

L'émission se terminait lorsqu'il put enfin écarter la fenêtre ainsi découpée et se glisser à l'intérieur de la cage.

Le taxi se réduisait à une masse informe que les secours avaient dû découper en plusieurs morceaux afin de désincarcérer le corps du chauffeur. Une forte odeur de sang s'échappait de l'épave, semblable à celle d'une boucherie un jour d'été. Gideon fit le tour de la carcasse à quatre pattes, jusqu'à l'endroit où se trouvait Wu lors de l'accident. La banquette était encore poisseuse de sang.

S'astreignant à ne pas y penser, il fouilla les replis du siège et y découvrit rapidement un objet de faibles dimensions qu'il glissa promptement dans un sachet en plastique avec un sourire triomphant.

Un téléphone portable.

21

Depuis quatre ans que Roland Blocker faisait les nuits dans ce hangar du NYPD, il ne s'était jamais rien passé. Rien de chez rien. La même routine soir après soir, les mêmes rondes, les mêmes vieilles séries télé en noir et blanc. Blocker aimait l'atmosphère et le silence de l'immense entrepôt. Il s'était toujours senti bien dans ce cocon protégé par ses portes métalliques, son système d'alarme, ses caméras de surveillance, le tout au cœur d'un espace protégé par un grillage de quatre mètres de haut coiffé de barbelés. Jamais il n'avait été dérangé pendant son service, pas une tentative de cambriolage, rien. D'ailleurs, quel voleur aurait pu s'intéresser à ce cimetière de bagnoles accidentées, repêchées dans l'eau avec leurs occupants, retrouvées avec des macchabées dans le coffre, incendiées, criblées de balles, confisquées à des trafiquants de dope ?

L'incident de ce soir l'avait ébranlé ; il ne se sentait pas rassuré depuis le départ des flics. C'était tout de même bizarre, cette voix de l'autre côté de la porte. Il n'avait pourtant pas rêvé… Les flics avaient laissé entendre qu'il s'était endormi, ce qui mettait Blocker hors de lui. Jamais il ne dormait pendant le boulot. Les caméras de surveillance tournaient en permanence ; va savoir qui pouvait s'amuser un jour à regarder les enregistrements…

Après *I Love Lucy*, c'était l'heure des *Beverly Hillbillies*, le feuilleton préféré de Blocker. Pas question de se laisser aller. Le banjo nasillard et l'accent sudiste à couper au couteau de l'indicatif le faisaient toujours sourire.

Il venait de régler la clim' au maximum en dirigeant les évents de façon à ce que l'air frais lui caresse le visage lorsqu'il entendit un bruit. Le tintement d'un morceau de métal sur le sol en béton du hangar. Il retira précipitamment ses jambes du bureau et coupa le son de l'émission, l'oreille dressée.

Clang. Le même bruit, plus près cette fois. Son cœur se mit à battre à tout rompre. D'abord la voix, ensuite ce bruit. Les écrans de surveillance ne révélaient pourtant rien d'anormal.

Il faillit appuyer sur le bouton de l'alarme avant de se ressaisir. Les flics ne manqueraient pas de le chambrer. Il aurait pu appeler, mais c'était complètement idiot. S'il y avait un intrus à l'intérieur du bâtiment, il ne risquait pas de lui répondre.

Blocker quitta son siège à regret, décrocha sa Maglite et se dirigea prudemment vers l'endroit où il avait entendu le second bruit, la main sur la crosse de son arme de service.

Il fit courir le faisceau de sa lampe sur la masse des pièces détachées soigneusement étiquetées, des pièces prélevées sur les bagnoles par les enquêteurs depuis des années et qu'il fallait conserver, en cas de contestation du verdict.

Rien. Il était nerveux, rien de plus. L'incident de tout à l'heure lui avait foutu la trouille. Des rats, peut-être. Il regagna le réduit qui lui servait de bureau, reprit son siège et monta le son du téléviseur plus qu'il n'était nécessaire, histoire de se rassurer. C'était l'un de ses épisodes préférés, celui où le banquier fait attaquer la propriété de ces péquenots de Clampett par de faux Indiens. Il ouvrit une canette de Coca Light et se cala confortablement dans son fauteuil.

Clang.

Il fit un bond sur son siège, coupa de nouveau le son de la télé et attendit.

Clang.

C'était trop régulier pour être naturel, sans compter que le bruit provenait toujours du même coin. Pourtant, les écrans de contrôle n'indiquaient rien. Il résista cette fois encore à l'envie de déclencher l'alarme.

Il se leva, saisit la torche de la main gauche, dégagea de la main droite la lanière fermant l'étui et sortit son arme. Arrivé dans le coin du hangar d'où s'élevaient les bruits intempestifs, il s'arrêta et tendit l'oreille. Rien. Il s'avança, bien décidé à tirer l'affaire au clair en allant regarder derrière les palettes de pièces automobiles afin de voir si quelqu'un, ou quelque chose, s'y dissimulait.

Il remonta l'allée étroite qui séparait les palettes et s'arrêta presque au bout, tous les sens aux aguets. Toujours rien. Étrange.

Il longea prudemment la dernière palette et fit courir le faisceau de sa lampe sur le mur.

Il se retourna instinctivement en sentant un déplacement d'air sur sa nuque et vit une ombre jaillir de l'obscurité. Avant qu'il ait pu crier, un éclair d'acier traversa son champ de vision. Il ressentit un choc au niveau du cou ; son univers se mit à tourbillonner follement en virant au rouge, puis au noir.

22

Gideon Crew, tapi dans l'obscurité, en était sûr : quelqu'un se déplaçait dans le hangar, en plus du gardien. Ce dernier avait entendu les claquements métalliques puisqu'il avait effectué une ronde, mais il n'avait pas rejoint son petit bureau. Gideon avait cru percevoir un bruit de lutte, suivi d'un chuintement humide signalant la chute d'un objet lourd et mou.

Il attendit, parfaitement immobile. De son poste d'observation, à l'arrière de l'épave, il apercevait l'allée centrale de l'entrepôt qu'aurait dû emprunter le gardien pour regagner son antre, à l'extrémité du bâtiment. Cette absence prolongée ne signifiait rien de bon.

Un léger *ploc* résonna sous la voûte du hangar, puis un objet roula entre deux piles de palettes avant de s'immobiliser au milieu de l'allée.

La tête du veilleur de nuit.

Gideon n'eut pas besoin de réfléchir longtemps pour comprendre qu'il s'agissait d'un piège. On cherchait à l'effrayer afin de l'attirer hors de sa cachette. Un inconnu était tapi dans l'entrepôt, et Gideon était sa prochaine victime.

Quel choix lui restait-il ? Traquer celui qui le traquait ? L'autre possédait tous les atouts : il connaissait sa position, et le meurtre du gardien confirmait qu'il s'agissait d'un professionnel.

Le plus sage était encore de filer sans demander son reste, à présent qu'il avait récupéré le portable de Wu. À ceci près que son adversaire n'attendait que ça. Ou *ses adversaires*. Gideon fut parcouru d'un frisson.

Il lui fallait réagir de façon inattendue. Mais comment ? Il serait à l'abri tant qu'il ne quitterait pas son refuge, mais il ne pouvait se permettre de rester dans l'épave éternellement.

En un mot, il était baisé.

Il y avait bien une solution. Une solution risquée, mais qui présentait l'avantage de lui permettre de s'en sortir vivant. De toute façon, il n'avait pas d'autre possibilité.

Il regarda sa montre, tira le Colt de sa ceinture et visa longuement la serrure de la porte d'entrée. La détonation résonna comme un coup de tonnerre sous la voûte de l'entrepôt ; la balle, en faisant exploser le clavier du système d'alarme, déclencha la sirène.

Le tout était de tenir plus longtemps que le tueur, qui allait devoir s'enfuir s'il ne voulait pas être cueilli par la police. Gideon disposerait alors d'une poignée de secondes pour s'échapper à son tour.

Qui pouvait bien être cet adversaire mystérieux ? Le conducteur du 4 × 4 noir ? L'un de ses passagers ? Eux seuls avaient eu le loisir de l'apercevoir lors de la poursuite.

Une balle se ficha dans la carcasse du taxi accidenté avec un bruit métallique, suivie de plusieurs autres. Des projectiles de gros calibre qui s'enfonçaient dans la tôle comme dans du beurre. À sa déconvenue, Gideon comprit que le tueur, loin de déguerpir, avait décidé d'avoir sa peau.

Au moins savait-il de quel côté se cachait l'ennemi. Tapi derrière le bloc-moteur, il attendit de voir surgir de l'obscurité la flamme de la détonation suivante et tira à son tour. Des sirènes de police s'élevèrent dans le silence de la nuit. Combien de temps avaient mis les flics la fois précédente ? Cinq minutes ?

Il consulta à nouveau sa montre : trois minutes s'étaient écoulées. Deux balles s'écrasèrent tout près de lui, et il riposta sans attendre. Les sirènes de police étaient toutes proches à présent, et un crissement de pneus sur l'esplanade lui confirma que les voitures de patrouille arrivaient.

Une ombre jaillit alors derrière un tas de palettes : le tueur se décidait enfin. Gideon quitta d'un bond la banquette arrière du taxi, prêt à se précipiter à son tour vers la porte, lorsque deux balles lui sifflèrent aux oreilles. Il s'aplatit sur le sol. L'autre salopard avait feint de s'enfuir pour mieux le piéger. Il roula sur lui-même, fit feu, et vit l'inconnu tout habillé de noir disparaître dans un recoin sombre du hangar où l'attendait l'issue de secours qu'il n'avait pas manqué de se ménager.

Le vacarme de l'alarme fut couvert par une avalanche de coups de poing sur la porte du hangar, toujours verrouillée. Suivre le tueur serait du suicide, Gideon devait impérativement trouver le moyen de s'échapper. Un regard au-dessus de sa tête lui indiqua que le seul moyen de s'en sortir était d'emprunter les conduits d'aération aménagés dans le toit de l'entrepôt. L'instant suivant, il escaladait les montants métalliques du hangar.

— Ouvrez ! hurla une voix.

Les policiers tambourinèrent de plus belle, puis un choc plus violent que les précédents indiqua à Gideon qu'ils étaient armés d'un bélier. Prenant appui sur les boulons, il poursuivit son ascension jusqu'à une grosse poutre métallique sur laquelle il rampa, puis il se hissa sur un arceau et poursuivit son escalade en direction des évents.

Les coups de bélier faisaient trembler la porte de l'entrepôt mais elle ne cédait pas, et Gideon bénit silencieusement l'inventeur de l'acier renforcé.

— Roland ! Tu es là ? Ouvre !

À quatre pattes sur les poutrelles inclinées, il se glissa jusqu'au conduit d'aération le plus proche et s'y engagea, jambes en avant.

À l'instant où la porte cédait sous les coups de boutoirs des policiers, il prenait pied sur le toit contre lequel il s'aplatissait, le temps de reprendre haleine. L'entrepôt n'allait pas tarder à se transformer en hall de gare, et les flics ne manqueraient pas de regarder sur le toit en trouvant le corps décapité du veilleur de nuit.

En attendant, ils étaient tous agglutinés devant le bâtiment. Des exclamations horrifiées indiquèrent à Gideon que le corps avait été découvert.

Et merde…

Il s'accrocha au rebord du toit et se laissa tomber jusqu'au sol. Il se dirigeait vers le trou du grillage lorsqu'il s'arrêta net. Le tueur en savait décidément beaucoup trop sur ses faits et gestes, et pouvait très bien l'attendre là-bas. Changeant de stratégie, il rebroussa chemin au pas de course, escalada le grillage et se glissa péniblement entre deux rouleaux de barbelé.

— Hé ! Vous !

Et remerde…

Il força le passage en s'écorchant sur le barbelé et retomba de l'autre côté du grillage où un buisson amortit sa chute.

— Là-bas ! hurla son poursuivant. Un suspect en train de s'enfuir ! Vite !

Le flic ouvrit le feu sur Gideon en le voyant filer à travers l'esplanade parsemée de mauvaises herbes qui s'ouvrait derrière le hangar, zigzaguant entre les conteneurs abandonnés, les voitures incendiées et les squelettes de réfrigérateurs, en direction de la voie ferrée qui longeait le fleuve. Il franchit les rails d'un bond, enfonça d'une bourrade une barrière en piteux état et gagna la rive. Le vent lui apporta l'odeur fétide des eaux de la Harlem River, ce qui ne l'empêcha pas de plonger depuis un rocher.

Il nagea longtemps sous l'eau, ne refaisant surface que pour s'emplir les poumons, jusqu'à ce qu'il estime se trouver assez loin de son point de départ. Il se débarrassa alors de la lourde pince coupe-boulons qui lestait sa poche et se laissa entraîner par le courant en veillant à ne laisser dépasser que son nez. Des cris lui parvinrent de la rive, des propos inintelligibles amplifiés par un mégaphone, et un petit projecteur troua l'obscurité. Il se savait hors de portée, mais préféra tourner le dos à la lumière. Les épaves au milieu desquelles il flottait renforçaient son anonymat. Il se prit à remercier le ciel de la négligence des New-Yorkais, se demandant s'il ne serait pas prudent de se faire vacciner au terme de son équipée, avant de se souvenir cruellement qu'il était déjà condamné.

Il se laissa ainsi porter en direction de la silhouette fantomatique du pont RFK. Désormais hors de vue de ses poursuivants, il reprit pied sur les rochers de la rive et tordit ses vêtements. Il avait perdu le Colt dans la bagarre, ce qui était aussi bien puisque l'arme avait laissé sa signature dans l'entrepôt. En outre, le revolver était trop lourd pour l'usage qu'il pouvait en attendre.

Il tira de sa poche le sac étanche et constata que le portable qui s'y trouvait était intact.

Il regagna la rive en escaladant les rochers, franchit sans encombre le grillage par une déchirure et arriva dans un entrepôt de sel de déneigement, au milieu d'un paysage étrange de montagnes blanches, évocateur des œuvres de Nicolas Roerich.

Ses chances de dégotter un taxi dans un quartier aussi éloigné du centre à 4 heures du matin étaient quasiment nulles, surtout dans un état aussi pitoyable. Une longue marche l'attendait s'il voulait regagner sa chambre d'hôtel, récupérer subrepticement ses affaires et se procurer une nouvelle retraite. Il serait ensuite temps de contacter son vieux copain Tom O'Brien à l'université de Columbia.

Gideon était curieux de savoir ce que Tom allait penser de toute cette histoire.

23

Faute d'avoir pu se changer, Gideon Crew remontait la 49e Rue dans une tenue qui portait encore le souvenir de sa mésaventure de la nuit. Il était 8 heures du matin et les trottoirs étaient noirs de monde, les New-Yorkais en route pour le travail se bousculant à la recherche d'un métro ou d'un taxi. Gideon n'était pas d'un naturel paranoïaque, mais il avait la désagréable impression d'être filé depuis sa sortie de l'hôtel. Or, personne ne devait savoir qu'il se rendait chez Tom O'Brien.

Il ralentit le pas de façon à laisser les plus pressés le dépasser, puis s'arrêta devant une vitrine et observa ses arrières du coin de l'œil. Il ne s'était pas trompé : un Asiatique en survêtement, les traits dissimulés par une casquette de base-ball, marquait le pas quelques dizaines de mètres plus loin.

Gideon jura entre ses dents. Peut-être était-ce le fruit de son imagination, mais il ne pouvait s'autoriser le moindre risque. Et si ce n'était pas le type en survêtement, cela pouvait être n'importe qui d'autre. Le mieux était encore de prendre ses précautions.

Il traversa Broadway, descendit dans le métro et se planta sur le quai. La station était bondée, impossible de savoir si le type en survêtement lui collait toujours aux basques, mais Gideon n'en avait cure car il connaissait le moyen de le semer. Ce n'était pas la première fois qu'il s'essayait à ce petit jeu-là. Un jeu aussi amusant et dangereux qu'infaillible. Il sentit son pouls s'accélérer.

Il attendit qu'un grondement sourd indique l'arrivée d'une rame du côté opposé, se pencha, et aperçut les phares de la motrice dans le tunnel.

S'assurant qu'aucun train ne venait de son côté, il sauta sur les voies dans une explosion de cris, enjamba le rail électrifié et traversa juste devant le métro qui arrivait. L'instant suivant, il se fondait dans la foule sans prendre garde aux exclamations affolées des âmes sensibles qui avaient assisté à la scène, et retrouvait l'anonymat au milieu des voyageurs montés dans la rame.

Lorsque le métro redémarra, il eut le temps d'apercevoir le visage dépité de son poursuivant, debout sur le quai opposé.

Pauvre pomme, pensa Gideon avant de se lancer dans la lecture des gros titres du *Post* en lorgnant par-dessus l'épaule de son voisin.

24

Aussi agaçante que le vrombissement d'un moustique, la sonnerie de la porte d'entrée refusait de se taire. Tom O'Brien, interrompu en plein rêve, se redressa en grognant et regarda le cadran du réveil. 9 h 30. Qui pouvait bien le déranger à une heure pareille ?

La sonnerie retentit à nouveau à trois reprises. O'Brien marmonna des paroles inintelligibles, repoussa les couvertures, jeta le chat par terre et se dirigea vers la porte en contournant les écueils éparpillés sur son chemin. Il appuya sur le bouton de l'interphone.

— Allez vous faire foutre.

— C'est moi, Gideon. Laisse-moi monter.

— Tu as idée de l'heure qu'il est ?

— Laisse-moi monter, je te dis. Tu auras tout le temps de râler ensuite.

O'Brien déclencha le tire-suisse, tira les verrous et regagna son lit en se frottant le visage.

Gideon le rejoignait moins d'une minute plus tard, une mallette à la main. Le lève-tard le fusilla du regard.

— Tiens, tiens. Quel drôle d'oiseau nous apporte le chat, ce matin ? Depuis quand es-tu en ville ?

Gideon posa la mallette sans répondre, s'approcha de la fenêtre, écarta les rideaux d'un doigt et observa le ballet des passants.

— Tu es recherché par les flics ou quoi ? Tu as repris du service dans les musées ?

— Tu sais bien que je me suis rangé depuis longtemps.

— Tu as une sale gueule, ce matin.

— Ce que j'aime, chez toi, c'est ton côté positif. Tu as du café ?

O'Brien pointa l'index en direction de l'espace cuisine situé à l'arrière du petit appartement. Évitant soigneusement les assiettes couvertes de moisissure empilées dans l'évier, Gideon s'activa près des plaques et revint peu après avec une cafetière et des mugs.

— Putain, qu'est-ce que tu schlingues, remarqua O'Brien en prenant l'un des mugs. Et tes fringues sont carrément répugnantes. Qu'est-ce qui t'arrive ?

— J'ai traversé la Harlem River à la nage avant de me lancer dans une course-poursuite dans le métro.

— Tu déconnes ?

— Pas du tout.

— Tu veux prendre une douche ?

— Ça ne serait pas de refus. Tu peux me prêter des vêtements ?

O'Brien ouvrit son placard, choisit quelques habits au milieu de piles assez douteuses et les lança à son visiteur.

Dix minutes plus tard, celui-ci avait retrouvé une apparence à peu près humaine, même s'il flottait un peu dans les vêtements de son ami, aux armes du groupe de death metal Cannibal Corpse.

— Tu as un look d'enfer, sauf que tu mets ton pantalon trop haut. Tiens, ajouta-t-il en le tirant d'une main jusqu'à mi-fesses. C'est comme ça que ça se porte.

— Tu as toujours eu des goûts musicaux et vestimentaires décadents, remarqua Gideon en remontant le pantalon. En attendant, j'ai besoin de toi pour m'aider à résoudre deux ou trois petits problèmes.

O'Brien avala une gorgée de café avec un haussement d'épaules.

Son ami tira un document de sa mallette.

— Je suis actuellement sur une mission secrète. Je ne peux pas t'en dire beaucoup plus, à part que je dois mettre la main sur une série de plans.

— Des plans ? Quel genre ?

— Les plans d'une arme.

— Encore une histoire de cape et d'épée. Quel genre d'arme ?

— Je ne sais pas, et je ne peux pas t'en révéler davantage sans te mettre en danger, précisa Gideon en tendant la feuille à son ami. Je voudrais que tu me dises à quoi riment tous ces numéros.

— Un code ?

— Tout ce que je sais, c'est qu'ils sont en rapport avec les plans de l'arme en question.

O'Brien se pencha sur la feuille.

— Je peux déjà te dire qu'il existe une limite au nombre d'informations potentiellement contenues dans une suite de chiffres. Celle-ci ne suffirait pas à dissimuler les plans d'un pistolet à billes.

— Ils peuvent correspondre à n'importe quoi : un mot de passe, un compte bancaire, un numéro de coffre, une cachette, le nom et l'adresse codés d'un contact… ou encore la recette du chop suey.

O'Brien poussa un grognement. Il était habitué aux humeurs changeantes d'un ami qui s'évanouissait sans crier gare et réapparaissait au gré de missions plus ou moins obscures, lorsqu'elles n'étaient pas illégales, mais cette fois, Gideon tenait le pompon. Il examina longuement la suite de chiffres avant qu'un sourire n'éclaire son visage.

— Ces chiffres ne doivent rien au hasard.

— Comment le sais-tu ?

O'Brien poussa un nouveau grognement.

— Il suffit de les regarder. Mais je doute qu'il s'agisse d'un code.

— Dans ce cas, à quoi correspondent-ils ?

O'Brien reposa la feuille en haussant les épaules.

— Quel autre trésor m'apportes-tu dans ta jolie mallette ?

Gideon sortit le passeport et la carte de crédit.

Son ami fronça les sourcils en constatant que les documents étaient rédigés en chinois.

— Tout ça est légal, au moins ?

— Je travaille pour le gouvernement.

— Depuis quand t'es-tu métamorphosé en salarié patriote ?

— Je ne vois aucun mal à ça. Surtout quand on me paye correctement.

— Le patriotisme, mon cher ami, est l'ultime refuge du scélérat.

— Épargne-moi tes tirades d'extrême gauche. Je ne t'ai jamais vu préparer tes valises pour émigrer en Russie.

— C'est bon, c'est bon. Que veux-tu que je fasse avec ce passeport et cette carte de crédit ?

— Je voudrais que tu vérifies le contenu de leurs pistes magnétiques.

— Un jeu d'enfant. Ensuite ?

Gideon sortit de la mallette le sac en plastique étanche contenant le téléphone portable, qu'il tendit à O'Brien d'un geste grave.

— Cet appareil appartient à un physicien chinois. J'aurais besoin que tu en extraies le contenu dans son intégralité. J'ai consulté la liste des appels récents, mais elle est anormalement limitée. Je ne serais pas surpris qu'une partie des contacts ait été détruite, ou qu'elle soit cachée. Je veux savoir s'il s'en est servi pour surfer sur Internet, les sites qu'il a pu consulter, tout ça. S'il y a des photos, je les veux également. Enfin, et c'est le plus important, je ne serais pas surpris que les plans de l'arme dont je t'ai parlé y soient cachés.

— Encore heureux que je sache lire et écrire le mandarin.

— Pour quelle raison crois-tu que je suis venu sonner à ta porte ? rétorqua Gideon. Tu croyais peut-être que c'était pour le seul plaisir de revoir ta sale gueule ? Tu possèdes de précieux dons, mon bon ami.

O'Brien posa le portable sur une table.

— Il y a du fric à la clé ?

Gideon exhiba une épaisse liasse de billets détrempés.

— Joli petit lot, approuva son interlocuteur.

— Voici mille dollars. Je t'en donnerai mille de plus quand tu auras terminé. Et j'en ai besoin pour hier.

O'Brien saisit les dix billets qu'il mit à sécher sur le rebord de la fenêtre.

— J'ai toujours aimé les défis, se réjouit-il.

Son ami montra une hésitation.

— Un dernier détail, déclara-t-il d'une voix brusquement méconnaissable.

O'Brien releva la tête, intrigué, et le vit sortir de la mallette une grande enveloppe.

— Ce sont les radios et les scanners d'un copain à moi, expliqua-t-il. Il ne se sent pas bien depuis un moment, il aurait besoin de l'opinion d'un spécialiste.

Un pli barra le front d'O'Brien.

— Pourquoi ne va-t-il pas consulter son médecin traitant ? Je ne suis pas toubib, moi. Ou alors, donne ces radios à ton propre médecin.

— Je n'ai pas le temps. Mon copain voudrait recueillir un avis complémentaire. Tu dois bien connaître un médecin digne de ce nom.

— Bien sûr, c'est pas ça qui manque à la fac.

Il écarta le rabat de l'enveloppe et sortit une radio.

— Tiens, le nom du patient a été découpé.

— Mon pote tient à préserver sa vie privée.

— Tu ne fais jamais rien normalement ? Je te préviens, les médecins ne sont pas bon marché.

Gideon posa deux billets de cent dollars sur la table.

— Ça suffira ? demanda-t-il sèchement.

— C'est bon ! Pas la peine de t'énerver, réagit O'Brien, surpris par cette réaction. Ça prendra un peu de temps, les toubibs que je connais sont plutôt du genre occupé.

— Fais très attention de ne rien dire à personne. Je ne plaisante pas. Je repasse demain.

— Aie pitié de moi. Pas avant midi, gémit O'Brien.

25

L'hôtel, spécialisé dans la location de chambres à l'heure, était particulièrement sordide. On l'aurait cru sorti tout droit d'un film noir des années 1950 : l'enseigne au néon qui clignotait derrière la fenêtre, les taches géantes sur les murs, le plafond recouvert de dizaines de couches de peinture, le matelas cabossé et l'odeur de graillon dans la ruelle donnant sur l'arrière du bâtiment. Gideon déposa ses sacs sur le matelas et les vida.

— Comment tu veux qu'on fasse des galipettes si tu fiches tout ce fatras sur le lit ? s'étonna la prostituée, debout sur le seuil de la pièce, une moue aux lèvres.

— Désolé, mais pas de galipettes au menu.

— Ah ouais ? T'es le genre de client qu'a besoin de parler, c'est ça ?

— Pas exactement, répondit distraitement Gideon en alignant ses emplettes sur le couvre-lit.

Quel déguisement choisir ? Il s'était procuré une collection impressionnante de fausses bedaines, de fausses joues, de faux nez, de fausses barbes, de perruques, de tatouages, de prothèses. Il étala ensuite les différentes tenues achetées pour l'occasion. S'il avait réussi à semer le type qui le filait, il ne faisait aucun doute qu'il avait affaire à des pros. Il avait deux visites à effectuer, et il lui fallait s'attendre à ce que son suiveur ou l'un de ses complices le guette à l'un ou l'autre endroit. Il lui faudrait davantage qu'un simple déguisement pour réussir son coup, d'où la présence d'une femme à ses côtés. Il se retourna vers la prostituée. Une jolie fille, pas encore toxico, avec un regard vif et l'air de savoir ce qu'elle voulait. Des cheveux noirs teints, le teint très pâle, du rouge à lèvres sombre, un petit nez mutin. Il l'avait choisie pour son allure gothique. Il fouilla les vêtements à la recherche d'un T-shirt noir qu'il mit de côté. Un pantalon militaire et des bottes noires à semelles épaisses complétèrent la garde-robe.

— Ça t'embête si j'en grille une ? demanda la fille en allumant une cigarette.

Gideon s'approcha, lui prit la clope des lèvres, tira une bouffée et la lui rendit.

— C'est quoi, ce bazar ? s'enquit-elle en désignant le lit.

— J'ai décidé d'attaquer une banque.

— C'est ça, réagit-elle en soufflant un nuage de fumée.

Il résista à l'envie de lui demander une cigarette, préférant lui voler une autre bouffée.

— Hé ! s'écria-t-elle en remarquant la phalange qui lui manquait. Qu'est-ce qui t'est arrivé ?

— Je me ronge les ongles.

— Ben voyons. T'as besoin de moi pour quoi ?

— J'avais besoin de toi pour me procurer cette piaule sans attirer l'attention et montrer mes papiers. Il faut bien que j'aie un quartier général pour monter ce casse.

— Ton histoire de hold-up, c'est des conneries, décida-t-elle d'une voix qui laissait poindre son inquiétude.

Gideon éclata de rire.

— On ne peut rien te cacher. En fait, je travaille dans le cinéma. Je suis acteur et producteur. Je m'appelle

Creighton McFallon, tu as peut-être déjà entendu parler de moi.

— Ça me dit quelque chose. T'as du boulot pour moi ?

— Pourquoi crois-tu que tu sois là ? Tu vas jouer le rôle de ma petite amie, histoire de me mettre dans la peau de mon personnage. Une vieille recette de l'Actor's Studio.

— Moi aussi, je suis actrice. Mon nom, c'est Marilyn.

— Marilyn comment ?

— Marilyn tout court. J'ai fait de la figuration dans un épisode de *Mad Men*.

— Je le savais ! En attendant, je dois changer de silhouette, mais tu peux rester comme ça. Tu es parfaite.

La fille lui adressa un petit sourire derrière lequel se dessina brièvement sa véritable personnalité.

— Je veux bien, mais faut me payer.

— Bien sûr. Qu'est-ce que tu demandes pour... disons, six heures de boulot ?

— Qui consiste en quoi ?

— Tu te balades en ville avec moi.

— Normalement, je me fais mille dollars pour six heures de turbin. Pour toi, ce sera deux mille. Mais tu auras droit à un petit supplément gratuit. Parce que c'est toi et que t'es plutôt mignon.

Elle posa un doigt sur sa lèvre inférieure en accompagnant son geste d'un sourire aguicheur.

Gideon lui tendit quelques billets.

— En voilà déjà cinq cents. Je te donnerai le reste à la fin.

Elle afficha une moue dubitative.

— Je veux la moitié d'avance.

— D'accord, céda-t-il en sortant cinq autres billets. Maintenant, il va falloir te trouver un nom. Que dirais-tu d'Orchidée ?

— Ça me va.

— Bon. À partir de maintenant, chacun reste dans la peau de son personnage, mais je dois encore me préparer. Tu n'as qu'à te reposer pendant ce temps.

Gideon sélectionna les accessoires dont il avait besoin et entama sa séance de grimage. Orchidée l'observait avec intérêt, fumant cigarette sur cigarette, tandis qu'il se transformait en rocker vieillissant : faux nez, bajoues, ventre pendant et crâne légèrement dégarni.

— Wow ! C'est triste de te voir comme ça. Je t'aimais mieux avant.

— C'est ça, le métier d'acteur, répliqua-t-il. Accorde-moi encore quelques minutes, Orchidée, et on y va.

Armé de la liste des contacts découverts sur le téléphone de Wu, il mit en route son ordinateur potable. *Quelle divine invention que le Wi-Fi*, se dit-il intérieurement en bénissant le ciel qu'un réseau sans fil soit disponible dans cet hôtel de passe. Il se connecta sur la Toile et entama des recherches. Un seul des contacts du scientifique, répertorié au nom de Fa, possédait un numéro de téléphone américain. Quelques clics lui suffirent pour découvrir que l'idéogramme chinois *Fa* était synonyme de « commencer ». Fa désignait également le dragon vert dans le jeu de Mahjong. L'annuaire inversé lui indiqua que le numéro attribué à Fa était celui d'un certain Roger Marion, domicilié sur Mott Street, à Chinatown.

Roger... Wu l'avait appelé Roger lorsqu'il l'avait secouru.

Il était temps de passer à la suite. Grimé de la sorte, Orchidée à son bras, pas même sa mère n'aurait pu le reconnaître. Ceux qui le traquaient ne prêteraient jamais attention à un rocker sur le retour, une bimbo à ses côtés.

— Alors, on fait quoi ?

— Commençons par aller voir un vieux copain à Chinatown avant de rendre visite à l'un de mes amis qui est hospitalisé.

— Tu sais, la petite surprise dont je t'ai parlé… Tu veux qu'on fasse ça tout de suite ? Histoire de t'aider à te mettre dans la peau de ton personnage, proposa-t-elle, le regard brillant, en écrasant sa cigarette.

Non, non, non, pensa Gideon qui s'entendit répondre :

— Après tout, pourquoi pas ?

26

Le 126 Mott Street se trouvait au cœur de Chinatown, entre Grand et Hester. Planté sur le trottoir opposé, Gideon inspecta discrètement la façade de l'immeuble. À part le rez-de-chaussée, occupé par la boucherie Hong Li Meat Market, le bâtiment de brique abritait des appartements avec leurs escaliers de secours en fer traditionnels.

— Qu'est-ce qu'on attend ? s'impatienta Orchidée en allumant sa énième cigarette de la journée.

Gideon la lui prit des mains et tira une bouffée.

— Tu peux pas t'en acheter ?

— Désolé, je ne fume pas.

La réplique fit rire la fille.

— Si on mangeait un dimsum ? J'adore le dimsum.

— Il faut d'abord que j'aille voir mon pote. Ça t'ennuie de m'attendre ici ?

— Tu veux dire, sur le trottoir ?

Il rattrapa de justesse la réponse qui lui venait à l'esprit et tira un billet de sa poche. *L'argent ne fait pas le bonheur, mais il y contribue largement*, pensa-t-il.

— Tu n'as qu'à m'attendre dans cette maison de thé. J'en ai pour cinq minutes.

— Comme tu veux.

Elle attrapa le billet et s'éloigna en remuant du derrière pour la plus grande joie des passants.

Le problème de Gideon n'était pas résolu pour autant. Il lui aurait fallu en savoir davantage sur ce Roger Marion pour être en mesure d'inventer une histoire plausible. Quitte à se trouver là, autant savoir quelle tête il avait. Il n'avait pas toute la vie devant lui.

Il observa longuement les alentours avant de se décider à traverser et se dirigea droit vers la porte en fer de l'immeuble. Tous les noms sur les sonnettes étaient rédigés en caractères chinois.

Un instant perplexe, il arrêta le premier Asiatique qui passait à sa hauteur.

— Excusez-moi.

— Oui ?

— Je viens voir un ami, mais je ne connais pas le chinois et je ne sais pas où sonner.

— Comment s'appelle votre ami ?

— Roger Marion, mais on le surnomme Fa. Vous savez, le dragon vert du Mahjong.

L'homme afficha un large sourire et pointa du doigt la sonnette de l'appartement 4C.

— Je vous remercie.

Le Chinois s'éloigna. Gideon mémorisa l'idéogramme avant d'appuyer sur la sonnette.

— Oui, répondit une voix dépourvue de tout accent étranger.

Le visiteur prit un ton de conspirateur.

— Roger ? Je suis un ami de Mark. Ouvrez-moi vite.

— Qui ça ? Comment vous appelez-vous ?

— Pas le temps de vous expliquer, on me suit. Laissez-moi entrer, je vous en prie !

La porte s'écarta avec un grésillement sur des escaliers mal éclairés dans lesquels il s'élança. Quelques instants plus tard, il sonnait à la porte du 4C.

— Qui est-ce ?

Un œil l'observait à travers le judas.

— Je vous l'ai dit, je suis un ami de Mark Wu. Je m'appelle Franklin Van Dorn.

— Que voulez-vous ?

— Je vous apporte les chiffres.

La porte s'écarta dans un bruit de verrou sur la silhouette musclée d'un petit homme de race blanche d'une quarantaine d'années, crâne rasé et tête de fouine, vêtu d'un T-shirt moulant sur un bas de pyjama trop large.

Gideon se précipita à l'intérieur de l'appartement.

— Roger Marion ?

L'autre acquiesça sèchement.

— Mark vous a confié les chiffres ? Donnez-les-moi.

— Je veux d'abord savoir de quoi il retourne.

L'autre afficha un air soupçonneux.

— Vous n'avez pas besoin de le savoir. Si vous étiez vraiment un ami de Mark, vous ne poseriez pas la question.

— J'ai impérativement besoin de savoir.

Marion posa sur son visiteur un regard perçant.

— Pour quelle raison ?

Gideon prit un air buté et garda le silence tout en examinant la pièce du coin de l'œil. L'appartement était aussi petit qu'encombré, mais parfaitement tenu. Des estampes chinoises et des rouleaux couverts d'idéogrammes ornaient les murs, et il remarqua une tapisserie colorée représentant une svastika inversée, entourée des symboles du yin et du yang, dans une débauche de motifs élaborés. Des affiches de tournois de kung-fu complétaient le décor.

Gideon reporta son attention sur son interlocuteur, qui l'observait d'un air indécis. Tout dans son attitude trahissait un personnage flegmatique qu'il était préférable de ne pas pousser dans ses retranchements.

Celui-ci prit brusquement la parole.

— Dehors, lui ordonna-t-il en s'avançant vers Gideon d'un air menaçant. Sortez tout de suite.

— Mais... je vous apporte les chiffres...

— Je ne vous fais pas confiance. Vous n'êtes qu'un menteur. Dehors, tout de suite.

Gideon tenta de freiner son hôte en lui posant doucement la main sur l'épaule.

— Comment savez-vous...

Vif comme l'éclair, Marion lui saisit le poignet et le tordit violemment.

— Hey ! s'écria Gideon avec un cri de douleur.

— *Dehors !*

Marion poussa son visiteur sans ménagement et referma la porte sur lui dans un crissement de verrou.

Debout sur le palier, Gideon se massa l'épaule d'un air pensif. Il n'avait pas l'habitude d'être chassé de la sorte. Il s'était imaginé que monter un bateau à son interlocuteur ne servirait en rien ses intérêts, et voilà que les événements lui donnaient tort. Était-il en train de perdre la main ?

Il pénétra dans la maison de thé où l'attendait Orchidée, face à un canard au sang accompagné d'une montagne de riz.

— Ils avaient pas de dimsum, mais leur canard est plutôt pas mal, expliqua-t-elle, des traces de graisse sur le menton.

— On y va.

Ignorant les récriminations de la jeune femme, il l'attira dans la rue. Ils se dirigèrent vers Grand où il héla un taxi.

— Hôpital Mount Sinai, déclara-t-il au chauffeur.

— On va voir ton copain ? s'enquit Orchidée.

Il hocha la tête.

— Il est malade ?

— Très malade.

— Je suis désolée. Qu'est-ce qui lui est arrivé ?

— Accident de voiture.

Gideon donna son vrai nom à l'accueil, veillant à ce que personne ne puisse l'entendre, à part l'infirmière installée derrière son comptoir. Le Gideon Crew d'aujourd'hui n'avait pas grande ressemblance avec celui qui s'était présenté à la suite de l'accident, mais Mount Sinai était un établissement suffisamment grand pour que personne ne s'étonne de sa métamorphose. Le coup de fil passé plus tôt ce jour-là lui avait appris que Wu avait quitté les urgences et se trouvait à présent dans le service des soins intensifs, où il sortait progressivement du coma. À l'heure qu'il était, il avait dû recouvrer toute sa lucidité.

Gideon avait fourbi un plan d'« ingénierie sociale » digne d'Eli Glinn : il comptait tout simplement tirer les vers du nez du savant chinois en se faisant passer pour Roger Marion. La manœuvre avait toutes les chances de réussir : il était peu probable que Wu ait déjà rencontré Roger. Les deux hommes n'avaient à coup sûr communiqué que par téléphone, et Gideon pouvait aisément imiter la voix et les intonations de Marion à présent qu'il l'avait rencontré. Wu ne serait pas sur ses gardes et il était peu probable qu'il ait conservé le souvenir précis du vrai visage de Gideon, entrevu au moment de l'accident. Un jeu d'enfant, avec cent mille dollars à la clé.

L'infirmière, trop occupée, ne prit pas la peine de regarder la photo de la pièce d'identité qu'il lui tendait et se contenta de le diriger vers une vaste salle d'attente. Un regard circulaire permit à Gideon de s'assurer qu'il ne reconnaissait aucune des personnes présentes. Son suiveur ne devait pourtant pas se trouver très loin.

— Le médecin vous rejoindra d'ici quelques instants, lui annonça l'infirmière.

— Il n'est pas possible d'aller voir Mark directement ?

— Non.
— On m'a pourtant dit au téléphone qu'il se portait beaucoup mieux.
— Je vous demanderai d'attendre l'arrivée du médecin, insista l'infirmière d'une voix sans appel.
Celui-ci les rejoignit quelques minutes plus tard, un personnage corpulent, le crâne couronné d'une épaisse toison de cheveux blancs. Il arborait une expression triste pleine de bienveillance.
— Monsieur Crew ?
Gideon bondit de son siège.
— Oui, c'est moi. Comment va-t-il ?
— Et la personne qui vous accompagne ?
— Une amie qui me soutient moralement.
— Très bien. Je vous demanderai de bien vouloir me suivre.
Gideon et Orchidée emboîtèrent le pas au médecin qui les fit passer dans un petit bureau dont il referma la porte derrière eux.
— Monsieur Crew, je suis au grand regret de vous annoncer que M. Wu est décédé il y a une demi-heure.
Gideon ouvrit de grands yeux, abasourdi.
— Je suis sincèrement désolé.
— Vous ne m'avez pas appelé. J'aurais aimé pouvoir l'accompagner dans ses derniers instants.
— Nous avons tenté de vous joindre, sans succès.
Putain de téléphone. Le portable n'avait pas supporté son bain forcé de la veille.
— L'état de M. Wu donnait l'impression de s'être stabilisé et nous avions bon espoir qu'il s'en sorte. Cela dit, il avait été grièvement blessé et la septicémie s'est installée, ce qui n'est pas rare dans les cas de plaies multiples. Nous avons tout tenté, mais cela n'a pas suffi.
Gideon avait le plus grand mal à avaler sa salive. Il sentit la main d'Orchidée se poser sur son épaule.

— En tant que proche parent, je vais devoir vous demander de remplir certains papiers concernant la dépouille du défunt, ajouta le médecin en tendant une enveloppe à Gideon. Ce n'est pas urgent, mais nous aurions besoin d'être fixés assez rapidement. Souhaitez-vous voir le corps ?

— Euh... non, non, ce ne sera pas nécessaire, répliqua Gideon en prenant l'enveloppe. Je vous remercie, docteur. Merci de tout ce que vous avez fait.

Le médecin hocha la tête.

— À tout hasard... Mark a-t-il eu le temps de parler avant de mourir ? L'infirmière que j'ai eue au téléphone ce matin m'a expliqué qu'il commençait à recouvrer ses esprits.

— C'est vrai, il retrouvait peu à peu sa lucidité, mais n'a prononcé aucune parole. Je suis sincèrement désolé, répéta le médecin. Si cela peut vous réconforter, il n'a pas souffert.

— Je vous remercie, docteur.

Celui-ci adressa un petit signe de tête à ses visiteurs, leur signalant la fin de l'entretien.

Gideon se laissa choir sur une chaise du couloir en poussant un soupir interminable. Orchidée s'installa à côté de lui, le visage inquiet. Il fouilla dans sa poche, sortit quelques billets et les lui tendit.

— C'est pour toi. En quittant l'hôpital, nous monterons ensemble dans un taxi et je descendrai en cours de route pendant que tu iras où tu voudras.

Constatant qu'elle ne prenait pas l'argent, il ajouta :

— Merci de ton aide. Vraiment.

— Je ne sais pas si tu t'appelles Creighton, Crew ou Dugenou, mais j'ai bien compris que t'étais pas en train de répéter un rôle. T'es un type bien et je peux te dire que ça fait longtemps que j'en avais pas croisé un. Je sais pas ce que tu cherches, mais je vais t'aider, proposa-t-elle en lui serrant doucement la main.

Gideon s'éclaircit la gorge.

— Je te remercie, mais ça ne regarde que moi, déclara-t-il en ayant conscience de la faiblesse de l'argument.

— Tu crois... tu crois qu'on peut se revoir ? Je me fiche du fric.

Il se tourna vers elle et fut surpris de l'expression de son visage.

Il aurait pu mentir, mais lui avouer la vérité était sans doute moins cruel.

— Non, on ne se reverra pas. Prends cet argent, tu l'as gagné, insista-t-il en agitant les billets d'un geste impatient.

— Je veux pas de ton fric. Je veux te revoir.

— Écoute, reprit Gideon d'une voix sèche. On a passé un marché, tu as rempli ta mission. Maintenant, prends cet argent et va-t'en.

Elle lui arracha les billets des doigts.

— T'es qu'un sale con.

Elle se leva et lui tourna le dos. Gideon s'efforça de ne pas voir qu'elle pleurait.

— Au revoir, lâcha-t-il en dissimulant sa mauvaise conscience.

— Salut, connard !

27

Gideon Crew remonta la 5e Avenue jusqu'à la 102e Rue et pénétra dans Central Park, la mort dans l'âme. L'après-midi touchant à sa fin, les joggeurs avaient pris possession des lieux. Il ne parvenait pas à oublier la mine défaite d'Orchidée. Wu était mort, sa mission se trouvait largement compromise, et il revoyait à présent le regard grave d'Eli Glinn lorsqu'il lui avait tendu son dossier médical. Une malformation artérioveineuse. Plus il y réfléchissait, moins il jugeait l'explication plausible. Comment croire à l'existence d'une maladie mystérieuse capable de le tuer en moins d'un an, sans la moindre alerte, sans symptôme ni traitement, rien de rien ? Cette histoire puait la manipulation psychologique. Glinn n'était pas du genre à s'embarrasser de scrupules, la fin justifiait les moyens. Gideon avançait au hasard, sans savoir où ses pas le dirigeaient, et il traversa le terrain de base-ball.

Arrête de penser à Orchidée, oublie ce dossier médical et concentre-toi sur ta mission, s'adjura-t-il. Sauf qu'il n'y arrivait pas. Il tira de sa poche le portable bon marché qu'il s'était procuré en même temps qu'une carte prépayée, et composa le numéro d'O'Brien.

— Ouais, résonna la voix revêche de son ami après un nombre incalculable de sonneries.

— Gideon à l'appareil. Quoi de neuf ?

— Putain. Tu devais me laisser vingt-quatre heures.

— Alors ?

— Alors, la carte de crédit et le passeport sont sans intérêt. Aucune information cachée sur les pistes magnétiques. Idem pour le téléphone portable, qui est équipé d'une carte SIM toute neuve.

— Merde.

— Je n'ai trouvé que les contacts dont tu disposais déjà, quelques appels récents, et rien d'autre. Pas d'informations secrètes, pas de microprocesseur caché, que dalle.

— Et les chiffres que je t'ai donnés ?

— De ce côté-là, c'est nettement plus intéressant, mais je n'ai pas terminé.

Gideon bifurqua machinalement à gauche. Avec la nuit tombante, les allées du parc commençaient à se vider.

— Intéressant comment ?

— À cause des séquences qu'on y trouve.

— Mais encore ?

— Des chiffres qui se répètent, des séquences décroissantes, ce genre de truc. Pour l'instant, je ne sais pas encore à quoi ça correspond, je viens juste de m'y mettre, mais je suis déjà certain qu'il ne s'agit pas d'un message codé.

Le Réservoir de Central Park apparut entre les arbres et Gideon s'en approcha. Le plan d'eau dessinait une tache sombre immobile. Plus au sud, au-dessus de la frondaison, on distinguait les silhouettes des gratte-ciel de Midtown dont les lumières étoilaient le crépuscule.

— Qu'en sais-tu ?

— Tous les codes dignes de ce nom comportent des suites de chiffres apparemment choisis au hasard. Ce n'est pas le cas, bien évidemment, mais tous les tests mathématiques semblent indiquer qu'ils le sont. Dans le cas présent, les tests les plus élémentaires confirment l'absence de hasard.

— Des tests ? Quels genres de tests ?

— L'examen des occurrences de chiffres. Une séquence au hasard comporte à peu près dix pour cent de zéros, dix pour cent de uns, etc. Celle-ci fait apparaître un nombre anormalement important de zéros et de uns.

L'explication d'O'Brien fut accueillie par un silence. Gideon posa la question suivante de la voix la plus naturelle possible.

— Et les scanners que je t'ai donnés ?

— Ah, oui ! Je les ai filés à un médecin, comme tu me l'avais demandé.

— Alors ?

— J'étais censé le rappeler en fin de journée, mais ça m'est sorti de la tête.

— D'accord, répliqua Gideon.

— Je lui passe un coup de fil demain matin sans faute.

— Oui, n'oublie pas. Je te remercie.

Il s'épongea le front, pris d'un malaise.

Au même instant, pour la seconde fois ce jour-là, son instinct lui indiqua qu'il était suivi. Il se retourna dans un parc désormais plongé dans l'obscurité.

— Allô ? Il y a quelqu'un ? résonna la voix d'O'Brien dans le téléphone.

Gideon s'aperçut qu'il avait oublié de raccrocher.

— Oui, je suis là. Il faut que j'y aille. Je passe te voir demain.

— Pas avant midi !

Il replia le portable et le glissa dans sa poche, puis bifurqua à droite en longeant les courts de tennis. Pour quelle raison se sentait-il suivi ? Il n'avait rien vu ni entendu de particulier… Ou alors, inconsciemment. Il avait appris depuis longtemps à se fier à son instinct, une hygiène de vie qui lui avait encore sauvé la mise le matin même.

Continuer à avancer sur l'allée facilitait la tâche de son suiveur. S'il en avait un ! Le mieux était encore de repartir vers le haut de la ville en coupant à travers les bois entourant les courts de tennis, histoire d'obliger son poursuivant à se rapprocher. Gideon n'aurait plus qu'à imaginer un moyen de le prendre à revers.

Il s'engagea entre les arbres. Le tapis de feuilles mortes crissait sous ses pas. Il parcourut quelques dizaines de mètres et s'immobilisa soudainement en feignant d'avoir perdu un objet quelconque. Un bruit de feuille se fit entendre brièvement dans son dos.

Il ne s'était donc pas trompé. Son imprudence lui apparut en pleine lumière. Comment avait-il pu se laisser piéger au milieu d'un parc désert, sans arme ? Tout ça à cause d'Orchidée et de ses états d'âme d'adolescente amoureuse. À cause de Glinn et de son fichu dossier médical.

Il se remit en marche d'un pas alerte. Surtout, ne pas leur montrer qu'il avait détecté leur présence, et sortir de ce parc le plus vite possible afin de retrouver l'agitation de la rue. Arrivé aux tennis, il tourna à gauche, longea les courts entourés de grillage et profita des buissons pour rebrousser discrètement chemin en direction du Réservoir.

— Un pas de plus et vous êtes mort, s'éleva une voix dans le noir, tandis qu'une silhouette armée d'un pistolet s'avançait en lui barrant la route.

28

Gideon s'arrêta net, prêt à bondir. Une voix de femme.

— Ne faites pas l'idiot. Levez lentement les mains en l'air.

Il obéit à la voix pendant que son adversaire avançait dans sa direction. La femme tenait son Glock à deux mains ; tout dans sa posture indiquait sa familiarité avec le maniement d'une arme. Mince, de stature athlétique, elle avait des cheveux acajou tirés en queue-de-cheval. Elle portait un blouson de cuir noir, une chemise blanche et un jean.

— Appuyez vos mains sur le tronc de cet arbre et écartez les jambes.

Putain, pensa Gideon tout en s'exécutant. La femme lui immobilisa la cheville du pied et le palpa méticuleusement avant de reculer.

— Retournez-vous tout en gardant bien les mains en l'air.

Il obtempéra.

— Agent Mindy Jackson, de la CIA. Je vous aurais volontiers montré ma carte, mais j'ai les mains occupées.

— Très bien, rétorqua Gideon. Écoutez, mademoiselle Jackson…

— Non, c'est vous qui allez m'écouter. Je voudrais savoir pour qui vous travaillez et à quel jeu vous jouez.

Il voulut calmer son interlocutrice.

— Vous ne pensez pas qu'on pourrait discuter de…

— Vous avez du mal à obéir aux ordres, vous. Répondez-moi !

— Ou bien vous m'abattez froidement en plein Central Park, c'est ça ?

— Ce ne serait pas la première fois qu'un promeneur serait retrouvé mort.

— Au premier coup de feu, le parc grouillera de flics. Pensez à toute la paperasse que vous devrez remplir ensuite.

— Répondez à ma question.

— Peut-être.

Un silence tendu suivit sa réponse.

— Peut-être ? répéta-t-elle enfin.

— Je veux bien vous répondre, mais pas sous la menace d'une arme et pas ici. C'est d'accord ? Si vous travaillez vraiment pour la CIA, nous sommes du même bord.

La jeune femme prit le temps de réfléchir, puis elle rangea son arme dans l'étui qu'elle portait sous son blouson.

— Pourquoi pas, après tout.

— Le Ginza, sur Amsterdam, avait autrefois un bar plutôt sympa. Si le lieu existe encore.

— C'est le cas.

— J'en déduis que vous êtes de New York.

— Je vous dispense des remarques inutiles.

29

Installé au bar, Gideon commanda un saké tandis que Mindy Jackson marquait sa préférence pour une Sapporo, et ils attendirent en silence qu'on les serve. En pleine lumière, il put détailler ses traits : des lèvres charnues, un petit nez habillé de quelques taches de rousseur, une chevelure épaisse et de jolis yeux verts. Entre trente et trente-deux ans, visiblement intelligente, trop conciliante pour un travail tel que le sien. Gideon corrigea son opinion en se souvenant à quel point les apparences pouvaient être trompeuses. L'essentiel était de lui soutirer les informations dont il avait besoin, sans qu'il sache exactement lesquelles. Il allait devoir afficher sa bonne volonté en cédant du terrain.

Le barman leur apporta le saké et la bière. Jackson trempa les lèvres dans son verre et posa sur lui un regard hostile.

— Très bien. Maintenant, dites-moi qui vous êtes et pourquoi vous vous intéressez à Wu.

— Je ne suis pas plus autorisé que vous à parler de ma mission.

Tout en marchant à travers Central Park, la jeune femme à ses côtés, Gideon avait mis au point la fable qu'il allait lui servir. Comme toujours, le mieux était encore de mentir en collant à la vérité au plus près.

— Contrairement à vous, je n'ai pas de badge. À ce propos, j'aurais été ravi de voir le vôtre.

— Les agents de la CIA n'ont pas de badge, ils ont une carte, dit-elle en lui montrant discrètement la sienne. Alors, enchaîna-t-elle, pour qui travaillez-vous ?

— Je sais que je vais vous décevoir, Mindy, mais mon employeur est une entreprise privée qui travaille pour la Sécurité intérieure. On m'a demandé de récupérer les plans de l'arme que possédait Wu.

Elle le gratifia d'un regard furibond.

— La Sécurité intérieure ? De quel droit se mêlent-ils de nos affaires ? Avec un sous-traitant *privé*, par-dessus le marché ?

Il haussa les épaules.

— Que savez-vous au juste ? demanda-t-elle.

— Rien du tout.

— N'importe quoi. Vous avez parlé à Wu juste après l'accident. Il a prononcé quelques mots, je veux savoir lesquels.

— Il m'a demandé de dire à sa femme qu'il l'aimait.

— Vous mentez mal. Wu n'était pas marié. Il vous a indiqué une suite de chiffres, j'ai besoin de savoir lesquels.

Gideon posa les yeux sur la jeune femme.

— Qui vous fait croire qu'il m'a dicté des chiffres ?

— Le témoignage de plusieurs personnes qui vous ont vu les écrire. Écoutez, suggéra-t-elle en écartant une mèche de cheveux, vous êtes le premier à reconnaître que nous sommes du même bord. Nous ferions mieux de travailler ensemble en partageant nos informations respectives.

— Je ne vous ai pas vue partager quoi que ce soit.

— Donnez-moi cette suite de chiffres et je partagerai avec vous ce que je sais.

— Quelle perspective excitante !

— Ne soyez pas idiot. Donnez-moi ces chiffres.

— À quoi correspondent-ils ?

Elle hésita et il crut comprendre qu'elle ne le savait pas elle-même.

— J'aurais une question à vous poser, poursuivit-il sur un ton insistant. Comment se fait-il que la CIA soit mêlée à une affaire intérieure ? Cette histoire ne devrait-elle pas relever de la compétence du FBI ?

— Wu arrivait de l'étranger, vous le savez aussi bien que moi.

— Vous éludez la question.

— Je n'ai pas le droit d'y répondre, rétorqua-t-elle en dissimulant mal son irritation. Ce n'est pas mon rôle, et ce n'est surtout pas le vôtre de vous occuper de cette histoire.

— Il vous faudra pourtant satisfaire ma curiosité si vous souhaitez en savoir davantage. Vous ne pouvez pas me contraindre à parler. Je n'ai enfreint aucune loi en secourant un blessé.

Tout en parlant, il se demandait ce que faisait Mindy lors des événements survenus dans le hangar de police. Peut-être s'entraînait-elle à couper des têtes.

— Croyez bien que je trouverai le moyen de vous délier la langue.

— Vous comptez m'infliger le supplice de la baignoire ?

Jackson ne put s'empêcher de sourire.

— Le sujet était trop sensible pour laisser le FBI s'en occuper, avoua-t-elle avec un soupir. Wu nous a servi d'appât.

— C'est vous qui l'avez piégé ?

Elle hésita brièvement.

— Il s'est rendu à un congrès scientifique à Hong Kong et nous avons appris qu'il avait les plans sur lui, alors nous l'avons piégé.

— Racontez-moi.

Elle se décida enfin, au terme d'une ultime hésitation.

— D'accord. Mais parlez de ça à quiconque et je vous envoie en visite privée à Guantanamo. Nous avons engagé une call-girl qui s'est arrangée pour rencontrer Wu au bar de l'hôtel où se tenait le congrès avant de l'entraîner dans sa chambre où elle l'a laissé exprimer librement ses fantasmes. Nous nous sommes arrangés pour filmer, photographier et enregistrer la scène.

— Pour quelle raison a-t-il cédé au chantage puisque vous dites qu'il n'était pas marié ? Que redoutait-il ?

— Les Chinois sont très prudes. Ce n'est pas tant la relation en elle-même qui aurait détruit sa carrière, mais ses déviances sexuelles.

Gideon partit d'un rire franc.

— Je serais curieux de connaître les détails.

— Nous nous sommes assuré les services d'une dominatrice. Une grande blonde d'un mètre quatre-vingts. On se doutait qu'il était branché par ce genre de truc, mais on a ramé pour dégotter la fille. Elle l'a fouetté comme un chien et nous n'en avons pas perdu une miette en vidéo.

— Aïe. Mais alors, à quel moment votre petit chantage a-t-il déraillé ?

— On l'a contacté en lui montrant quelques images. Il nous a promis d'échanger les plans contre les photos compromettantes, et puis il a paniqué. Il nous avait demandé une demi-heure pour réfléchir, il en a profité pour s'éclipser en sautant dans le premier avion.

— Mauvais calcul de votre part.

Elle fronça les sourcils.

— Pourquoi se rendait-il à New York ?

— On ne sait pas.

— Il avait décidé de passer à l'Ouest ?

— On ne sait pas du tout ce qu'il voulait. Nous savons uniquement qu'il avait les plans lorsqu'il est monté dans l'avion.

— Où étaient-ils cachés ?

— Aucune idée.

— Qui conduisait la voiture qui a envoyé son taxi dans le décor ?

— Les Chinois se sont lancés à ses trousses à corps perdu. Ils ont envoyé l'un de leurs agents pour régler son compte à Wu, et sans prendre de pincettes. Un certain Pélican.

— Pélican ?

— Une référence à une figure de kung-fu. Nous ne connaissons pas sa véritable identité. Il a reçu pour mission de tuer Wu et de récupérer les plans. Il a réussi la première partie, mais pas la seconde. Les plans doivent toujours traîner quelque part. À moins que ce soit *vous* qui les ayez, ajouta-t-elle d'un air accusateur.

— Vous savez pertinemment que je ne les ai pas, sinon je ne m'agiterais pas autant.

Elle acquiesça.

— À votre tour : la séquence de chiffres, s'il vous plaît ?

Gideon se creusait la cervelle, à l'affût d'une idée qui lui permettrait de répondre à sa question sans rien lui donner. Pourquoi ne pas lui parler du téléphone portable ? Non, il serait contraint de lui expliquer comment il se l'était procuré. Mauvaise idée. Lui communiquer des chiffres erronés serait encore plus idiot, mais il sentait confusément que lui révéler la véritable séquence le serait tout autant. Elle cesserait aussitôt d'avoir besoin de lui. Or, Mindy Jackson restait son meilleur atout.

— Inutile de vous raconter des histoires, je n'ai pas les chiffres sur moi.

L'hostilité de la jeune femme refit surface instantanément.

— Où sont-ils ? interrogea-t-elle d'un air soupçonneux.

— Je les ai transmis à mes commanditaires aux fins d'analyse.

— Sans en conserver une copie ?

— Non, pour des raisons de sécurité évidentes. Le type dont vous m'avez parlé, ce Pélican, il me poursuit.

— J'en suis désolée pour vous. Vous n'avez pas pensé à les apprendre par cœur ?

— La séquence était trop longue. En outre, il est souvent préférable de ne pas en savoir trop.

Elle lui adressa un regard dur.

— Je ne vous crois pas.

Il haussa les épaules.

— Voilà ce que je vous propose. La prochaine fois que je rencontre mes commanditaires, je m'arrange pour récupérer les chiffres et je vous les communique. C'est d'accord ? suggéra-t-il avec un large sourire.

Les traits de son interlocutrice s'adoucirent légèrement.

— Pour quelle raison êtes-vous retourné à l'hôpital ?

— J'espérais que Wu aurait eu le temps de parler avant de mourir.

— On vous aura sans doute appris qu'il n'avait rien dit.

Il hocha la tête.

— Qui était cette femme au look gothique qui vous accompagnait ?

— Une pute que j'avais engagée pour me servir de couverture et déjouer les efforts de l'assassin.

— Excellent déguisement. J'ai failli me laisser surprendre moi-même. Vous aviez vraiment une sale gueule.

— Merci.

— Que faisiez-vous, tout de suite ?

— Comme vous. Je cherchais à comprendre où Wu avait bien pu cacher ces foutus plans. Je suivais ses traces, à la recherche des contacts qu'il aurait pu avoir depuis son arrivée. Je n'ai encore rien trouvé.

Il écarta les mains.

— Écoutez, Mindy, poursuivit-il avec son accent le plus sincère. Je vous suis reconnaissant de m'avoir dit ce que vous saviez. Pourquoi ne pas continuer ? Je vous promets de me procurer ces chiffres le plus rapidement possible, et de partager avec vous tout ce que je pourrai découvrir. D'accord ?

Il conclut sa proposition sur un large sourire.

Elle lui répondit par un regard méfiant, puis gribouilla un numéro de téléphone sur une serviette en papier.

— C'est mon portable. Vous pouvez m'appeler nuit et jour. J'espère pour vous que vous ne me racontez pas de conneries.

Elle se leva et déposa la serviette en papier sur le bar, avec un billet de vingt dollars.

— Merci de votre confiance, insista Gideon avec un petit sourire satisfait.

30

Tom O'Brien attrapa son dernier McNugget au poulet, froid depuis longtemps, et le mâcha bruyamment en lisant le document qu'il venait d'imprimer, puis il but une gorgée de kombucha. Son bureau baignait dans une lumière vive, produite par une lampe à incandescence. La pièce, minuscule, croulait sous les papiers, les livres, les revues, les mugs, les assiettes et les restes de nourriture. La fenêtre, protégée par des barreaux, reflétait sur ses carreaux les activités du maître des lieux, qui se promettait régulièrement de l'équiper d'un store, sans jamais trouver le temps d'en acheter un.

Il s'arrêta brusquement de lire en entendant un grincement qu'il identifia aussitôt comme celui de la poignée de porte de son bureau. Pétrifié, il vit celle-ci tourner lentement. Il sortit précipitamment son canif et se colla contre le mur, le cœur battant.

La poignée se figea et le battant s'écarta. Le bras levé, O'Brien attendit que l'intrus s'avance, prêt à frapper.

— Tom ? murmura une voix.

— Bon sang !

Il laissa retomber son bras en reconnaissant la silhouette de Gideon Crew.

Lorsque l'intrus se retourna, O'Brien sursauta en constatant qu'il n'avait nullement affaire à son ami. Il poussa un cri et brandit à nouveau son couteau.

— Qui diable... ?

— Hé, c'est moi.

— Toi ? Tu as vu ta tête ? Qu'est-ce qui te prend d'arriver sans crier gare ? Comment es-tu entré ? La porte de l'immeuble est fermée, la nuit. Ah, mais j'oubliais : bien sûr, la nature reprend ses droits.

Gideon referma le battant derrière lui, donna un tour de clé, débarrassa les livres posés sur l'un des sièges et s'y laissa tomber.

— Désolé pour le déguisement. C'est pour ton bien, à vrai dire.

O'Brien grogna comme à son habitude.

— Tu aurais tout de même pu prévenir.

— J'ai peur que la CIA n'ait fait mettre mon téléphone sur écoute, expliqua Gideon.

— Tu ne m'as pas dit que tu travaillais pour le gouvernement ?

— L'État fédéral est une grande famille.

O'Brien replia son couteau et le fourra dans sa poche.

— Tu m'as fichu une de ces trouilles.

Il regarda son visiteur des pieds à la tête.

— Tu n'as mangé que des hot-dogs et des milk-shakes depuis notre dernière rencontre ou quoi ?

— C'est fou ce qu'on fait avec quelques petits accessoires, répliqua Gideon. Comment avance ton boulot ?

— Bof...

O'Brien préleva quelques feuilles dans la montagne des papiers accumulés sur sa table de travail.

— Jette un coup d'œil là-dessus.

Gideon s'empara des documents qu'il lui tendait.

— Ces chiffres correspondent à une simple liste, expliqua-t-il en exhibant une autre feuille. Voici la séquence telle que tu me l'as transmise. Je me suis contenté de la scinder en regroupant les chiffres trois par trois, et voilà ce que ça donne.

871050033022 014010
478364156002
211205197150 135101001
750250
336299242114 009
917052009008 007004003
500278100065 057
616384
370325300005
844092060001 001001001

— Qu'en penses-tu ? insista-t-il, adressant un sourire amusé à Gideon qui affichait sa perplexité.

Il n'avait jamais compris que ses semblables puissent se montrer aussi bouchés dès qu'il s'agissait de chiffres.

— Et alors ? rétorqua Gideon.

— Regarde. Tu as dix groupes de nombres à trois chiffres. Observe-les bien, ça saute à la vue du premier imbécile venu.

— Tous les groupes sont décroissants, c'est ça ?

— Oui, mais ce n'est pas important. Regarde chaque groupe et additionne les chiffres.

Gideon laissa s'écouler un long moment avant de rompre le silence.

— Nom d'un chien !

— Exactement. En additionnant chacun des groupes, on obtient mille.

— Ce qui signifie… ?

— Je pencherais pour des listes de pourcentages. Mille correspondrait à cent pour cent, avec l'adjonction d'une décimale après la virgule. Il s'agit d'une formule, ou plutôt de dix formules dont les composants additionnés permettent d'obtenir cent pour cent.

— Cent pour cent de quoi ?

— Il pourrait s'agir d'un explosif, d'un alliage métallique rare, d'une formule chimique. Je ne suis pas physicien, il faut s'adresser à un spécialiste.

— Tu penses à quelqu'un ?

— Ma copine Sadie Epstein. Elle est prof dans le département de sciences physiques, spécialiste des quasi-cristaux.

— Elle est capable de tenir sa langue ?

— Sans problème. Je ne compte d'ailleurs pas lui donner beaucoup de détails.

— Invente une histoire quelconque. Dis-lui qu'il s'agit d'un concours, que tu espères gagner une invitation au prochain congrès Isaac Newton d'Oxford en septembre prochain.

— Il t'arrive de ne pas mentir ? C'est curieux, ce besoin constant d'inventer des histoires.

— Crois-moi, je ne fais pas ça par plaisir.

— Tu es le saint empereur romain des menteurs. Et depuis quand te promènes-tu avec autant de fric ? D'habitude, tu te plains d'être fauché comme les blés.

— On m'a accordé des frais de mission confortables.

— Où habites-tu ?

— Je change tout le temps. J'ai passé la nuit dernière dans un hôtel de passe de Canarsie. Ce soir, je me paye le Waldorf. Je m'envole demain matin pour Hong Kong.

— Hong Kong ? Combien de temps comptes-tu t'absenter ?

— Vingt-quatre heures tout au plus. Je passe te voir dès mon retour, voir où tu en es. Ne m'appelle pas, et arrange-toi pour que cette Sadie Epstein ne souffle mot à personne de cette histoire.

31

Norio Tatsuda occupait les fonctions de steward sur la ligne Tokyo-New York des Japan Airlines depuis près de six ans, et il sut instantanément qu'il avait affaire à un mauvais coucheur en découvrant ce passager installé sur le mauvais siège. L'homme avait le profil type du touriste agressif, peu habitué à voyager, qui soupçonnait la terre entière de vouloir profiter de lui. L'inconnu portait un costume de bonne facture avec un chapeau mou ridicule et tenait agrippé sur ses genoux un bagage à main en skaï, comme s'il s'attendait à tout instant à voir l'un des nombreux criminels enregistrés sur le même vol le lui arracher.

Son meilleur sourire commercial aux lèvres, Tatsuda s'approcha de l'homme et lui adressa une courbette.

— Puis-je vous demander votre carte d'embarquement, monsieur ?

— Pour quelle raison ? répliqua l'inconnu.

— Il semble que votre siège ait été attribué à cette dame, précisa-t-il en désignant la femme qui se tenait derrière lui. C'est pourquoi je voudrais vérifier votre carte d'embarquement.

— Je ne me suis pas trompé de siège.

— Je ne remets pas en cause vos dires, monsieur. L'erreur peut fort bien provenir de l'ordinateur au moment de l'attribution des places, mais je dois tout de même vérifier, expliqua-t-il en gratifiant l'abruti d'un sourire avenant.

L'homme fouilla dans ses poches en fronçant les sourcils et produisit une carte d'embarquement toute froissée.

— La voilà, si ça peut vous rassurer.

— Je vous remercie infiniment.

Tatsuda consulta le document et constata que le passager se trouvait non seulement sur le mauvais siège, mais également dans la mauvaise section.

— Vous êtes monsieur Gideon Crew ?

— C'est bien ce qui est écrit, non ?

— Oui, en effet. D'après votre carte d'embarquement, monsieur Crew (nouveau sourire), vous avez une réservation en classe Affaires, à l'avant de l'appareil.

— En classe Affaires ? Je n'effectue pas un déplacement professionnel, je vais rendre visite à mon fils.

Tatsuda avait rarement croisé un olibrius aussi stupide. Sa mine querelleuse, ses lèvres boudeuses, son front buté, son menton agressif, tout indiquait la bêtise.

— Monsieur Crew, la classe Affaires n'est pas réservée aux personnes voyageant pour affaires. Les sièges sont plus spacieux et vous disposerez d'un service supérieur. À vrai dire, ajouta-t-il en agitant la carte d'embarquement, vous disposez d'une place beaucoup plus chère.

Un pli barra le front de Crew.

— Je ne suis au courant de rien, c'est mon fils qui s'est chargé de la réservation, mais je suis très bien là où je suis, merci.

Tatsuda ne s'était jamais trouvé confronté à une situation aussi épique. Il se tourna vers la femme dont Crew avait préempté le siège. D'origine japonaise, elle n'avait pas compris la teneur de l'échange. Il se pencha vers le déplaisant personnage.

— Dois-je comprendre que vous préférez rester ici pour toute la durée du vol ? Le siège dont vous disposez en classe Affaires sera nettement plus confortable.

— C'est bien ce que je vous ai dit, non ? Je n'aime pas les hommes d'affaires. Tous des escrocs. Je préfère cent fois voyager au milieu de l'avion plutôt que de risquer la mort à l'avant. Je l'avais bien dit à mon fils.

Tatsuda salua ce discours par une courbette et se retourna vers sa passagère japonaise.

— Ce monsieur vous propose d'échanger cette place en classe Économique contre son siège en classe Affaires, à l'avant de l'appareil, lui expliqua-t-il dans sa langue. Cette proposition reçoit-elle votre agrément ?

Elle fut accueillie avec reconnaissance.

Avec un passager tel que Crew sur les bras, Tatsuda savait que son calvaire ne faisait que commencer. À peine le commandant avait-il autorisé les passagers à détacher leurs ceintures que le festival débutait. Passant près de lui avec son chariot de rafraîchissements, il le découvrit debout, en train d'explorer le coussin de son siège.

— Puis-je vous aider, monsieur Crew ?

— J'ai perdu ma lentille de contact.

— Permettez-moi de vous aider.

— M'aider ? répéta celui-ci en observant le steward, un œil plissé. Comment voulez-vous m'aider alors que j'ai à peine la place de bouger ?

Le passager installé sur le siège voisin leva les yeux au ciel.

— N'hésitez pas à m'appeler si je puis vous être utile. En attendant, que puis-je vous offrir à boire ?

— Un gin tonic.

— Bien, monsieur.

Tatsuda s'éloigna tout en surveillant de loin son passager irascible. Après avoir longuement palpé le coussin, Crew avait soulevé celui-ci et fouillait la coque du siège. Il s'y prenait avec une telle frénésie que la couture du coussin s'était déchirée. Tatsuda allait devoir s'assurer que ce type n'abuserait pas des alcools forts, prétextant de la longueur du voyage pour se soûler.

Contre toute attente, il se contenta d'un seul verre. La fouille en règle des coussins et des compartiments supérieurs achevée, il finit par s'enfoncer dans son siège et dormit d'une traite jusqu'à Tokyo, au grand soulagement de Tatsuda.

32

Gideon Crew s'avança dans le hall de l'hôtel Tai Tam de Hong Kong, dont il observa quelques instants la décoration en boutonnant la veste de son costume. Le lieu devait sa froideur opulente à une débauche d'or et de verre dans un espace gigantesque de marbre noir et blanc. Son arrivée n'avait été marquée par aucun incident. Il avait franchi la douane sans encombre, à peu près sûr d'avoir semé Pélican et ses acolytes éventuels bien avant de prendre l'avion à New York. Qui aurait pu le croire assez téméraire pour s'envoler en direction de la Chine alors qu'il avait des agents de Pékin aux trousses ? Gideon savait d'expérience que la surprise constitue souvent la meilleure des protections.

Il s'approcha de la réception, déclina son identité, récupéra la clé électronique de sa chambre et emprunta l'ascenseur jusqu'au vingt-deuxième étage. Il avait pris soin de réserver une suite avec vue sur le port afin de crédibiliser le personnage qu'il s'était forgé, dépensant une petite fortune en vêtements. Les vingt mille dollars de Glinn avaient fondu comme neige au soleil ; seule une arrivée miraculeuse d'argent liquide pourrait le tirer d'affaire.

Il se débarrassa dans la corbeille de son chapeau ridicule et de son horrible bagage à main en skaï, prit une douche et enfila une tenue propre. Ses emplettes vestimentaires lui avaient coûté la modique somme de quatre mille dollars, sans compter une paire de chaussures à mille dollars.

— Je crois que je pourrais m'habituer facilement à tout ce luxe, murmura-t-il en se contemplant dans le miroir.

Il hésita un instant à prendre rendez-vous chez un coiffeur, et décida finalement que ses cheveux légèrement longs lui donnaient des airs de patron de start-up.

Un regard à sa montre lui indiqua qu'il était 16 heures... le lendemain. La fouille en règle du siège qu'avait occupé Wu dans l'avion n'avait rien donné, mais la suite du vol lui avait permis de dormir tout son soûl avant la nuit blanche à venir. Gideon avait du pain sur la planche.

Il redescendit dans le grand hall, s'installa au Kowloon Bar dont l'éclairage mauve lui donnait un teint cadavérique et commanda un Martini gin très sec agrémenté d'un zeste de citron. Son cocktail avalé, il régla en liquide et regagna le hall. Le bureau du concierge se trouvait sur le côté. Gideon attendit que les quelques clients qui s'y renseignaient se soient éloignés pour s'adresser au plus jeune des deux employés installés derrière le comptoir.

— En quoi puis-je vous aider, monsieur ?

Gideon l'attira à l'écart et se pencha vers lui avec un air de conspirateur.

— Je suis ici pour affaires, et je suis seul.

L'autre acquiesça discrètement.

— J'aurais voulu engager une compagne pour la soirée et j'ai pensé que vous seriez l'homme de la situation.

— Nous avons un collègue spécialisé dans ce genre de requête, répondit le concierge dans un murmure. Puis-je vous demander de me suivre ?

Gideon se laissa guider jusqu'à une suite de petits bureaux et pénétra dans une pièce où un clone du concierge se leva en découvrant ses visiteurs.

— Asseyez-vous, je vous en prie.

Gideon s'installa tandis que celui qui l'avait amené là s'éclipsait en refermant la porte derrière lui. Le clone reprit place derrière sa table sur laquelle étaient posés une batterie de téléphone et plusieurs ordinateurs.

— Quel genre de service attendez-vous de nous exactement ? s'enquit l'homme.

Gideon laissa échapper un petit rire nerveux, volontairement accompagné de forts relents de gin.

— À force de passer son temps à voyager, loin de chez soi, on finit par se sentir seul. Si vous voyez ce que je veux dire.

— Tout à fait, monsieur, répliqua l'autre, les mains croisées, attendant la suite.

— Eh bien...

Gideon se racla la gorge.

— J'aurais voulu une blonde, plutôt musclée, plus d'un mètre quatre-vingts. Plutôt jeune, mais pas trop. Pas loin de la trentaine, quoi.

L'employé hocha la tête.

— Je me demandais si... s'il était possible de bénéficier de services particuliers.

— Oui, répondit l'homme laconiquement.

— Dans ce cas... hésita Gideon avant de se jeter à l'eau. Dans ce cas, j'aimerais une dominatrice. Vous me suivez ?

— C'est possible, approuva son interlocuteur.

— Je souhaiterais une fille expérimentée.

Léger hochement de tête.

— Ce genre de service nécessite habituellement le versement d'un acompte en liquide. Peut-être souhaitez-vous passer à la banque avant de régler les détails ?

— Non, non, j'ai tout ce qu'il faut sur moi, répliqua Gideon avec un rire nerveux en tapotant la poche où se trouvait son portefeuille.

L'opération menaçait d'épuiser définitivement sa réserve de cash.

L'employé se leva.

— Quand auriez-vous besoin de cette personne ?

— Le plus tôt possible. Le temps de prendre un verre, de dîner et de passer la soirée. Disons jusqu'à minuit.

— Très bien, monsieur. Elle vous appellera directement dans votre chambre à son arrivée.

33

Gideon poussa la porte du bar et repéra aussitôt la fille, installée tout au bout du comptoir, un verre à la main. Elle était grande avec un corps sinueux, plus séduisante et moins musclée qu'il ne l'avait imaginée. De son côté, il avait troqué son costume contre un jean noir moulant, un T-shirt et une paire de baskets. Il prit place à côté d'elle.

— J'attends quelqu'un, le prévint-elle avec un fort accent australien.

— C'est moi que vous attendez. Gideon Crew, à votre service. La même chose que mademoiselle, annonça-t-il au barman qui s'approchait.

— San Pellegrino ?

— Beurk ! Apportez-nous plutôt deux Martini bien tassés.

Il se tourna vers sa voisine et constata qu'elle l'observait avec curiosité. Il aurait juré qu'elle était agréablement surprise.

— Je m'attendais à rencontrer un gros businessman en costard cravate, lui expliqua-t-elle.

— Eh non. Je suis jeune, mince et sans cravate. C'est quoi, ton nom ?

L'ombre d'un sourire étira ses lèvres.

— Gerta. Quel âge as-tu ?

— À peu près comme toi. D'où es-tu originaire ? De Coomooroo ou de Goomalling ?

Elle pouffa de rire.

— Je vois que tu connais l'Australie. Tu y es déjà allé ?

Il regarda sa montre.

— Prenons nos verres et passons au restaurant. J'ai une faim de loup.

Gideon attendit que le Château Petrus et les ris de veau aient produit leur effet avant de se confier. Il lâchait les informations du bout des lèvres, sous la pression amicale de son invitée : comment il avait fait fortune en vendant sa start-up, comment il avait perdu sa femme à force de trop travailler et de ne jamais être présent pour leur petit garçon. Lorsque sa femme et son fils étaient morts dans un accident d'avion, peu après le divorce, c'était tout juste s'il avait reconnu le visage de son enfant dans le cercueil, lors de la veillée funèbre. Certes, il était milliardaire, mais il aurait volontiers tout donné pour échapper à la solitude et revoir son fils, ne fût-ce qu'une heure. Une seule petite heure, en échange de toutes celles passées à gagner tout ce fric pendant que l'enfant l'attendait chez lui, une lampe de poche allumée sous sa couette pour être certain de ne pas dormir quand papa rentrerait à la maison. Combien de fois il l'avait trouvé endormi, sa torche allumée posée à côté de lui. Gideon sortit de son portefeuille la photo d'un petit blondinet adorable en essuyant une larme, s'autoproclamant le milliardaire le plus triste et le plus seul de la planète.

Gerta y alla de sa petite larme, elle aussi.

Arrivée dans la chambre, la jeune femme entreprit de sortir ses accessoires, presque à regret. Gideon l'arrêta d'un geste en lui avouant n'avoir jamais rencontré de fille aussi charmante et drôle auparavant et préférer poursuivre la conversation, en toute amitié. Si le sexe l'aidait généralement à oublier, il se voyait incapable de continuer sur ce registre avec elle, à présent qu'il la connaissait.

Quitte à rester sur le terrain de la confidence, Gideon entraîna Gerta à évoquer ses expériences professionnelles les plus marquantes. Séduite par la fascination qu'elle provoquait chez lui, elle se laissa aller à raconter sa vie, assise à côté de lui sur le lit. Elle avait évoqué cinq ou six faits d'armes lorsque Gideon sentit qu'il touchait au but. L'histoire s'était déroulée quelques jours plus tôt, à la suite d'une commande un peu particulière passée par le représentant d'une entreprise australienne. L'un des cadres de la boîte, un Chinois, s'était apparemment approprié l'une des inventions technologiques mises au point par son employeur – « tu savais, toi, que les Chinois faisaient de l'espionnage industriel en Australie à grande échelle ? » – et on lui avait demandé de le compromettre de façon à pouvoir le faire chanter et récupérer les plans. Gerta avait touché dix mille dollars pour une soirée de boulot.

— Je m'attendais à voir un gangster chinois, mais pas du tout : j'ai trouvé un tout petit bonhomme très nerveux. Un vrai moustique. J'ai mis une éternité à lui faire dire ce qu'il voulait exactement, pouffa-t-elle. Mais une fois qu'il était parti… Waouh ! Un vrai feu d'artifice.

Gideon éclata de rire en s'approchant du minibar. Il déboucha une demi-bouteille de Veuve Cliquot et remplit deux flûtes.

— Ouais, c'était assez marrant. On aurait dit un ado en chaleur.

— Quel boulot faisait-il ?

— Je ne sais pas très bien, un truc en rapport avec l'électricité, c'était très mystérieux. Il n'est pas allé jusqu'à m'avouer que son vrai job consistait à arnaquer l'Australie.

— Un spécialiste de l'électricité, tu dis ? insista Gideon en ouvrant une autre demi-bouteille.

— Oui, je crois. Une histoire d'électrons, un truc de ce style. Il m'a fait comprendre que son invention allait révolutionner la planète et qu'elle permettrait à la Chine de régner sur le monde entier. Il faut dire qu'il était passablement soûl, il s'emmêlait un peu les pinceaux.

— Et tes commanditaires australiens, ils étaient contents ?

— Ils voulaient surtout filmer notre petite séance pour l'obliger ensuite à rendre l'invention.

— De quoi s'agissait-il, précisément ?

Gerta but une gorgée de champagne.

— Ils n'ont pas voulu me le dire. Top secret.

— Tu l'avais rejoint dans sa chambre ?

— Bien sûr. Je ne reçois jamais de clients chez moi.

— Tu as vu s'il avait un ordinateur portable, ou un disque dur ?

Le verre se figea dans la main de la jeune femme qui posa sur lui un regard étonné.

— Non. Pourquoi ?

Gideon devait veiller à ne pas aller trop loin.

— Simple curiosité de ma part. Comme tu m'as dit que c'était un scientifique, je me demandais si l'invention volée aurait pu se trouver dans sa chambre.

— Je ne sais pas, je n'ai pas fait attention. La pièce était bien rangée, il n'avait rien laissé traîner.

Il tenta une dernière fois sa chance.

— Il t'a parlé d'une arme secrète ?

— Non, il disait juste que la Chine dominerait bientôt le monde. Les vantardises habituelles. Les hommes d'affaires chinois racontent tous les mêmes histoires.

Ils sont persuadés que leur pays nous aura tous enterrés d'ici dix ou vingt ans.

— Qu'a-t-il raconté d'autre ?

— Presque rien. On avait à peine terminé qu'il m'a fait une vraie crise de parano. Il furetait dans tous les coins à la recherche de micros, il ne voulait pas que je m'en aille. Il est redescendu à une telle vitesse, ça faisait peur.

— Tu t'en fichais, du moment que tu touchais tes dix mille dollars.

— Tout à fait. Cinq mille d'avance, le reste après.

— Des Australiens, c'est bien ça ?

— Oui, de Sydney, comme moi. Ça faisait du bien de retrouver des compatriotes.

Gideon acquiesça. Les types de la CIA étaient plus malins qu'il ne l'imaginait.

— Mais j'ai connu mieux, poursuivit-elle avec un gloussement en renversant quelques gouttes de son champagne. Il y a deux ou trois ans, j'ai eu un client qui a voulu amener son singe apprivoisé. Quelle horreur ! Les singes sont vraiment de sales bêtes. Je ne rigole pas ! Si tu savais ce qu'il voulait qu'on fasse…

Gerta finit par s'assoupir sur le lit en ronflant doucement. Gideon tira la couverture sur elle et s'allongea à ses côtés, la tête embrumée par tous les Martini, le vin et le champagne ingurgités.

34

Ils débarquèrent vers 6 heures du matin, ouvrant la porte de sa chambre avec un passe électronique avant de se poster silencieusement tout autour du lit. On aurait dit des agents immobiliers avec leurs costumes bleus.

— Monsieur Gideon Crew ? commença leur chef.

Celui-ci se dressa sur le lit, les tempes battantes.

— Euh… De quoi s'agit-il ?

Il n'avait pas besoin d'être devin pour savoir que cette intrusion ne signifiait rien de bon.

— Je vous demanderai de bien vouloir nous suivre.

Il ouvrit des yeux ébahis. Gerta dormait profondément à côté de lui.

— Non merci.

Les deux hommes les plus proches de celui qui s'était exprimé sortirent nonchalamment le même Beretta 9 mm.

— Autant éviter les éclats. Ceci est un hôtel honorable.

— Je peux m'habiller, au moins ?

— Je vous en prie.

Il sauta du lit sous le regard de ses visiteurs et tenta de rassembler ses idées malgré sa gueule de bois. Pourvu que Gerta ne se réveille pas ! Cela ne pourrait que compliquer la situation. Gideon devait trouver une solution au plus vite. Une fois embarqué dans leur voiture, il serait trop tard.

— Puis-je prendre une douche ?

— Non.

Il fit mine de s'enfermer dans le dressing afin de s'habiller.

— Prenez vos vêtements et habillez-vous ici.

Il enfila son costume de luxe, noua sa cravate et laça ses chaussures à mille dollars tout en réfléchissant à toute vitesse. Pas question d'abandonner des fringues aussi chères.

— Suivez-nous.

Les hommes l'encadrèrent, les pistolets disparurent comme par enchantement et le petit groupe gagna le couloir au bout duquel les attendait un ascenseur. Gideon avait beau se creuser la tête, il ne voyait pas de solution. Créer un scandale dans le hall ? Hurler comme un possédé ? Crier au secours, à l'enlèvement ? S'enfuir en courant ? Quel que soit le scénario, les autres trouveraient le moyen de l'abattre ou de l'emmener de force. Ils disposaient vraisemblablement de documents officiels, les dés étaient pipés d'avance.

Les portes de l'ascenseur s'écartèrent silencieusement et ils atteignirent le hall dallé de marbre. Rangés le long du trottoir, devant l'entrée vitrée de l'hôtel, attendaient trois 4 × 4 noirs gardés par d'autres hommes en bleu. Gideon fut poussé dans leur direction par ses anges gardiens.

Oseraient-ils lui tirer dessus s'il tentait de s'enfuir ? Quand bien même il parviendrait à leur échapper, où aller ? Il ne connaissait personne à Hong Kong et c'est tout juste s'il lui restait deux mille dollars en poche. Autant dire rien dans une telle ville. Jamais il n'arriverait à quitter le pays, d'autant qu'il voyageait sous son vrai nom, faute d'avoir pu se procurer un faux passeport.

Chaque seconde comptait. Quelques mètres à peine le séparaient de l'entrée de l'hôtel où ronronnaient les moteurs des trois 4 × 4.

35

— Hé !

Gideon se retourna en entendant un cri et vit une femme se précipiter dans leur direction. Il reconnut Mindy Jackson, brandissant d'un air conquérant sa carte de la CIA.

— Vous, là ! Arrêtez !

Son appel se répercuta dans le grand hall et tous les regards se tournèrent vers elle.

Tel un chien dans un jeu de quilles, elle bouscula violemment les anges gardiens de Gideon et poussa ce dernier à l'écart avant de se retourner.

— Vous jouez à quoi ? Je suis l'adjointe du bureau local de la CIA et cet homme est l'un de mes collègues. Il est protégé par son immunité diplomatique ! De quel droit l'arrêtez-vous ?

Sans attendre leur réaction, elle agrippa Gideon par le poignet et se précipita vers la porte de l'hôtel.

Une demi-douzaine de pistolets jaillirent instantanément de leur étui.

— Vous n'allez nulle part ! cria le chef du commando chinois en s'avançant.

L'agent Jackson sortit son arme en un éclair, un Smith & Wesson spécial de calibre .38. Des cris fusèrent de toutes parts tandis que les clients de l'hôtel plongeaient derrière les fauteuils et les grands vases du hall.

— Ah oui ? s'écria-t-elle. Vous avez vraiment envie d'une bataille rangée avec la CIA ? Redescendez sur terre, les gars ! J'imagine déjà les couronnes de laurier qu'on va vous tresser pour avoir provoqué une tuerie dans le hall de l'hôtel Tai Tam !

Tout en apostrophant à tue-tête ses assaillants, elle reculait en direction d'une porte latérale qu'elle finit par franchir avec Gideon, sous le regard des Chinois pétrifiés. Elle poussa son protégé sur la banquette arrière d'une Ford Crown Victoria qui les attendait, s'engouffra derrière lui et claqua la portière alors que le chauffeur démarrait en brûlant de la gomme. Les hommes en costume bleu, à peine remis de leurs émotions, se ruèrent vers les 4 × 4.

— Merde ! gronda la jeune femme en rangeant son arme dans l'étui qu'elle portait à l'épaule avant de se laisser aller sur la banquette. Bon sang, je pourrais savoir à quel jeu vous jouez ?

— Je vous dois des remerciements pour…

— Des *remerciements* ? Vous me devez la vie, oui. Je n'arrive pas à croire que vous ayez eu le culot de vous jeter dans la gueule du loup. Vous avez perdu la tête, ou quoi ?

Avec le recul, Gideon fut bien obligé de reconnaître qu'il avait agi à la légère.

Elle se retourna.

— En plus, ils nous donnent la chasse.

— Où allons-nous ?

— À l'aéroport.

— Ils nous empêcheront de quitter le pays.

— À l'heure qu'il est, ils ne savent plus quoi penser. Ils attendent de nouvelles instructions. Tout va dépendre de la lenteur avec laquelle réagira leur hiérarchie. Vous savez vous servir d'une arme ?

— Oui.

Elle tira un Walther .32 de sa ceinture et le lui tendit.

— Surtout, ne tuez personne. Contentez-vous de suivre mes recommandations.

— D'accord.

Elle se pencha vers le conducteur de la voiture.

— Ralentissez et laissez-les venir.

— Pourquoi ? s'étonna-t-il.

— Ça nous en dira davantage sur leurs intentions. Je voudrais savoir s'ils nous suivent ou s'ils vont essayer de nous pousser dans le fossé.

La Crown Victoria perdant de la vitesse, le premier des trois 4 × 4 se porta à sa hauteur. La vitre fumée côté passager descendit et le canon d'une arme apparut dans l'ouverture.

— Baissez-vous !

La balle fit voler en éclats les vitres arrière de la Ford et une pluie de verre pilé s'abattit sur les deux passagers. Réagissant au quart de tour, le conducteur donna un coup de volant brutal et coupa les quatre files de l'Eastern Island Corridor dans un long crissement de pneus.

— Vous connaissez leurs intentions, maintenant, remarqua sèchement Gideon.

— Oui, et ça veut même dire qu'ils ont reçu leurs instructions. Autant pour la lenteur bureaucratique chinoise.

La Ford reprit rapidement de la vitesse en zigzaguant au milieu des voitures en direction du tunnel Cross Harbour.

— Cet endroit a toutes les chances d'être bouché par la circulation, remarqua le conducteur. Que fait-on ?

Mindy Jackson lui répondit par un silence embarrassé. Gideon se retourna et constata que les trois 4 × 4 ne les lâchaient pas d'un pouce.

Bong ! Un projectile s'enfonça dans la tôle du véhicule avec un bruit de marteau-pilon. Jackson passa la tête à travers sa vitre explosée et tira à cinq reprises, forçant les 4 × 4 à reprendre de la distance.

À demi accroupie par terre, la jeune femme rechargea précipitamment son Smith & Wesson.

— Gardez bien la tête baissée.

— Jamais ils ne nous laisseront quitter le pays, répliqua Gideon.

Bong ! Une balle se ficha dans le coffre de la Ford. Il se jeta au bas de la banquette, les mains sur la tête.

— Contrairement à ce qu'on pourrait croire en allant au cinéma, ce n'est pas de la tarte de tirer depuis une voiture. Donnez-moi votre passeport !

Gideon le lui tendit machinalement, abasourdi par le rugissement du moteur, les crissements de pneus et les coups de klaxon vengeurs qui se multipliaient dans leur sillage, auxquels se mêlait à présent le hurlement de sirènes de police. Elle lui arracha le passeport des mains, sortit de son sac un petit tampon circulaire et une pince à embosser. Elle ouvrit le document, appliqua le tampon et sa signature, puis officialisa le tout en dessinant un sceau en relief à l'aide de la pince.

— Maintenant, vous disposez de l'immunité diplomatique, conclut-elle en le rendant à son propriétaire.

— C'est comme ça qu'on fabrique un passeport, à la CIA ?

Elle lui répondit par un sourire grave. Au même instant, ils sentirent la voiture perdre de la vitesse.

Gideon releva prudemment la tête : la Ford entamait la descente du tunnel passant sous le port de la ville. Les 4 × 4, ralentis par la circulation, suivaient à une centaine de mètres derrière.

La file ralentit plus encore et la Ford finit par se trouver coincée dans un embouteillage.

À travers la lunette arrière, Gideon vit les hommes en bleu sortir des 4 × 4 et s'élancer en direction de la Crown Victoria, l'arme à la main.

— On est foutus, déclara-t-il.

— Pas du tout. Dès que vous me voyez descendre de voiture, vous tirez au-dessus de leurs têtes en faisant bien attention de ne toucher personne.

— Mais…

La jeune femme avait déjà ouvert sa portière et courait entre les files de voitures, courbée en deux. Gideon visa légèrement au-dessus de ses adversaires et pressa la détente. Le pistolet tressauta dans sa main par trois fois, l'écho des détonations se répercutant longuement dans le tunnel. Les types en bleu se jetèrent à terre et une tempête de hurlements s'éleva des véhicules voisins que leurs occupants quittaient précipitamment.

En l'espace d'un instant, le chaos le plus absolu régna sur cette portion de route, et Gideon comprit la stratégie de Jackson. Il fit à nouveau feu à deux reprises, ajoutant à la panique. Les portières s'ouvraient à la volée de tous côtés, les gens escaladaient les voitures en criant, détalant comme des lapins dans un désordre indescriptible.

Malgré tous leurs efforts, les hommes en bleu ne parvenaient pas à remonter le courant de la marée humaine. Gideon enchaîna les coups de feu en l'air afin d'ajouter à l'affolement général. *Boum boum boum boum !* À mesure que les automobilistes prenaient la fuite en courant, les passagers des voitures suivantes les imitaient en dessinant des vagues de panique successives. Le Smith & Wesson de Jackson tonna quelque part derrière la Ford avec une force bien supérieure à celle du petit calibre .32. La foule apeurée se replia au bruit, les gens se jetèrent les uns sur les autres en essayant de s'abriter sous les voitures. Les vitres volaient en éclats dans le concert dantesque des klaxons. Quant aux hommes en bleu, ils avaient disparu, repoussés, ou peut-être même piétinés par la foule.

La portière de Gideon s'ouvrit brusquement. Il tourna la tête et découvrit le visage de Jackson, qui s'essuya le front du revers de la main et rengaina son arme.

— Nous n'avons pas une minute à perdre.

Il la suivit d'un bond et ils remontèrent l'un derrière l'autre la pente menant à l'entrée du tunnel au milieu de la foule grandissante de gens abandonnant leurs voitures, persuadés d'assister à une attaque terroriste.

Emportés par le flot, ils franchirent en courant les murets de béton qui séparaient la bretelle de Hung Hing Road et se retrouvèrent peu après devant l'entrée du Hong Kong Yacht Club. Balayés par la foule paniquée, les deux gardiens postés dans la guérite s'effacèrent sans demander leur reste tandis que les automobilistes affolés s'éparpillaient en tous sens.

— Ne me quittez pas d'une semelle, recommanda Jackson à son protégé en bifurquant vers un chemin de service qui traversait une voie ferrée avant de s'arrêter devant un grillage.

Quelques instants plus tard, l'obstacle franchi, ils arrivaient en vue du port Victoria. L'esplanade longeant les bords de l'eau dessinait une courbe et cédait la place à une jetée goudronnée qui s'enfonçait au milieu du port. Tout en courant, Jackson aboyait des ordres dans son téléphone portable.

— Par ici, ordonna-t-elle à Gideon en s'élançant sur la jetée.

— Mais c'est un cul-de-sac !

Il comprit la manœuvre en apercevant l'énorme lettre H peinte à l'intérieur d'un cercle jaune vif à l'extrémité de la jetée, et leva les yeux en entendant un bruit de rotor au-dessus de sa tête. L'hélicoptère vira sur lui-même, le ballet des pales se ralentit et l'appareil se posa sur la lettre géante. Les deux fugitifs se précipitèrent à l'intérieur et il décolla aussitôt avant de s'éloigner au-dessus du port.

Mindy Jackson se laissa tomber sur un siège, boucla sa ceinture et se tourna vers Gideon en sortant de sa poche un carnet et un stylo.

— Je viens de vous sauver la mise, mon vieux. Alors, plus d'histoire : je veux ces putains de chiffres, et tout de suite.

Il s'exécuta.

36

Mindy et Gideon prirent place à bord du premier vol commercial au départ de Hong Kong, un long courrier Emirates à destination de Dubaï, en échappant aux contrôles de police grâce à leurs passeports diplomatiques. Il était 21 heures lorsqu'ils parvinrent à destination, mais leur correspondance pour New York ne quittait l'aéroport que le lendemain matin.

— L'hôtel Bur Dubaï est plutôt sympa, remarqua Jackson, une fois franchie la douane.

Ils se dirigèrent vers la file des taxis.

— Vous m'en devez une belle, ajouta-t-elle.

— Une belle quoi ? s'étonna-t-il en écartant les mains.

La jeune femme rougit.

— Une belle chandelle. Vous avez l'esprit mal tourné, vous.

Quelques instants plus tard, ils prenaient place à l'arrière d'un véhicule.

— Le Bur Dubaï, indiqua-t-elle au chauffeur avant de se tourner vers Gideon : le Cooz Bar est très cosy. Atmosphère jazz et cigare, fauteuils de velours rouge, tabourets léopards et lambris de bois clair.

— Je n'aurais jamais imaginé que vous fumiez le cigare.

Après une longue course entravée par la circulation, le taxi stoppa devant les deux tours incurvées d'inspiration ultramoderne de l'établissement. Sans même s'arrêter à la réception, Gideon et Mindy gagnèrent directement le bar où un big band entamait le deuxième set avec une version de « Caravan », le standard de Duke Ellington. À sa grande surprise, Gideon trouva la formation plus qu'honorable. Un serveur s'approcha.

— Je prendrai un Martini vodka bien sec avec deux olives, commanda Mindy. Apportez-moi également un Bolivar Coronas Gigantes, ajouta-t-elle après avoir parcouru la carte des cigares.

Se souvenant de ses excès de la veille, Gideon se contenta d'une bière.

— Vous allez fumer ça ? demanda-t-il en voyant le serveur revenir avec les consommations et un énorme tube d'aluminium.

— Non, je l'ai commandé pour vous. J'adore les hommes qui fument le cigare.

Se laissant prendre par les sentiments, Gideon sortit le barreau de chaise de son étui et le huma longuement d'un air connaisseur. Puis il en coupa l'extrémité et l'alluma.

Jackson l'observait.

— Je m'en doutais. Le cigare vous va bien.

— Espérons que je n'attrape pas de cancer et qu'on ne soit pas obligé de me couper les lèvres.

— De si jolies lèvres, rétorqua Jackson en sirotant son cocktail sans cesser de l'observer. Je n'ai jamais rencontré quelqu'un avec des cheveux aussi noirs et des yeux aussi bleus.

— Un vrai brun irlandais. Dommage que je ne sois pas irlandais.

— Je parie que vous êtes sujet aux coups de soleil.

— Hélas, oui.

Loin de son cadre professionnel, l'agent se montrait sous un jour différent.

— Vous avez une idée de la signification de ces chiffres ? l'interrogea Gideon.

— Pas encore, mais je les ai transmis au bureau.

— Je serais curieux de savoir ce qu'ils découvriront.

Elle conserva le silence tandis que le big band jouait les premières mesures d'un autre classique ellingtonien, « Mood Indigo ».

À présent qu'il avait fourni les chiffres à la jeune femme, Gideon se crut autorisé à pousser son avantage.

— Parlez-moi un peu de ce Pélican. On dirait un personnage à la James Bond.

— Vous ne croyez pas si bien dire. Un assassin pur et dur, sans état d'âme. On ne sait presque rien à son sujet, sinon qu'il est originaire de la partie occidentale de la Chine et qu'il a hérité de ses ancêtres mongols un côté impitoyable digne de Gengis Khan. On croit savoir qu'il a été élevé au sein d'une unité spéciale qui l'aurait imprégné de culture américaine, avant d'intégrer le Bureau 610.

— C'est quoi, ça ?

Elle posa sur lui un regard surpris.

— Pour un agent, même privé, vous ne connaissez pas vos classiques ?

— Je débute dans le métier.

— Le Bureau 610 est l'équivalent en Chine de la Gestapo ou du KGB, en plus ramassé. Il est placé sous le contrôle direct de quelques rares officiels du PC chinois. Pélican est un de leurs meilleurs éléments ; on raconte qu'il est dopé aux hormones et aux produits chimiques. Un type surentraîné, sans être pour autant la simple machine à tuer à laquelle on pourrait s'attendre : il est très intelligent et dispose d'une fibre artistique poussée. J'ai lu quelque part que c'était un guitariste de blues émérite, dans le style bottleneck.

— C'est incroyable. Mais s'il est aussi bon que ça, comment se fait-il qu'il ait merdé avec Wu ?

— Je ne sais pas s'il a merdé, comme vous dites. On lui avait donné l'ordre de tuer sa cible et de s'enfuir : c'est précisément ce qu'il a fait. Sans se soucier des dommages collatéraux.

— Sauf qu'il n'a pas récupéré les plans.

— Il s'agissait de la phase suivante, à laquelle il s'attelle aujourd'hui.

— Pourquoi m'en veut-il ?

— Allons, Gideon ! Plus d'une demi-douzaine de témoins ont vu Wu vous dicter les chiffres, juste après l'accident. Pélican se fiche bien d'eux, il est tout bonnement chargé de tuer ceux qui les connaissent.

Il secoua la tête en tirant une bouffée de son cigare.

— S'il était aussi doué que vous le dites, je serais déjà mort.

— Vous vous êtes montré particulièrement malin, jusqu'à présent. Ou alors vous avez été servi par la chance. Votre meilleur atout, c'est de rester imprévisible. Personne ne s'attendait à vous voir débarquer à Hong Kong.

— Si. Vous.

— Pas du tout. La CIA avait lancé une alerte dans tous les aéroports et votre fuite nous a été immédiatement signalée. Vous pouvez être certain que Pélican vous attendra à votre descente d'avion, et je vois mal comment vous pourriez lui échapper.

Un sourire aux lèvres, elle pêcha une olive et la glissa entre ses lèvres.

— Merci de votre confiance. Je pourrais vous faire remarquer que vous êtes vous-même devenue une cible depuis que je vous ai confié les chiffres.

— Ne vous inquiétez pas pour moi.

Il tira une nouvelle bouffée du Bolivar.

— Comment Wu a-t-il pu leur dérober ces plans ?

— Il devait y penser depuis un moment. En tant que scientifique de haut niveau, il avait accès à toutes les données. Le piège que nous lui avons tendu aura achevé de le décider.

— Comment pouvez-vous être certaine qu'il possédait effectivement ces fichus plans ?

— Les rapports de nos espions nous l'ont confirmé. Des gens aussi onéreux que sûrs.

— Wu aurait-il pu vous servir d'appât ?

— C'est peu probable.

— Que savez-vous de l'arme elle-même ?

— C'est le plus inquiétant de l'histoire : nous ne savons pas s'il s'agit d'un engin thermonucléaire avancé ou bien d'une invention totalement inédite. La composition du comité scientifique de Lob Nor suggère la seconde solution. On y trouve assez peu de physiciens nucléaires, et un grand nombre de spécialistes des métaux, des nanotechnologies, de physique de la matière condensée et de physique quantique.

— De la physique quantique ? Il pourrait s'agir d'un engin à particule d'un type nouveau. Un canon laser, ou bien un mini trou noir, voire un appareil à antimatière.

— Vous êtes plus malin que vous ne voulez le montrer. Que faites-vous exactement à Los Alamos ?

— J'aide à la conception de lentilles explosives, servant à provoquer l'éclatement des noyaux d'engins nucléaires.

La jeune femme digéra l'information en trempant les lèvres dans son verre.

— Pourquoi vous a-t-on recruté ?

— Disons que j'ai toujours eu un faible pour les explosifs.

— Vous faisiez exploser des voitures ? Des gens ?

— Nooon ! J'ai commencé très jeune. Tout gamin, je concevais déjà des engins pyrotechniques à partir d'explosifs que je réalisais moi-même. Des feux d'artifices, si vous voulez. Je les faisais exploser dans les bois derrière chez moi, en faisant payer vingt-cinq cents aux gamins des alentours qui souhaitaient assister au spectacle. Par la suite, j'ai découvert que mes feux d'artifices pouvaient avoir… un autre usage.

Il étouffa un bâillement.

— Bref, vous êtes un homme de ressources, conclut l'agent. Vous avez faim ?

— Trop fatigué pour manger.

— Fatigué ? Alors, vous préférez que nous prenions des chambres séparées ? demanda Jackson avec un sourire enjôleur.

Il plongea ses yeux dans son regard vert.

— Non, pas fatigué à ce point-là.

Elle posa un billet de cinquante dollars sur la table et se leva.

— Bien. Ça m'ennuierait de dépenser inutilement l'argent du contribuable en louant une seconde chambre.

37

Roger Marion verrouilla la porte d'entrée de son appartement en laissant échapper un soupir. C'était un jeudi particulièrement bruyant à Chinatown : une humanité bigarrée arpentait les trottoirs de Mott Street, dont la rumeur filtrait à travers les fenêtres à barreaux donnant sur l'escalier de secours.

Il s'efforça de chasser le tumulte de la ville en fermant les yeux et entama une série de mouvements rituels connus sous le nom de *mile shenyao*. La roue du dharma se mit à tourner sur elle-même dans sa tête.

Ses exercices achevés, il se rendit dans la cuisine. Il posa la bouilloire sur le réchaud, s'empara d'une théière en fonte et d'une boîte à thé qu'il aligna sur le plan de travail. Il attendit que l'eau frémisse, retira la bouilloire du gaz, versa un peu d'eau brûlante dans la théière, l'agita, la vida, et y déposa quelques feuilles de thé blanc qu'il noya dans l'eau bouillante. Il regagna le salon, théière et tasse à la main, et sursauta en découvrant un inconnu dans la pièce, les bras croisés, un sourire aux lèvres.

— Du thé, quelle bonne idée, déclara l'homme en chinois.

Vêtu d'un costume banal, d'une chemise blanche et d'une cravate grise à grosse trame, il avait des traits aussi lisses qu'un carré de soie, un regard froid et vide. Sa tenue dissimulait un corps d'athlète.

— Il faut le laisser infuser, réagit Marion en dissimulant son étonnement derrière un ton neutre. Je vais vous chercher une tasse.

L'homme hocha la tête en guise d'assentiment alors que Marion retournait dans la cuisine où il prit une autre tasse dans le placard, après avoir glissé dans sa poche un petit couteau de cuisine.

De retour dans le salon, il déposa la tasse à côté de sa jumelle.

— Le thé blanc doit infuser dix minutes au moins, remarqua l'inconnu. Cela nous donne le temps d'avoir une petite conversation, tous les deux.

Marion attendit que l'étrange visiteur veuille bien poursuivre. Les mains derrière le dos, ce dernier fit lentement le tour de la pièce.

— Je suis à la recherche d'un objet, expliqua-t-il en s'arrêtant devant l'oriflamme accrochée au mur qu'il examina longuement.

Gardant le silence, son interlocuteur mettait au point la suite de mouvements qui allait lui permettre de trancher la gorge de l'intrus.

— Sauriez-vous où il se trouve ? demanda celui-ci.

— Vous ne m'avez pas dit ce que vous cherchiez.

— Vous ne le savez pas ?

— Je n'en ai aucune idée.

L'homme balaya la réponse d'un geste, comme s'il chassait un moustique.

— Comment comptiez-vous l'utiliser ?

Marion ne répondit pas. Son plan d'action était prêt.

— Du thé ?

L'homme se retourna.

— Il n'a pas infusé assez longtemps.

— Je le préfère personnellement moins fort.

— Dans ce cas, servez-vous. J'attendrai.

Marion se pencha avec naturel et saisit l'anse de la théière, ses sens parfaitement aiguisés. Il remplit une tasse puis la porta lentement à sa bouche. Elle effleurait ses lèvres lorsqu'il en envoya le contenu brûlant au visage de son visiteur d'un mouvement sec du poignet. Tirant de sa poche le couteau de cuisine dans la continuité de son geste, il voulut lui trancher la gorge.

À ceci près que l'adversaire ne se trouvait plus là où il se tenait une seconde plus tôt ; aussi la lame du couteau se contenta-t-elle de traverser l'air en sifflant. Emporté par son élan, Marion perdit l'équilibre, et il serait parvenu à se rétablir si une poigne de fer ne l'avait cloué au sol. Il crut voir briller une griffe métallique, chercha à l'éviter, trop tard : une sensation d'arrachement lui brûla la gorge avec un bruit d'aspiration terrifiant.

La dernière vision qu'il emporta de la vie fut celle de l'homme, brandissant dans son poing sa trachée-artère couverte de sang, encore tremblante de vie.

Pélican recula de quelques pas afin de ne pas être éclaboussé par le flot carmin qui s'échappait du corps agité de spasmes en inondant la moquette. Il se débarrassa de son horrible trophée et attendit que le cadavre ait cessé de bouger, puis il se rendit dans la cuisine où il se lava les mains à trois reprises à l'eau très chaude et se regarda de la tête aux pieds. Ses vêtements avaient échappé aux miasmes du *xiǎorén*, son petit adversaire. Seules quelques gouttes de sang avaient jailli sur son mocassin gauche, qu'il essuya méticuleusement à l'aide d'un torchon humide.

De retour dans le salon, il constata que le sang de sa victime ne coulait plus. Il contourna le corps et se servit une tasse de thé qu'il dégusta longuement. Le temps d'infusion était parfait. Il s'en servit une seconde en repensant à l'une des pensées confucéennes qui guidaient son existence :

« Une punition mal accordée empêche toute action de la main et du pied. »

38

Gideon Crew fit le tour du tapis roulant, feignant d'attendre l'arrivée de bagages qu'il ne possédait pas. Le prétexte était tout trouvé pour dévisager discrètement les autres passagers. Les paroles prononcées par Mindy Jackson à l'heure de le quitter lui résonnaient encore aux oreilles. « Tu remarqueras Pélican au fait qu'il ne possède rien de remarquable, à part un regard morne et une silhouette parfaite. » De nombreux passagers d'origine asiatique patientaient à côté du tapis roulant, dont plusieurs correspondaient à la description pour le moins vague de Mindy.

Pas de crise de parano, se recommanda-t-il intérieurement. *Concentre-toi sur l'étape suivante.*

Il sortit son portefeuille et compta les billets qui lui restaient. À peu près mille dollars. Ce n'était pas la première fois qu'il sentait monter en lui une pointe d'agacement en constatant que Glinn et son organisation semblaient l'avoir abandonné.

« Vous pouvez être certain que Pélican vous attendra à votre descente d'avion et je vois mal comment vous pourriez lui échapper. »

La suite tombait sous le sens. Puisque Wu n'avait pas les plans sur lui au moment de l'accident, et qu'il avait été dans l'impossibilité de les transmettre à quiconque à sa sortie de la douane, il s'en était forcément débarrassé avant. Fruit d'un heureux hasard, Gideon n'avait pas encore franchi la douane. Il s'interrogeait sur la façon de s'y prendre lorsque résonna une nouvelle fois l'avertissement qui passait en boucle sur les haut-parleurs de l'aéroport : « Tout colis suspect ou abandonné doit être immédiatement signalé aux autorités compétentes. »

Il s'approcha d'un agent de sécurité.

— Excusez-moi, je crois avoir repéré un bagage suspect, je voudrais le signaler aux autorités compétentes.

— Expliquez-moi de quoi il s'agit, répondit le type.

— Désolé, rétorqua Gideon d'un air réprobateur. Je souhaite m'adresser aux autorités compétentes. C'est important.

— Je viens de vous le dire, expliquez-moi de quoi il s'agit.

— L'annonce sur les haut-parleurs parle des *autorités compétentes*, insista Gideon en haussant le ton. Sans vouloir vous vexer, vous êtes agent de sécurité. Je souhaite voir un responsable. Et il n'y a pas une minute à perdre. Je viens d'assister à un incident très curieux, je souhaite le signaler au plus vite.

Les lèvres pincées, il affichait une mine agressive. L'agent de sécurité comprit qu'il n'en tirerait rien.

— Très bien, suivez-moi.

Gideon franchit à sa suite une porte étroite et remonta un couloir jalonné de petits bureaux sans fenêtres à l'extrémité duquel se trouvait une nouvelle porte. Lorsque l'agent de sécurité eut toqué, une voix l'invita à entrer.

— Je vous remercie, sourit Gideon en pénétrant dans la pièce et en refermant la porte au nez de son guide.

Il découvrit un personnage à la silhouette empâtée, trônant derrière un bureau couvert de paperasses.

— De quoi s'agit-il ?

L'agent de sécurité, furieux, voulut rouvrir la porte, mais Gideon l'en empêcha en bloquant le battant du pied. Il jeta son passeport sur le bureau.

— CIA, annonça-t-il.

L'homme saisit le passeport et l'examina tandis que l'agent de sécurité tambourinait à la porte.

— Ouvrez !

— C'est bon ! le calma l'occupant du bureau. Retournez à votre poste.

Il fronça les sourcils en découvrant les tampons diplomatiques.

— Je ne vois nulle part précisé que vous êtes de la CIA. Vous avez un badge ?

— Bien sûr que non ! répliqua sèchement Gideon. Vous imaginez peut-être qu'on fait savoir à la terre entière qu'on travaille pour la CIA quand on voyage avec un passeport diplomatique ?

L'homme reposa le document.

— Très bien. Que se passe-t-il ?

Gideon lui lança un regard résolument hostile.

— Capitaine Longbaugh ?

— C'est ce qu'indique mon badge. À présent, j'aimerais savoir de quoi il retourne. Vous l'aurez peut-être remarqué, mais je suis très occupé.

Gideon avait surtout compris que Longbaugh ne se laissait pas impressionner par les officiels qui franchissaient la porte de son bureau.

Il sortit de sa poche un carnet qu'il ouvrit.

— Le 7 juin dernier, à 12 h 33, un vol des Japan Airlines atterrissait avec à son bord un passager du nom de Mark Wu. Il a été suivi par un 4 × 4 en quittant l'aéroport, puis son taxi a été percuté par ce même véhicule en plein Spanish Harlem. Vous en avez sans doute entendu parler, l'accident a fait huit victimes, y compris M. Wu.

— Je suis au courant.

— Nous avons besoin des images enregistrées par les caméras de surveillance afin de suivre ses mouvements depuis l'instant où il a débarqué de l'avion jusqu'au moment où il a pris place dans ce taxi.

Longbaugh fixait durement son interlocuteur.

— Je vais avoir besoin d'un ordre écrit.

Gideon s'avança d'un pas.

— Nous sommes en présence d'une cellule terroriste de première importance et vous exigez un ordre écrit ? Nous en sommes toujours là, après le 11 Septembre et les deux guerres qui ont suivi ?

— Toute requête doit passer par la voie hiérarchique et…

Gideon s'approcha de Longbaugh à le toucher.

— La voie hiérarchique ? Un ordre écrit ? Quand des vies humaines dépendent de notre rapidité à agir ? hurla-t-il avec une voix de sergent instructeur en arrosant son interlocuteur de postillons.

La manœuvre était risquée : ça passait ou ça cassait. Dans le second cas, Gideon n'aurait que les yeux pour pleurer.

— Inutile de crier, s'excusa Longbaugh en se ratatinant sur lui-même. Je dois pouvoir m'arranger.

— Alors, arrangez-vous, mon vieux ! Et fissa !

Le malheureux suait à grosses gouttes, paniqué à l'idée d'avoir pris la mauvaise décision. Gideon jugea préférable d'adopter un ton plus conciliant.

— Écoutez, capitaine. Je comprends vos états d'âme et je respecte vos scrupules. Vous pouvez compter sur moi pour dire tout le bien que je pense de vous en haut lieu une fois que cette histoire sera derrière nous, mais nous n'avons tout simplement pas le temps de passer par la voie hiérarchique. Je vais vous confier un secret, ajouta-t-il : je ne suis pas censé vous en parler. Mais je vois que je peux vous faire confiance. Nous avons appris qu'un terroriste se trouvait actuellement sur un vol au-dessus de l'Atlantique. Ces crétins ont laissé monter ce salopard à Lagos et nous avons tout lieu de croire qu'il est sur le point de commettre un attentat.

— Mon Dieu !

— Vous l'avez dit. On fait tout notre possible pour combler notre handicap. À l'heure où je vous parle, nous avons des agents en civil dans le moindre recoin de l'aéroport, mais j'ai *impérativement* besoin de voir ces images. Question de vie ou de mort.

— Je comprends.

— Je vous demanderai d'agir avec la plus grande discrétion, lui recommanda Gideon. Si jamais notre type ou l'un de ses complices repère notre manège...

Il laissa sa phrase en suspens.

— Compris, réagit Longbaugh, prêt à tout pour aider son visiteur. Suivez-moi.

Le PC sécurité était une grande pièce enfouie dans les entrailles de l'aéroport, un espace high-tech aux murs couverts d'écrans, équipé de pupitres de commandes dernier cri. Des dizaines d'employés surveillaient dans la pénombre les centaines d'images qui défilaient devant leurs yeux, relayées par les caméras disséminées à travers l'aéroport, mais aussi fournies par les scanners à bagages, les portiques de sécurité, les pistes de décollage et les immenses hangars de JFK.

Vingt minutes plus tard, Gideon quittait la douane avec un DVD fraîchement gravé.

39

— Je nous ai trouvé un film pour ce soir, annonça Gideon avec un sourire en rejoignant Mindy Jackson sur l'une des banquettes de cuir blanc du bar de l'Essex House.

Il se tourna vers le serveur.

— Le même cocktail que mademoiselle, bien sec, avec deux olives.

— Bien, monsieur.

— Quel film ? demanda Jackson.

— Les dernières aventures de Mark Wu, répondit-il en posant le DVD sur la table basse. Depuis l'instant où il quitte l'avion jusqu'à celui où il prend place à l'arrière du taxi.

La jeune femme laissa échapper un petit rire.

— Qu'y a-t-il de si drôle ?

— J'ai déjà vu ton film, et il est chiant au possible. Rien. *Nada*.

Le visage de Gideon s'empourpra.

— Tu l'as déjà vu ?

— Tu te fous de moi, j'espère ? Tu imagines bien que notre premier réflexe a été de visionner ces bandes. Comment as-tu réussi à te les procurer ?

L'arrivée du serveur permit à Gideon de masquer sa déception en plongeant les lèvres dans son cocktail.

— Je me suis servi du passeport diplomatique que tu m'avais généreusement confectionné. Et j'ai un peu crié.

— Un de ces jours, tu risques de tomber sur quelqu'un qui ne se laissera pas impressionner par ton cinéma.

— Jusqu'ici, la chance m'a souri.

Elle secoua la tête.

— Arrête de te croire plus malin que tout le monde.

— S'il y a quelqu'un de plus malin, je ne l'ai pas encore rencontré. Ça t'ennuie de revoir ce film ? Dans notre chambre ?

— Notre chambre ? répéta-t-elle en affichant un sourire nettement moins chaleureux. Ce qui s'est passé à Dubaï s'est achevé à Dubaï. Mais nous pouvons visionner ton DVD dans *ma* chambre, si tu veux. Tu devras te débrouiller pour te trouver un lit, cette nuit. Plus question de « partager », pour reprendre ta charmante expression.

Il feignit l'indifférence. Elle en profita pour vider son verre.

— Tu risques fort d'être déçu, le prévint-elle en se levant.

— Je le suis déjà.

Quelques instants plus tard, il glissait le disque dans le lecteur DVD de la chambre de Jackson. Les premières images montraient un plan large de la porte d'arrivée avec les indications de date, d'heure et de lieu incrustées au bas de l'écran. Wu ne tarda pas à apparaître, tel que Gideon l'avait vu ce même jour : petit, la mine chiffonnée, un front bombé couronné d'une calotte de cheveux. Il traversa un groupe de passagers en transit.

Une suite de plans courts le montrait ensuite traversant le terminal, franchissant l'immigration après avoir fait la queue dans la file réservée aux citoyens étrangers, passer la douane et gagner la sortie en empruntant les escalators.

— Te voilà ! s'exclama Jackson en apercevant à l'écran la silhouette de son compagnon. On dirait une biche surprise par la lumière des phares.

— Très drôle.

Le DVD s'achevait sur l'image du taxi s'éloignant du trottoir devant le terminal.

Gideon se frotta les yeux, vexé d'avoir pris tant de risques pour rien.

— Je suis fatiguée, enchaîna Jackson. Entre le décalage horaire et la nuit blanche que j'ai passée par ta faute, je voudrais bien me coucher.

Son compagnon, hypnotisé par l'image arrêtée du taxi, sortit de sa léthargie.

— Je voudrais juste revoir une séquence.

— Dehors.

— Non, je ne déconne pas. Je voudrais revoir un truc, tout au début.

— Quoi ?

— Le moment où Wu traverse un groupe de gens qui attendent. Tu n'as pas remarqué une femme d'origine asiatique avec un gamin ?

— J'ai vu *plein* de gens d'origine asiatique.

— Peut-être, mais... je voudrais revoir cette séquence quand même.

Jackson reporta son attention sur l'écran avec un soupir.

— Là ! s'écria Gideon en faisant sursauter sa compagne.

— Quoi ?

— Regarde encore.

Il repartit quelques instants en arrière et fit défiler les images au ralenti.

— Je ne vois toujours rien. Crois-moi, nos gars ont regardé cette bande à la loupe.

— Tais-toi et regarde… Là !

Il fit un arrêt sur image.

— Un banal tour de passe-passe. Un empalmage invisible.

— Un quoi ?

Gideon se sentit rougir.

— Je possède quelques notions de prestidigitation, se justifia-t-il, sans s'étendre sur les raisons qui l'avaient poussé à se lancer sur une telle voie. Les magiciens apprennent à empalmer de petits objets, souvent des cartes à jouer.

Un nouveau retour arrière, puis il fit défiler les images une à une.

— Regarde. Le gamin laisse tomber son ours en peluche au moment où Wu arrive. La femme se penche pour le ramasser et n'importe quel spectateur assistant à la scène suivra machinalement des yeux la main avec laquelle elle ramasse le jouet. Regarde *l'autre* main. Tu remarqueras que la paume de celle-ci est tournée vers l'extérieur par une légère rotation du poignet. Wu passe à côté d'elle et on retrouve la main gauche de la femme retournée et fermée.

Il repassa la séquence à plusieurs reprises.

— Je crois voir ce que tu veux dire, reconnut-elle sans enthousiasme. Il lui passe un objet quelconque.

— Non, non ! C'est l'inverse. C'est *elle* qui lui passe un objet, en s'arrangeant pour que personne ne remarque son manège.

— Pourquoi voudrais-tu que ce soit elle qui lui passe quelque chose ?

— Aucune idée.

Gideon posa la télécommande, déchira la première feuille d'un bloc aux armes de l'hôtel et fit à Jackson la démonstration du tour de passe-passe auquel ils venaient d'assister.

— Nom d'un chien ! Mais si elle lui a transmis un bout de papier, qu'est-il devenu ?

— Va savoir. Il s'en sera débarrassé en s'apercevant qu'il était poursuivi.

— Cette femme détient la clé du mystère. Il nous faut absolument lui mettre la main dessus.

Gideon acquiesça.

— Partageons-nous la tâche, suggéra-t-elle. Tu cherches le gamin, je m'occupe de la femme.

— Comment diable veux-tu que je retrouve un ga… ?

Il se tut brusquement en remarquant, à l'image, un autre détail que tout le monde semblait avoir négligé.

La jeune femme enfila son manteau dans lequel elle glissa son portefeuille.

— Le premier qui trouve une piste appelle l'autre.

40

Le menton piqué de barbe de Tom O'Brien glissa de la main sur laquelle il s'appuyait, et l'informaticien se réveilla en sursaut. Un coup d'œil endormi au réveil lui indiqua qu'il était un peu plus de 22 heures. Il s'était assoupi sur sa table de travail quelques heures plus tôt et des colonies de fourmis s'étaient installées dans ses jambes. Ce n'était pas la première fois qu'une telle mésaventure lui arrivait ; à force de placer toute son énergie dans l'encodage Python du programme qui monopolisait ses efforts depuis quelque temps, il avait tout simplement oublié de se mettre au lit.

Il se leva de son siège en grognant et massa ses mollets. Le meilleur moyen de se réveiller était encore de manger. Le temps de glisser un CD de Sacramentum dans sa chaîne stéréo et de mettre le son à fond, il ralliait la cuisine. Il commença par écarter les piles d'assiettes sales afin de dégager un semblant d'espace, tira une baguette de son fourreau de papier, la coupa dans la longueur et se confectionna un sandwich avec du beurre de cacahuète, une banane coupée en rondelles et des marshmallows miniatures, sans oublier quelques cornichons. Il referma le morceau de pain qu'il coinça sous un bras et sortit du frigo une grande bouteille de Dr Pepper, paré pour une nouvelle journée de travail.

Ce fut alors qu'il poussa un cri de surprise en découvrant une silhouette sur son canapé. Le sandwich et la bouteille de Dr Pepper lui échappèrent des mains dans un ensemble parfait et son repas explosa au sol de façon spectaculaire, dans un feu d'artifice de cornichons et de marshmallows. Puis il reconnut Gideon Crew.

— Très malin ! s'écria-t-il sur un ton outragé. Si je meurs d'une crise cardiaque, qui s'occupera de résoudre tes petits problèmes ?

Il s'agenouilla et reconstitua patiemment son sandwich en prenant soin de retirer les poils de chat collés aux cornichons.

— Ne me dis pas que tu manges encore des sandwichs beurre de cacahuète cornichons, s'offusqua Gideon. Tu as décidé de ne jamais profiter de ta retraite, c'est ça ?

— Ne t'inquiète pas pour ma santé. Ce n'est pas moi qui ai la moitié de la CIA aux trousses. À propos, ajouta-t-il en affichant une mine renfrognée, je n'ai pas eu le temps de m'occuper de tes chiffres mystérieux.

— Pourquoi donc ?

— Parce qu'il m'arrive de travailler pour gagner ma croûte, contrairement à d'autres.

— Ah oui, ton poste d'assistant à l'université de Columbia. Quand te décideras-tu enfin à passer ta thèse ?

— Pour être obligé d'affronter la réalité impitoyable du monde extérieur ? Non merci, maugréa-t-il en mordant dans son sandwich et en se dirigeant vers son bureau.

Gideon lui emboîta le pas.

— En plus, ce n'est pas uniquement à cause de mon boulot. Je ne sais vraiment pas par quel bout prendre ton problème. Je te l'ai expliqué, c'est comme si j'avais une recette sans la liste des ingrédients. Trois cuillerées de x, 50 grammes de y et une pincée de z. Sans les ingrédients, je suis paumé.

— Je vais encore avoir besoin de ton aide.

— Il y a mille dollars à la clé ?

Gideon fit la sourde oreille et sortit un DVD de sa poche.

— Je voudrais que tu agrandisses et que tu améliores une image tirée de cette vidéo.

Le visage d'O'Brien s'éclaira.

— Fastoche.

Son ami tendit le doigt vers la chaîne stéréo en grimaçant.

— Ça t'ennuierait de couper cette horreur avant qu'on se mette au boulot ? J'ai du mal avec ce genre de musique.

Le métalleux posa sur lui un regard faussement horrifié.

— Comment ! Tu n'aimes pas le *black metal* ?

— Je n'aime pas le *death metal*, quelle que soit sa couleur, rétorqua Gideon en cherchant des yeux un siège dans le bureau surencombré de son ami.

Il se résolut à rester debout en constatant qu'il n'y en avait pas, hormis le fauteuil du maître des lieux.

— Jamais vu autant de saloperies entassées dans un endroit aussi petit. Quand te décideras-tu à te débarrasser de toutes ces merdes ?

— Quelles saloperies ? Quelles merdes ? renifla O'Brien en baissant le son de la chaîne. Tout ce qui se trouve ici m'est absolument indispensable. À commencer par ceci.

D'un mouvement de roulettes, il approcha son fauteuil d'un appareil gris de la taille d'une boîte à chaussures, perché en équilibre instable au-dessus d'un vieux terminal Unix, et le brancha sur son ordinateur.

— Qu'est-ce que c'est ? s'enquit Gideon.
— Un TNV.
— Mais encore ?
— Télécinéma numérique virtuel. Une machine qui sert essentiellement à transférer de vieilles vidéos d'un standard à un autre. Ce modèle est couramment utilisé par les équipes de police scientifique.

Tout en parlant, il alluma l'appareil, appuya sur une série de boutons et glissa le DVD dans la fente. Tandis que la machine avalait le disque avec un léger ronronnement, il mordit à pleines dents dans son sandwich et double-cliqua sur l'une des icônes affichées sur son bureau électronique.

— Le temps de démarrer l'application, et on peut commencer.

Un grand cadre se déploya sur l'écran, entouré de petites fenêtres permettant le réglage des couleurs, du grain, du contraste et autres fonctions complémentaires.

— Quel plan veux-tu agrandir ?
— Démarre la vidéo, je te dirai quand on arrive à la séquence qui m'intéresse.

D'un clic de souris, O'Brien fit apparaître les premières images.

— Un aéroport filmé par des caméras de surveillance, commenta-t-il. Fait chier.
— Pourquoi ?
— Parce qu'on a une qualité de merde, notamment à cause de la compression.

Les deux hommes regardèrent en silence la silhouette de Wu traverser furtivement l'écran et se glisser au milieu du groupe de passagers.

— Là, annonça Gideon en montrant l'écran du doigt. Recule un peu et repars en avant, le plus lentement possible.

O'Brien s'exécuta.

— Moins vite.

L'informaticien obéit tout en avalant goulûment une gorgée de Dr Pepper.

— Voilà.

Image par image, ils virent le petit garçon laisser tomber son ours en peluche, sa voisine le ramasser et le lui rendre.

— Arrête, ordonna Gideon. Tu vois le sac à dos du gamin ?

— Ouais, approuva O'Brien en plissant les yeux.

— Trouve-moi l'image la plus nette et essaye de l'améliorer. On distingue vaguement un signe, je voudrais savoir de quoi il s'agit.

— Pas de problème.

Il examina les images l'une après l'autre avant de sélectionner celle qui lui semblait la plus lisible.

— C'est drôlement flou, marmonna-t-il. Le type qui a démultiplexé cette vidéo a fait un boulot de merde.

— Il était pressé.

— Je vais essayer de désentrelacer tout ça pour échapper au balayage.

Ses doigts coururent sur le clavier ; l'image s'agrandit brusquement avant de s'éclaircir.

— C'est déjà mieux, s'exclama-t-il. Maintenant, essayons d'améliorer la définition.

La souris naviguait d'un sous-menu à un autre ; une forme se précisa sur le sac à dos de l'enfant.

— On dirait un écusson orné d'une devise, murmura Gideon.

O'Brien s'activa sur son clavier et des lettres apparurent.

— *Pectus est quod disertos facit*, déchiffra son ami.

— C'est quoi, cette merde ? Du latin ?

— « Le cœur donne son éloquence à l'homme. »

— N'importe quoi, commenta O'Brien en secouant la tête, frappé par la bêtise d'une telle affirmation. Qui a pu dire une connerie pareille ?

— C'est une maxime tirée de l'*Institution oratoire* de Quintilien. Le genre de pensée pompeuse et creuse qui sert de devise à une école privée. Merci, Tom.

— Et mes mille dollars de bonus ?

— Bon sandwich et à plus tard.

Gideon se retourna au moment de quitter la pièce.

— À propos, toujours rien de ton médecin ?

— Ah, si. J'ai oublié de te dire.

— Alors ?

— J'espère que le type qui a passé ces radios n'est pas un pote à toi.

— Pourquoi dis-tu ça ? l'interrogea Gideon, le regard brillant.

— D'après mon copain toubib, il est foutu.

41

Gideon prit place sur l'un des tabourets en skaï du snack et commanda des œufs pochés accompagnés de râpés de pommes de terre, de toasts, de marmelade et de café. La serveuse de nuit, une femme replète habillée d'un uniforme tout droit sorti des années 1950, s'éloigna de la table après avoir rempli sa tasse et cria le reste de la commande au cuisinier.

— Vous auriez dû vous lancer dans une carrière de chanteuse d'opéra, remarqua machinalement Gideon.

— Mais c'est le cas, répliqua la serveuse avec un sourire radieux.

New York sera toujours New York, pensa-t-il en se réchauffant les mains contre sa tasse fumante.

« J'espère que le type qui a passé ces radios n'est pas un pote à toi. » L'ami médecin d'O'Brien avait très bien pu se tromper. Ce ne serait pas la première fois qu'un toubib commettait une erreur. Cela dit, son verdict corroborait celui de ses prédécesseurs.

Gideon se demanda s'il aurait préféré ne pas savoir et vivre ses derniers mois dans une ignorance salutaire, mais non. Savoir modifiait tout. Il éprouvait un sentiment proche de la dissociation, comme si son esprit avait déjà quitté son corps et le monde des vivants.

Brutalement, ses priorités n'étaient plus les mêmes. Il n'était plus question de rencontrer quelqu'un, d'avoir des enfants, de se consacrer à l'avancement de sa carrière. Plus besoin de s'empêcher de fumer, de surveiller son taux de cholestérol. Plus rien ne servait à rien, en réalité.

Il avala une gorgée de café dans l'espoir de chasser l'étrange impression d'incrédulité qui s'était emparée de lui. Chaque chose en son temps. Il aurait tout le loisir de repenser à sa maladie par la suite. D'ici là, il avait une mission à remplir.

Il s'obligea à repenser à Throckmorton. Il ne s'était pas trompé en pensant que la maxime de Quintilien était la devise d'une école privée. Le site de l'établissement lui avait fourni un certain nombre de renseignements utiles. Il savait désormais qu'il s'agissait d'une institution huppée qui mettait un point d'honneur à protéger l'anonymat de ses élèves, mais n'en possédait pas moins un talon d'Achille : sa suffisance. *Pectus est quod disertos facit. Tu parles !*

Encore lui fallait-il mettre au point un plan capable d'exploiter cette faiblesse. Les dirigeants de l'établissement n'étaient certainement pas bêtes : il ne pouvait se permettre de débarquer sous les traits d'un gérant de fonds de pension imbu de sa personne et riche à millions, désireux d'inscrire son fils. La direction en avait vu d'autres. Se faire passer pour une star réelle ou imaginaire n'étant pas davantage une solution à l'ère de Google, il ne lui restait qu'une solution : agir sur une autre corde, celle de la supériorité de classe. Un plan commençait déjà à germer dans son esprit, mais il lui fallait une complice. Jackson ne pouvait convenir, tout d'abord parce qu'elle était occupée ailleurs, plus encore parce qu'il n'avait pas l'intention de partager son succès avec elle. Le mieux était d'appeler Orchidée. La jeune femme serait parfaite. Il chassa de sa tête le sentiment de culpabilité qui l'habitait en se disant que la fin justifiait les moyens. Après tout, n'avait-elle pas insisté pour qu'il la rappelle ?

Un homme se hissa sur le tabouret voisin du sien et posa un exemplaire du *Post* sur le comptoir. Gideon afficha une mine agacée, furieux que l'autre con choisisse de s'asseoir juste à côté de lui alors qu'il était 3 heures du matin et que le snack était désert.

La serveuse posa une assiette devant lui et se tourna vers le nouveau venu qui lui commanda un café et une viennoiserie. Elle le servit et se retira dans la cuisine.

— Comment ça va ? murmura l'homme en dépliant son journal.

Gideon lui lança un regard en coin sans répondre.

— Vous devez être à court de cash, poursuivit l'inconnu entre ses dents, apparemment plongé dans la lecture de la une.

Gideon sentit alors un objet frôler sa jambe. Il baissa machinalement les yeux et constata que son voisin, sans jamais quitter le *Post* des yeux, lui tendait, sous le comptoir, une épaisse liasse de billets qu'il glissa dans la poche de sa veste.

Gideon reconnut le visage de Garza, le bras droit d'Eli Glinn. Il sentit monter en lui une bouffée d'énervement, furieux que ses commanditaires aient pu le retrouver aussi aisément.

— Il était temps ! lança-t-il sur un ton agressif. J'étais curieux de savoir à quel moment Glinn m'enverrait un coursier.

Garza, légèrement déstabilisé, fronça les sourcils.

— On ne vous a jamais appris à dire merci ?

— Merci ? Visiblement, vous en savez beaucoup plus que moi sur toute cette histoire, et j'ai vraiment l'impression d'avoir été lâchement abandonné à mon sort.

Garza replia son journal, avala une gorgée de café, repoussa l'assiette contenant la viennoiserie et se leva en laissant quelques billets sur le comptoir.

— Vous vous débrouillez plutôt bien. Jusqu'à présent, en tout cas. À votre place, au lieu de me plaindre, je me demanderais comment je me suis fait repérer aussi facilement. Si nous avons pu vous retrouver, dites-vous bien que Pélican y arrivera également.

Sur ces mots, il s'élança dans la nuit en laissant derrière lui le *Post* sur lequel s'étalait un titre en lettres grasses :

MEURTRE SUR MOTT STREET :
UN HABITANT DE CHINATOWN
ÉGORGÉ PAR UN ASSASSIN

La photo qui illustrait l'article était celle de Roger Marion.

42

Pélican passa devant la vitrine du snack d'un pas traînant. Crew, installé au comptoir, discutait avec la grosse serveuse. Un type était passé lui remettre de l'argent, mais le tueur l'avait laissé repartir. Seul Crew l'intéressait.

Il s'arrêta face au perron d'une maison de ville abandonnée, se percha en haut des marches et posa la canette de bière qu'il tenait à la main dans un vieux sachet en papier, tête baissée. Les poubelles qui attendaient le passage des éboueurs devant le perron le dissimulaient à la vue des passants. Une bande de jeunes gens éméchés traversa l'Avenue C et s'enfonça dans la nuit, suivie par l'écho de cris et de rires, puis le silence reprit ses droits.

Il fit jouer ses doigts dans la poche droite de son imperméable usé en faisant tinter les onglets de guitariste qui s'y trouvaient. Il avait appris à se servir des armes les plus exotiques – doubles saïs, nunchakus, lances, cannes, sabres lunes, tridents – mais ces onglets étaient une invention personnelle. Il s'agissait en réalité de Dunlops modifiés par ses soins, polis et aiguisés comme des rasoirs. Dans le temple où il avait été entraîné dès son plus jeune âge, on l'avait longuement initié aux subtilités de la culture américaine par le biais de films, de livres, de jeux vidéo et de musique. Puisque cette dernière constitue l'âme d'un peuple, Pélican avait appris de son propre chef à jouer de la guitare en assimilant le répertoire de Big Bill Broonzy et Blind Willie Johnson, ainsi que celui de son bluesman préféré, Skip James, l'auteur de « Hard Time Killing Floor Blues ». L'essence même de la musique américaine.

If I ever get off this killin' floor,
I'll never get down this low no more.
No-no, no-no, I'll never get down this low no more.

Tout en fredonnant la mélodie entre ses dents, ses doigts, enfermés dans la poche de son manteau, grattaient des cordes imaginaires dans le cliquètement des onglets, proche du bruit d'aiguilles à tricoter.

Du coin de l'œil, il vit bouger une ombre à l'intérieur du snack. Sa cible quitta le petit restaurant, traversa la rue de sa démarche chaloupée et remonta en direction de l'Avenue C en suivant le trottoir. La tête rentrée dans les épaules, la visière de sa casquette éculée dissimulant ses traits, Pélican attendit qu'il arrive à sa hauteur en continuant de chantonner.

Gideon dépassa le perron sans que le tueur n'esquisse un geste, souriant intérieurement de la facilité avec laquelle il aurait pu agir. Mais il était trop tôt pour le supprimer. Arrivé au coin de l'Avenue C, sa cible héla un taxi dont il nota scrupuleusement le numéro sans jamais cesser de fredonner le vieux blues.

Une demi-heure s'écoula avant qu'il ne quitte son perchoir. Il s'étira, remonta la rue de son pas traînant et sortit de sa poche un téléphone avec lequel il contacta la compagnie des taxis. Il expliqua avoir oublié son Smartphone à l'arrière du véhicule dans lequel il était monté au coin de la 13e Rue et de l'Avenue C vers 3 h 30 cette nuit-là, à destination de la gare de Grand Central, puis patienta tandis que le standard contactait le chauffeur par radio. Celui-ci affirma n'avoir pas trouvé d'appareil électronique dans sa voiture, et s'étonna de la requête en expliquant que son client s'était fait déposer au coin de la 5e Avenue et de la 50e Rue, à hauteur du Waldorf Astoria. Pélican remercia la standardiste en s'excusant de son erreur et raccrocha.

Il se débarrassa de son imperméable taché dans la première poubelle venue, se planta au coin de l'Avenue C et attendit qu'un taxi en maraude passe à sa hauteur.

— À l'hôtel Waldorf, lança-t-il au chauffeur en se glissant sur la banquette arrière.

43

Gideon Crew jeta négligemment la liasse de billets sur le lit de sa suite, puis il poussa un long soupir, prit son portable dans sa poche et composa le numéro d'Orchidée.

— Qu'est-ce que tu me veux encore ?

Le temps de subir les foudres de la prostituée, de se justifier et de s'excuser longuement, elle finit par accepter de lui apporter son aide.

Il raccrocha, s'approcha de la baie vitrée qui dominait Park Avenue et scruta les trottoirs de la grande artère. Il n'arrivait pas à se débarrasser de l'impression désagréable d'être suivi. Il avait demandé à son chauffeur de taxi de prendre un trajet bien précis afin de s'assurer qu'il n'était pas filé, mais son malaise refusait de se dissiper.

Il fit remonter sa mallette de la bagagerie du Waldorf où il l'avait laissée avant de s'envoler pour Hong Kong, étala sur le lit sa palette de déguisements et fixa son choix sur une tenue digne du héros de *Mort d'un commis voyageur*. Transformé en parangon des classes moyennes, il se contempla dans la glace et trouva la métamorphose réussie.

Il regarda sa montre : un peu plus de 4 heures. Vêtu de son déguisement, il quitta l'hôtel par l'arrière et s'engagea sur la 51e Rue Est où il repéra rapidement la silhouette d'Orchidée, qui faisait les cent pas comme convenu devant l'entrée du parc Greenacre.

— Excusez-moi, mademoiselle, l'aborda-t-il.

Elle se retourna et lui lança un regard assassin.

— Du balai ! J'attends quelqu'un, j'ai pas de temps à perdre.

— C'est-à-dire que je suis perdu…

Ce fut tout juste si elle ne lui cracha pas au visage.

— Casse-toi, j'te dis, si tu veux pas que je t'explose les couilles à rendre stériles tes héritiers sur sept générations.

Il éclata de rire, heureux de constater qu'elle ne l'avait pas reconnu.

— Calme-toi. C'est moi, Gideon. Je te plais comme ça ?

Elle ouvrit des yeux incrédules.

— Putain ! Je crois bien que t'es encore plus moche que la dernière fois.

Elle jeta sa cigarette sur le trottoir et l'écrasa d'un air mauvais.

— Tu manques pas d'air, de me rappeler après ce que tu m'as fait.

— Je suis descendu au Waldorf, et voilà ce que je te propose, expliqua-t-il en lui tendant quelques billets. Tu prends une chambre au nom de M. et Mme Tell, tu montes te coucher, tu éteins en ne verrouillant pas la porte et je te rejoins d'ici une demi-heure.

— Tu…

Sans même l'écouter, il s'éloigna à grands pas et pénétra dans le hall de l'hôtel Metropolitan où il retira son déguisement dans les toilettes, ressortit et regagna le Waldorf sous les traits de Gideon Crew. Il monta dans sa suite, remit sa tenue de représentant de commerce, redescendit à la réception et s'y présenta comme M. Tell, en demandant le numéro de chambre où l'attendait sa femme.

Quelques instants plus tard, il rejoignait Orchidée. Elle se dressa en position assise, laissant voir sa poitrine dénudée, lorsqu'elle l'entendit ouvrir la porte.

— Je supporterai pas éternellement tes conneries, tu sais.

Il s'installa à côté d'elle et lui prit la tête dans les mains.

— Je sais que j'ai été nul avec toi, je te demande juste un peu de patience. Demain, on se met dans la peau d'un couple des classes moyennes qui va inscrire son rejeton à l'institut Throckmorton. On ne devrait pas s'ennuyer, je te le promets. Avec des sous pour toi à la clé.

Elle le fusilla du regard.

— J'aime pas la façon dont tu me traites. Je crois pas un instant à tes histoires d'acteur. Tout ça, c'est des conneries. Je veux savoir de quoi il retourne.

— Je sais, mais il faut tout de même qu'on dorme un peu avant la journée qui nous attend demain.

Elle posa sur lui un regard étonné.

— Tu veux vraiment dormir ? s'étonna-t-elle en le prenant par la taille et en l'attirant contre elle. Va m'enlever ce fond de teint ridicule, je vais te montrer comment on va dormir, tous les deux.

44

Assis sur les marches de l'église Saint Bartholomew à 9 heures du matin, Pélican faisait la manche, la caisse de sa Beard Road-O-Phonic ouverte à ses pieds. La foule des passants, pour beaucoup des banquiers et des agents de change, passait devant lui sans le voir.

In my time of dyin',
Don't want nobody to mourn.

Il chantait d'une voix rauque et grave à la façon de Blind Willie Johnson, dont il connaissait les enregistrements par cœur depuis tant d'années. Il avait recouvré son calme après la courte vague de panique qui s'était emparée de lui lorsque Crew avait bien failli lui glisser entre les doigts. Le bougre lui avait donné du fil à retordre avec ses deux chambres au Waldorf et cette femme brusquement sortie de son chapeau. S'il n'avait pas été trahi par sa démarche chaloupée, Crew l'aurait semé.

All I want for you to do
Is to take my body home.

Sa proie était partie avec la fille, mais il avait décidé de ne pas les suivre, sachant qu'ils reviendraient. L'expérience lui avait appris qu'il était parfois dangereux, et souvent contre-productif, de serrer la cible de trop près. Les gens vivent en boucle : à condition d'observer leurs habitudes, il est facile de deviner leurs faits et gestes. Une filature n'avait de sens qu'en dehors des schémas établis.

Well, well, well, so I can die easy.
Well, well, well...
Well, well, well, so I can die easy.

Les passants en costume trois-pièces filaient devant lui sans déposer la moindre pièce dans la caisse de sa guitare, emportés par les enjeux financiers qui les attendaient. L'artiste-tueur commençait à s'agacer de l'indifférence de ces maîtres de l'univers lorsqu'il vit atterrir à ses pieds un billet de vingt dollars.

Jesus gonna make up,
Jesus gonna make up,
Jesus gonna make up my dyin' bed.

Il retrouvait enfin l'Amérique dans ce qu'elle avait de plus glorieux. *Dommage qu'elle soit vouée à l'échec*, pensa-t-il en chantant.

45

Gideon Crew descendit de voiture et posa un regard curieux sur le bâtiment abritant les services administratifs de l'institut Throckmorton, une façade en granit de style roman, précédée par une pelouse et des parterres de fleurs plantés au cordeau. La plaque en bronze vissée sur la façade précisait le nom de l'édifice, « Cottage Swithin », conformément aux coutumes faussement modestes d'une élite blanche protestante habituée à baptiser « cottages » ses bâtiments les plus cossus. Une façon comme une autre d'afficher son argent, sa différence et sa supériorité tranquille.

— C'est complètement idiot, s'énerva Orchidée, debout dans le parking, en tirant sur la veste de son tailleur orange. On a l'air de deux crétins, comme ça. Tu vas voir qu'ils vont nous foutre dehors.

— Peut-être, concéda Gideon, armé de l'épais dossier qu'il avait mis de longues heures à constituer.

Il lissa son costume à gros carreaux, redressa sa cravate en polyester et se dirigea vers l'entrée.

— Je comprends pas pourquoi t'as voulu qu'on enfile ces tenues de clowns, murmura Orchidée, furieuse. On n'a pas du tout le look qu'il faut.

Il la rassura en lui prenant le bras.

— Laisse-moi agir. Tu vas tout de suite comprendre où je veux en venir.

Ils pénétrèrent dans un hall fastueux. La secrétaire de l'accueil les regarda de pied en cap.

— En quoi puis-je vous aider ? demanda-t-elle d'une voix savamment neutre.

— Bonjour ! s'écria Gideon en serrant chaleureusement la main que la femme ne lui tendait pas. M. et Mme Crew. Nous venons inscrire notre fils Tyler.

— Vous avez rendez-vous ?

— Oui.

— Avec qui sera-ce ?

Avec qui sera-ce ! Gideon sourit intérieurement, ravi de découvrir une employée aussi appliquée dans son usage de la langue.

— La personne avec qui j'ai rendez-vous s'appelle... M. Van Rincelard ! indiqua-t-il en fouillant dans ses papiers.

Un nom typique de la vieille bourgeoisie new-yorkaise, qu'il s'était appliqué à écorcher gentiment.

La femme se leva et disparut dans un bureau, avant de réapparaître quelques minutes plus tard.

— M. Van *Rensselaer* va vous recevoir, annonça-t-elle en corrigeant son visiteur.

Le responsable de la scolarité correspondait en tous points au portrait que Gideon s'en était fait : aimable et grand, vêtu avec décontraction. Ses cheveux un peu trop longs, comme ses lunettes à la mode, trahissaient un souci d'afficher tolérance et modération, à défaut d'ouverture d'esprit.

Parfait.

Van Rensselaer, après un court instant de stupeur en découvrant la dégaine de ses visiteurs, les accueillit avec une amabilité toute professionnelle.

— Merci beaucoup de nous recevoir, se lança Gideon, une fois épuisées les formules d'usage. Nous aurions voulu inscrire notre fils Tyler en première année de cours élémentaire. Vous verrez, c'est un gamin très doué.

— Je n'en doute pas. Cela dit, l'institut Throckmorton a une politique d'inscription qui lui est propre. Nous faisons passer des entretiens aux parents comme à l'enfant, avec de nombreux tests d'aptitude à la clé, et nous exigeons des références scolaires antérieures. Nous ne sommes hélas pas en mesure d'accepter toutes les candidatures qui nous parviennent. En outre, et je crois vous l'avoir expliqué au téléphone, nous n'avons pas de place disponible actuellement en première année de cours élémentaire.

— Je vous assure que Tyler est *vraiment* doué.

Van Rensselaer n'avait pas cru bon de s'asseoir, persuadé que l'entretien ne durerait pas.

— Je suis tout disposé à vous proposer une visite de nos locaux, ainsi que je vous l'avais précisé, mais j'hésite à vous faire perdre votre temps, puisque nous ne sommes pas en mesure d'accueillir votre fils. Si une place se libérait, bien évidemment, je n'hésiterais pas à vous contacter.

— Merci, monsieur. Je vous ai tout de même apporté le dossier de Tyler, insista Gideon en brandissant une liasse de documents sous le nez de Van Rensselaer, qui ne put retenir une légère grimace.

— Ce ne sera pas nécessaire à ce stade.

— Jetez au moins un coup d'œil à sa symphonie.

— Sa... je vous demande pardon ?

— Sa symphonie. Tyler a composé une symphonie.

Un long silence ponctua la phrase de Gideon.

— Quel âge a votre fils, déjà ?

— Sept ans.

— S'est-il fait aider dans la composition de cette... symphonie ?

— Seigneur ! Jamais de la vie, s'exclama Orchidée de sa voix rauque de fumeuse. Vous croyez peut-être qu'on s'y connaît en musique classique ? ajouta-t-elle en éclatant de rire.

Gideon tendit une partition à Van Rensselaer qui la saisit, après un instant d'hésitation.

— Il s'est servi de GarageBand, expliqua Gideon. Mais ça a de la gueule, avec toutes ces trompettes. J'ai également mis le CD, pour que vous l'écoutiez.

Le responsable de la scolarité feuilleta les pages couvertes de portées.

— Quelqu'un a bien dû l'aider.

— Personne, je vous assure. On n'était même pas au courant, avec sa mère.

— Aucun de vous d'eux n'a la fibre musicale ?

— Moi, j'aime bien Lady Gaga, répliqua Orchidée avec un petit rire gêné.

— Comment Tyler a-t-il… s'est-il découvert une passion pour la musique ?

— Aucune idée. C'est un enfant adoptif. D'origine coréenne.

— D'origine coréenne, répéta Van Rensselaer.

— Oui, plusieurs de nos amis ont adopté des gamins asiatiques, alors on s'est dit que ce serait sympa de les imiter. Comme on ne peut pas avoir d'enfants… Mais Tyler n'écrit pas uniquement des symphonies, je vous ai apporté plusieurs de ses dessins. Vous pouvez les garder, ce sont des copies.

Gideon tendit à son interlocuteur diverses œuvres glanées sur Internet, auxquelles il avait ajouté la signature « Tyler Crew » avant de les imprimer.

Son interlocuteur les examina soigneusement.

— Ça, c'est notre chien. Tyler l'adore. Et ça, c'est une vieille église qu'il a découverte dans un bouquin.

— La cathédrale de Chartres, murmura Van Rensselaer.

Gideon avait eu toutes les peines du monde à trouver des dessins à la fois enfantins et artistiquement brillants.

— C'est extraordinaire, reprit le responsable de la scolarité à mi-voix en passant les dessins en revue.

— Tyler est *vraiment* doué, insista Orchidée. Il est beaucoup plus intelligent que moi, ajouta-t-elle en glissant un chewing-gum dans sa bouche. Vous en voulez un ?

Van Rensselaer, tout à la contemplation des dessins, ne l'entendit même pas.

— En même temps, insista Gideon, Tyler est un gamin tout à fait ordinaire. Pas prétentieux pour un rond. Il adore regarder *Family Guy* avec nous, ça le fait rigoler. Son épisode préféré, c'est celui où Peter est bourré et se dépoile dans le jardin au moment où passe une voiture de flics.

Orchidée laissa échapper un rire niais.

— C'est vrai qu'il est pas piqué des vers, cet épisode-là.

— *Family Guy ?* s'étrangla à moitié Van Rensselaer, aux yeux de qui ce dessin animé représentait le comble de la vulgarité.

— Sinon, je vous ai aussi mis dans le dossier les sonnets qu'il a écrits, d'autres dessins et le reste de ses compositions.

— Tyler les a entièrement réalisés tout seul ?

— Je l'ai un peu aidé pour les caricatures, répondit fièrement Gideon. Faut vous dire qu'on connaît rien à la musique ou à la peinture. Je suis propriétaire d'un bar sportif à Yonkers.

Le regard de l'homme navigua de Gideon à Orchidée.

— C'est aussi un petit génie des maths. Franchement, je sais pas où il va chercher tout ça. Ça doit être un don, comme apprendre à lire tout seul quand il avait deux ans et demi. J'ai pensé que les lettres de ses instituteurs pourraient vous servir.

Il se mit à fouiller le dossier dont il finit par extraire plusieurs lettres fabriquées par ses soins, imprimées sur du papier à en-tête bidon : un mot du professeur de mathématique expliquant que Tyler était surdoué, un autre du directeur de l'école.

Van Rensselaer parcourut rapidement les courriers, savamment rédigés par Gideon de façon à mettre en avant le génie du petit garçon tout en glissant quelques allusions discrètes à l'indigence intellectuelle de ses parents.

— Ah ! Et voici les résultats du test qu'on lui a fait passer. Ils ont voulu mesurer son QI.

Van Rensselaer examina la feuille avec attention, d'une main légèrement tremblante.

— Je me demande... déclara-t-il d'une voix lente. Étant donné les circonstances, nous pourrions peut-être trouver le moyen d'inscrire Tyler à Throckmorton. Après l'avoir rencontré et lui avoir fait subir les tests de rigueur, bien évidemment.

— Super ! s'enthousiasma Orchidée en battant des mains.

— Mais ne restez pas debout. Asseyez-vous, je vous en prie.

— Une petite minute, répondit Gideon en prenant place sur le siège que lui indiquait son interlocuteur. Je veux quand même m'assurer de deux ou trois petits trucs. D'abord, j'aurais voulu savoir s'il y aura d'autres gamins d'origine asiatique dans sa classe. On voudrait pas qu'il se sente isolé.

— C'est le cas, acquiesça vivement Van Rensselaer de sa voix la plus commerciale.

— Du genre, combien ? Je parle pas uniquement en première année de cours élémentaire, mais sur l'ensemble du primaire. Combien de gamins asiatiques ?

— Le plus simple est encore de consulter nos listes d'élèves, suggéra le responsable, qui appela sans attendre sa secrétaire.

Quelques minutes plus tard, celle-ci pénétrait dans le bureau avec une feuille. Van Rensselaer la regarda rapidement et la glissa sur le bureau en direction de Gideon.

— Ma collaboratrice a souligné les noms des élèves d'origine asiatique, précisa-t-il. Je ne peux hélas pas vous laisser cette liste, pour des raisons de discrétion bien compréhensibles.

— Ouais, bien sûr, approuva Gideon en mémorisant les quinze noms qui l'intéressaient.

Il reposa la feuille.

— Sinon, j'ai entendu dire que vous aviez eu une épidémie de grippe à l'école.

— Une épidémie de grippe ? Pas à ma connaissance.

— C'est pourtant ce que j'ai entendu dire. On m'a raconté que le 7 juin, juste avant la remise des prix, les trois quarts des élèves du primaire étaient absents.

— On se sera trompé, voulut le rassurer Van Rensselaer en appelant à nouveau sa secrétaire. Apportez-moi les feuilles d'absence du 7 juin dernier, lui ordonna-t-il.

— J'aurais volontiers pris un petit café, remarqua Gideon en apercevant une cafetière électrique dans un coin du bureau.

— Comment ? Oh, toutes mes excuses. Je suis impardonnable, j'aurais dû vous le proposer plus tôt.

— Pas de souci, le rassura son visiteur. Je prends le mien avec beaucoup de lait et trois sucres.

— Du lait aussi, et quatre sucres, enchaîna Orchidée.

Le responsable se leva afin de remplir les tasses. Il les posait sur le bureau lorsque la secrétaire revint dans la pièce avec le document demandé, qu'elle déposa à côté des tasses. Récupérant la sienne un peu trop précipitamment, Gideon en renversa malencontreusement le contenu sur le bureau.

— Oh ! Je suis désolé ! s'écria-t-il. Quel crétin je fais !

Rouge de confusion, il tira de sa poche un mouchoir avec lequel il épongea le liquide poisseux qui maculait les documents posés sur le bureau. La secrétaire partit chercher des serviettes en papier.

— Je suis vraiment désolé, répéta Gideon, penaud.

— Ce n'est pas grave, répondit le responsable de la scolarité d'une voix pincée en contemplant le désastre. Personne n'est à l'abri d'une maladresse, ajouta-t-il en affichant un grand sourire. En tout cas, nous serions ravis de pouvoir rencontrer Tyler. Pourquoi ne pas fixer un rendez-vous dès maintenant ?

— Le plus simple est que je vous rappelle. En attendant, je vous laisse son dossier.

Quelques minutes plus tard, les faux époux Crew franchissaient les grilles de l'institut à bord de la voiture louée pour l'occasion. Orchidée fut prise d'un fou rire inextinguible.

— Si tu savais ce que tu m'as fait rire ! Je revois encore la gueule de ce pauvre type quand il nous a vus débarquer. Il avait envie de vomir. Je connais bien ce genre de clients, tu sais. Ils te demandent systématiquement de leur tailler une pipe parce que leurs femmes n'ont pas envie de...

— C'est bon, c'est bon, l'arrêta Gideon. Ce qui est sûr, c'est qu'il a décidé de tirer ce pauvre Tyler des griffes de ses épouvantables parents.

— Je suis quand même curieuse de savoir pourquoi tu lui as monté tout ce cinéma. Et n'essaye pas de prétendre que c'est pour te mettre dans la peau de ton personnage.

Gideon ne répondit pas immédiatement. À présent qu'il avait réussi à subtiliser la feuille d'absence du

7 juin, il ne lui restait plus qu'à recouper les noms de la liste avec ceux des élèves d'origine asiatique pour savoir lequel était absent le jour où Wu avait débarqué à JFK.

— Se mettre dans la peau de son personnage, déclara-t-il enfin. Il n'y a que ça de vrai. Et je peux te dire que tu es une star en puissance.

46

— Je veux que tu me dises de quoi il retourne ! s'énerva Orchidée tandis qu'ils regagnaient le Waldorf à pied.

Gideon avançait d'un pas pressé, préoccupé par la suite de sa mission. Il avait réussi jusque-là à ne pas répondre au barrage de questions de sa compagne, mais elle était au bord de l'implosion.

— Putain, cria-t-elle, tout essoufflée, en s'efforçant de le suivre. Pourquoi tu refuses de me répondre ?

— Parce que j'en ai marre de raconter des mensonges à tout le monde, soupira Gideon. Surtout à toi.

— Alors, t'as qu'à me dire la vérité !

— C'est trop dangereux.

Ils franchissaient les grilles du jardin de l'église Saint Bartholomew lorsque son attention fut attirée par le vieux blues qu'égrenait sur sa guitare un musicien de rue. Il s'immobilisa soudain, l'oreille dressée. La nostalgie sourde de la mélodie lui parvenait par bribes au milieu des bruits de circulation.

— Attends, dit-il à sa compagne en lui posant la main sur le bras.

— T'as pas le droit de rien me dire après tout ce…

Il la fit taire en lui serrant doucement le poignet.

— Chut. Ne bouge surtout pas.

Une voix rauque traversait l'air du parc.

Feeling funny in my mind, Lord.
I believe I'm fixin' to die...

— Que se passe-t-il ? lui demanda Orchidée dans un chuchotement.

Pour toute réponse, Gideon lui serra à nouveau le poignet, puis sortit son portable et feignit de passer un appel afin de ne pas donner l'impression de s'être arrêté à cause de la musique.

Well, I don't mind dying, Lord.
But I hate to leave my children crying.

Gideon reconnut le « Fixin' to Die Blues » de Bukka White. Pourquoi cette vieille mélodie éveillait-elle en lui une impression de déjà-vu ? Il avait récemment entendu quelqu'un chanter du blues.

La veille, en sortant du snack ! Un SDF assis sur un perron qui fredonnait une mélopée.

Well, I look over yonder
To that burying ground...

Il tendit l'oreille. Le guitariste maniait merveilleusement le bottleneck, sans effet inutile, avec cette nonchalance propre au répertoire du Delta. Curieusement, les paroles n'étaient pas exactement les mêmes que celles de la version originale de White.

Look over yonder
To that burying ground.
Yonder stand ten thousand
Standing still to let me down.

Gideon eut un flash. Un joueur de bottleneck ! Il replia son portable, comme s'il avait fini de téléphoner, prit Orchidée par la main et se dirigea d'un pas normal vers l'entrée du Waldorf, avant de se précipiter vers le restaurant Peacock Alley. Ils passèrent en courant à côté du maître d'hôtel qui leur tendait des menus, traversèrent la salle et s'engouffrèrent dans les cuisines.

— Où allez-vous ? lança la voix du maître d'hôtel dans leur dos, aussitôt noyée par les bruits de casseroles et les cris des cuisiniers. Vous n'avez pas le droit…

Mais Gideon avait déjà quitté les cuisines par la porte de service.

— Revenez ! lui parvint la voix étouffée du maître d'hôtel. Appelez la sécurité !

Quelques instants plus tard, le couple débouchait sur la plate-forme de chargement située à l'arrière de l'hôtel. Tout en agrippant sa compagne qui ne comprenait rien à ce qui lui arrivait, Gideon descendit précipitamment les marches de la plate-forme, remonta au pas de course la petite allée débouchant sur la 50e Rue, traversa la chaussée en évitant le flot des voitures et rejoignit le Four Seasons, à deux pâtés de maisons de là. Ils montèrent quatre à quatre jusqu'à la salle de billard, située à l'étage, et s'invitèrent dans les cuisines du restaurant.

Le temps de traverser l'immense pièce en zigzaguant au milieu des fourneaux dans une tempête de cris, ils débouchèrent sur Lexington Avenue, face à la station de métro de la 51e Rue dont ils dévalèrent les marches. Gideon passa sa carte à deux reprises dans le lecteur, attendit que sa compagne ait franchi le tourniquet et l'entraîna sur le quai à l'instant précis où une rame pénétrait dans la station. Les deux fugitifs montèrent dans le premier wagon venu et les portes se refermèrent.

— C'est quoi ce bordel ? souffla Orchidée, hors d'haleine.

Son compagnon se laissa tomber sur la banquette et se mit à réfléchir à toute allure. Le doute n'était plus permis, il avait entendu cette voix en sortant du snack. Le même chanteur interprétait aujourd'hui une version peu courante d'une chanson de Bukka White, uniquement disponible sur de vieux 33 tours publiés en Europe et au Japon.

« Si nous avons pu vous retrouver, dites-vous bien que Pélican y arrivera également », l'avait prévenu Garza. Les événements lui donnaient raison.

Gideon vida lentement ses poumons en dévisageant les autres voyageurs. Le tueur n'avait pas pu les suivre jusque-là.

— Je suis désolé, murmura-t-il à sa compagne en lui prenant la main.

— J'en ai assez de toutes tes salades !

— Je sais, je sais, concéda-t-il en lui tapotant la main. J'ai été salaud avec toi, mais il faut que tu comprennes : je t'ai entraînée dans une histoire bien plus dangereuse que je ne le croyais. C'est de ma faute. Il faut absolument que tu retournes chez toi et que tu fasses profil bas pendant un moment. Je te rappellerai dès que j'en aurai fini.

— Pas question ! Je refuse que tu m'abandonnes encore une fois !

La jeune femme criait à tue-tête dans le wagon ; tous les regards se tournèrent vers elle.

— Je te promets de t'appeler dès que je peux. Je te le *promets* !

— T'as pas le droit de me traiter comme une vulgaire merde !

— Je t'en prie, Orchidée. Je tiens à toi, je te le jure. C'est bien pour cette raison que je refuse de t'impliquer dans cette histoire. Je te téléphonerai, ajouta-t-il en la regardant droit dans les yeux.

— Pourquoi tu refuses de m'en parler ? s'écria-t-elle alors que jaillissaient les larmes. T'as des ennuis, j'en suis sûre. Tu crois que je l'ai pas compris ? Pourquoi tu me laisses pas t'aider ? Pourquoi tu me repousses ?

Il n'eut pas le cœur de nier.

— C'est vrai, je suis dans le pétrin, mais tu ne peux pas m'aider. Je te demande juste de rentrer chez toi. Je te promets de revenir te chercher quand tout sera fini, c'est-à-dire très bientôt. Quelle que soit l'issue. Écoute, il faut que j'y aille.

— Non ! cria-t-elle en s'accrochant à lui.

Mais Gideon devait impérativement se débarrasser d'elle. Pour son propre bien. Le métro freina en pénétrant dans la station de la 86e Rue et s'arrêta dans un crissement de freins. Les portes s'ouvrirent. Elles allaient se refermer lorsqu'il se dégagea de l'étreinte de sa compagne et s'échappa de la rame. Il eut tout juste le temps de voir les traits bouleversés d'Orchidée à travers la vitre tandis que le métro quittait la station.

47

Gideon conduisait d'un air maussade, perdu dans la masse des véhicules qui regagnaient le New Jersey en ce milieu d'après-midi. Une fois franchi le Holland Tunnel, sa Chevy de location s'était enfoncée dans la jungle urbaine de la rive ouest de l'Hudson : Kearney, North Arlington, Rutherford, Lodi. Des rues sans âme et toutes semblables, étroites, bordées d'immeubles en brique de deux ou trois étages, de boutiques sinistres, le ciel strié de fils téléphoniques privant les résidents d'air et de lumière. Régulièrement surgissaient les vestiges de centres-ville disparus : le fronton d'un cinéma abandonné, la vitrine d'un ancien limonadier. Un demi-siècle plus tôt, ces banlieues étaient encore des entités distinctes, riantes et animées, sur les trottoirs desquelles circulaient des adolescentes en socquettes et des garçons aux cheveux gominés. Désormais, c'était tout juste si l'on devinait encore les fantômes de cette ère révolue derrière cette litanie interminable de *salumerias*, de *mercados*, de bazars et de marchands de téléphones portables.

Il franchit les limites du comté de Bergen où l'attendaient d'autres banlieues tout aussi tristes. Des sentiments contradictoires se bousculaient dans sa tête, déclenchés par la panique qui s'était emparée de lui lorsqu'il avait deviné la présence toute proche de Pélican, amplifiés par la façon honteuse dont il s'était débarrassé d'Orchidée. Il avait beau se répéter qu'il avait agi dans l'intérêt de la jeune femme, que celle-ci n'avait rien à gagner à s'attacher à un mort en sursis, cela n'ôtait rien au cynisme avec lequel il s'était servi d'elle.

À mesure qu'il approchait des limites de l'État de New York, les rues devenaient plus larges et plus vertes, la circulation se fluidifiait. Posée sur le siège passager se trouvait la feuille sur laquelle il avait griffonné les mots : « Biyu Liang », « Centre Dafa de Bergen », « Old Tappan ». Grâce au relevé des absences complaisamment fourni à son insu par Van Rensselaer, identifier le gamin aperçu sur les vidéos de JFK avait été un jeu d'enfant. Il s'agissait d'un certain Jie Liang, dont la mère travaillait dans un Centre Dafa. Gideon ne savait pas ce dont il s'agissait, mais il ne tarderait pas à l'apprendre.

Un quart d'heure plus tard, annoncée par une pancarte discrète, il découvrait une vieille propriété impeccablement tenue constituée d'un bâtiment principal en poudingue, d'un garage et d'une maison de gardien, le tout transformé en campus.

Gideon gara la Chevy sur le parking du bâtiment principal et gravit les degrés conduisant à une double-porte ornée d'un motif en fer forgé. Il pénétra dans une vaste entrée transformée en hall d'accueil, sur le mur de laquelle était apposé un écriteau :

« Exercices de Falun Gong du lundi au vendredi de 15 heures à 17 heures – Cours en semaine de 19 heures à 21 heures. »

Toutes les autres affiches étaient rédigées en caractères chinois.

La jeune femme d'origine asiatique assise derrière le bureau lui adressa un sourire.

— Puis-je vous aider ? demanda-t-elle dans un anglais parfait.

Gideon lui sourit à son tour.

— J'aurais souhaité parler à Biyu Liang.

— Elle dirige actuellement un atelier, répondit la femme en lui désignant une porte ouverte dont s'échappaient des paroles accompagnées de musique.

— Je vous remercie. J'attendrai qu'elle ait terminé.

— N'hésitez pas à entrer si vous le souhaitez.

Il suivit l'invitation de l'hôtesse d'accueil et découvrit une salle d'une simplicité toute zen. Un petit groupe exécutait des exercices d'une grande lenteur sous la direction d'une instructrice, au rythme d'une mélodie orientale hypnotique soulignée de clochettes et de percussions. La femme s'exprimait d'une voix flûtée dans une langue qui devait être du mandarin. Gideon l'observa longuement et constata qu'elle était plus jeune que l'inconnue de l'aéroport tout en lui ressemblant fortement. Il en conclut que le contact de Wu était sans doute la grand-mère du petit garçon.

Il assista à la séance jusqu'au bout, fasciné par la beauté intrinsèque, presque universelle, de la gestuelle du groupe. Il ne savait rien ou presque du Falun Gong, sinon qu'il s'agissait d'une pratique bouddhiste venue de Chine.

Dix minutes plus tard, l'atelier s'acheva, et Gideon attendit, planté sur le seuil de la pièce, que les membres du groupe se dispersent en discutant à mi-voix. L'instructrice s'approcha alors de lui. C'était une femme de petite taille au visage rond et lumineux.

— Puis-je vous aider ? lui demanda-t-elle.

— Tout à fait, répondit Gideon avec son plus beau sourire. Je me nomme Gideon Crew et mon fils Tyler entre à l'institut Throckmorton à la rentrée. Nous arrivons tout juste du Nouveau-Mexique. Il se trouve que Tyler sera dans la classe de votre fils Jie.

— Bienvenue dans la région, réagit-elle en lui serrant chaleureusement la main.

— Il s'agit d'un enfant adoptif d'origine coréenne, poursuivit Gideon. Nous voulions être sûrs qu'il se sente à son aise, d'autant qu'il a encore quelques difficultés en anglais. Avec ma femme, nous avons été ravis d'apprendre qu'il y avait d'autres enfants d'origine asiatique dans sa classe. S'adapter à une nouvelle école n'est pas toujours facile, c'est pourquoi j'espérais pouvoir vous rencontrer, ainsi que d'autres parents.

— Je parlerai à Jie de votre petit garçon. C'est un enfant très bienveillant, je suis certaine qu'il fera tout pour devenir ami avec votre fils.

— Je vous remercie, je suis persuadé que cela fera toute la différence.

Pris d'une impulsion, il changea brusquement de sujet de conversation.

— Je ne voudrais pas vous ennuyer davantage, mais j'ai assisté à votre cours en attendant de pouvoir vous parler et j'ai été fasciné par ce que j'ai découvert. Ces mouvements du corps, cette musique... De quoi s'agit-il exactement ?

Le visage de la jeune femme s'éclaira.

— Nous pratiquons le Falun Gong. Plus exactement le Falun Dafa.

— Je vais vous sembler bien curieux, mais de quoi s'agit-il exactement ? D'un entraînement sportif ?

— En partie seulement. Je dirais qu'il s'agit de cultiver l'esprit aussi bien que le corps, dans le but de se rapproprier le moi originel.

— S'agit-il d'une religion ?

— Non, non. C'est une science nouvelle, même si elle s'appuie sur des principes bouddhistes et taoïstes. Je préfère parler de voie spirituelle, plutôt que de religion.

— Je serais heureux d'en savoir davantage.

La jeune femme ne se fit pas prier.

— Les adeptes du Dafa se laissent guider par trois principes universels : la sincérité, la compassion et le sens de la mesure. Nous nous efforçons de vivre en harmonie avec ces qualités, par la méditation et la pratique de cinq exercices très simples. Avec le temps, ils permettent au corps et à l'esprit de renouer avec les vérités profondes de l'univers, et de se retrouver soi-même.

Elle s'exprimait avec une telle passion que Gideon tomba sous le charme de ses paroles. Il sentait confusément le bien-fondé d'une telle démarche, surtout après la séance à laquelle il avait assisté.

— Cette pratique est-elle ouverte à tous ?

— Naturellement. Vous avez sans doute pu vous rendre compte que nous avions toutes sortes d'élèves, issus de milieux très divers. La plupart de nos adeptes sont d'ailleurs des Occidentaux. Vous souhaiteriez vous joindre à nous lors d'une séance ?

— Volontiers, mais j'imagine que vos cours sont chers.

Elle laissa échapper un rire flûté.

— Vous pouvez venir, écouter, ou participer aussi souvent que vous le souhaitez. La plupart des séances en anglais se déroulent en soirée. Si notre enseignement vous convient et que vous éprouvez l'envie d'aider le centre, nous en serons heureux, mais nos enseignements sont gratuits.

— C'est une discipline chinoise ?

La jeune femme marqua une hésitation.

— Disons qu'elle est liée à des traditions et des croyances chinoises très anciennes, mais elle est interdite en Chine.

Gideon aurait aimé pousser la conversation plus avant, mais il lui fallait penser à sa mission, et commencer par mettre la main sur la grand-mère du petit garçon.

— Je vous remercie de toutes ces explications. Pour en revenir à l'école de nos enfants, j'ai cru comprendre que Jie avait une grand-mère à laquelle il était très attaché.

— Ma mère, sans doute. La fondatrice de ce centre.

— Vraiment ? Me serait-il possible de la rencontrer ?

Il comprit qu'il était allé trop loin en voyant le visage de son interlocutrice se fermer d'un cran.

— Je suis désolée, mais elle s'occupe du Dafa à un tout autre niveau maintenant, de sorte qu'elle ne travaille plus ici.

Elle laissa s'écouler quelques instants avant de demander :

— Puis-je savoir pourquoi vous souhaitez la rencontrer ?

Gideon lui adressa un sourire.

— Comme elle emmène souvent votre petit garçon à l'école, je me disais que... qu'elle aurait pu me donner ses impressions sur l'institut Throckmorton. Mais ça n'a pas d'importance.

La froideur soudaine de la jeune femme lui fit prendre conscience de son erreur.

— Elle ne l'emmène jamais à l'école, je suis étonnée qu'on ait pu vous parler d'elle à Throckmorton. Je serais curieuse de savoir comment vous connaissez son existence.

Pas de chance, pensa Gideon, comprenant qu'il avait eu tort d'insister.

— Je ne sais pas précisément... Peut-être Jie aura-t-il évoqué sa grand-mère à l'école ?

Les traits de la jeune femme s'adoucirent légèrement.

— Oui, c'est fort possible.

— J'ai assez abusé de votre temps, s'empressa de s'excuser Gideon en affichant un sourire innocent. Je vous remercie infiniment de votre gentillesse.

Apparemment rassurée, elle lui tendit une brochure.

— Vous trouverez ici les horaires de nos séances d'initiation. J'espère vous revoir bientôt, et je ne manquerai pas de parler à Jie de votre fils Tyler. En attendant la rentrée, vous pourriez l'amener un jour à la maison pour qu'ils jouent ensemble.

— Excellente idée, approuva Gideon en la saluant de son air le plus affable.

48

Orchidée sortit d'une épicerie de quartier de la 51e Rue et se dirigea d'un pas vif vers Park Avenue en ouvrant d'un doigt le paquet de cigarettes qu'elle venait d'acheter. Incapable de rentrer chez elle, elle avait préféré passer sa colère en marchant. Gideon était un salaud de première, certes, mais il était dans la mouise et elle devait l'aider. À elle de trouver le moyen de le sauver. Mais comment ?

Elle tourna sur Park Avenue ; le chasseur en uniforme posté devant l'entrée du Waldorf lui tint la porte. Elle s'immobilisa au milieu du grand hall, reprit son souffle et s'approcha de la réception en usant du faux nom donné la nuit précédente en prenant la chambre.

— Bonjour, je suis Mme Tell. Mon mari est-il rentré ?

— Laissez-moi appeler votre chambre, suggéra l'employé, avant de lui signaler quelques instants plus tard que personne ne décrochait.

— Très bien, je l'attendrai ici.

Gideon finirait bien par venir chercher ses affaires. Prête à y passer la journée s'il le fallait, la jeune femme porta une cigarette à ses lèvres.

— Je suis désolé, madame Tell, mais il est interdit de fumer dans le hall.

— C'est bon, je sors, grogna-t-elle en allumant ostensiblement sa cigarette avant de franchir la porte de l'établissement.

Elle se mit à arpenter rageusement le trottoir en fumant, jeta le mégot aux pieds du portier et en alluma une autre. Le musicien de rue entendu quelques heures plus tôt n'avait pas quitté son poste, à en juger par les bribes de guitare qui lui parvenaient depuis le jardin de l'église Saint Bartholomew. Elle traversa la rue afin d'aller l'écouter, histoire de tuer le temps.

Elle découvrit un personnage en imperméable informe, assis en tailleur, qui chantait d'une voix rauque en caressant les cordes de son instrument avec des onglets en métal. Les passants avaient jeté quelques billets chiffonnés dans l'étui de guitare ouvert à ses pieds.

Well, I'm walking kind of funny, Lord
Believe I'm fixin' to die.

Le type jouait bien. Penché au-dessus de son instrument, un vieux chapeau brun dissimulant ses traits, il interprétait un vieux blues avec une mélancolie sourde. Orchidée, portée par un curieux sentiment de tristesse et de joie, tira machinalement de son sac un billet d'un dollar qu'elle déposa dans la caisse.

Le guitariste la remercia d'un léger mouvement de tête sans cesser de jouer.

I'm walking kind of funny, Lord.
Believe I'm fixin' to die.
Well, I don't mind dying
But I hate to leave my children crying.

Un dernier accord poignant monta de la guitare, puis le musicien releva la tête en reposant son instrument.

À son grand étonnement, Orchidée découvrit alors un Asiatique jeune et séduisant doté d'un regard clair. Contrairement à la plupart des musiciens de rue, il semblait épargné par l'alcool et la drogue. Elle connaissait suffisamment bien l'univers de la rue pour deviner qu'elle n'avait pas affaire à un personnage à la dérive. Il s'agissait plus probablement d'un vrai musicien, malgré sa tenue usée et son chapeau crasseux.

— Hé mec, tu sais que t'es drôlement bon ! s'émerveilla-t-elle.

— Merci.

— Où t'as appris à jouer comme ça ?

— Comme tous les disciples du blues, je vis le blues.

— À qui le dis-tu.

Il l'observait avec une telle attention qu'elle finit par rougir, puis il fourra sa récolte du jour dans sa poche et rangea sa guitare.

— J'ai fini ma journée, expliqua-t-il. J'allais prendre un café au Starbucks du coin. Accepterais-tu de m'y accompagner ?

« Accepterais-tu de m'y accompagner ? » Pour s'exprimer de manière aussi châtiée, ce type avait dû étudier la musique à la Juilliard School. Sans doute faisait-il la manche pour se procurer des sensations. Ce côté bohème, de même que la classe avec laquelle il l'avait invitée, n'étaient pas pour déplaire à Orchidée qui en voulait toujours à Gideon, et voyait là l'occasion rêvée de lui adresser un pied de nez s'il les voyait ensemble.

— D'accord, accepta-t-elle. Pourquoi pas ?

49

Pélican sirotait du thé vert en écoutant sa compagne. La providence l'avait servi en lui envoyant cette fille. Elle allait lui permettre de débusquer Crew, de le mettre sur la défensive.

Une chance inouïe, à bien y réfléchir.

— Quand je t'ai vue passer dans la rue, ce matin, je t'ai tout de suite remarquée.

— Ah bon ?

— Tu étais avec un type. Ton mari ?

Elle éclata de rire.

— Non, c'est juste un ami.

Elle se pencha vers son interlocuteur.

— Et toi, t'es pas du tout un musicien de rue. Je me trompe ?

Pélican ne cilla pas.

— On ne me la fait pas, ajouta-t-elle avec un clin d'œil. Cela dit, tu caches bien ton jeu.

Tout en continuant de boire son thé imperturbablement, à petites gorgées, il était infiniment plus troublé qu'il ne le laissait paraître.

— Un ami, dis-tu ? Ton petit ami ?

— Pas vraiment. Un type bizarre.

— Ah bon ? Bizarre dans quel sens ?

— Il se fait passer pour un acteur. Depuis que je le connais, il change constamment de déguisement et m'entraîne dans des plans impossibles. Il a un grain. Il prétend vouloir se mettre dans la peau de son personnage, mais je crois surtout qu'il a des ennuis.

— Quel genre d'ennuis ?

— Si je le savais ! Je lui ai bien proposé de l'aider, mais il refuse. Ce matin, il m'a traînée dans un institut privé hyper stylé de Riverdale. Il voulait qu'on se fasse passer pour les parents d'un gamin surdoué, tout ça pour piquer des papiers. Va savoir pourquoi. Cette nuit, il m'a fait changer de chambre au Waldorf en pleine nuit.

— C'est étrange.

— Tu l'as dit. Comme la fois où il m'a emmenée à l'hosto voir un copain à lui. Sauf que le gars était mort.

Pélican avala une gorgée de thé.

— À mon avis, ton ami ne doit pas avoir la conscience tranquille.

— Je sais pas. En même temps, il a l'air honnête. Ça me dépasse.

— Où est-il ?

La fille haussa les épaules.

— Il m'a plantée dans le métro tout à l'heure en me disant qu'il me rappellerait. Mais il faudra bien qu'il repasse par l'hôtel, il a laissé toutes ses affaires là-bas.

— Ses affaires ?

— Ouais, sa valise de déguisements. Et une petite mallette à combinaison qu'il couve comme si c'était son bébé. Je ne sais pas ce qu'il a pu mettre dedans.

— Une mallette à combinaison ? Dans sa chambre ?

— Non, elle est enfermée dans la bagagerie du Waldorf.

Orchidée poursuivit son monologue, et Pélican attendit qu'elle lui ait appris tout ce qu'il souhaitait savoir avant de ramener la conversation à lui.

— Pourquoi disais-tu que je cachais bien mon jeu, tout à l'heure ?

— Regarde-toi, répliqua-t-elle avec un petit rire moqueur. T'as pas le physique de l'emploi.

Il se leva en regardant sa montre.

— C'est l'heure des vêpres à Saint Bartholomew.

— C'est quoi, cette histoire ? Me dis pas que tu vas à la messe ?

— J'y vais pour la musique. J'adore le chant grégorien.

— Ah, d'accord.

— Voudrais-tu m'y accompagner ?

Orchidée hésita.

— Euh... pourquoi pas ? Mais ne va pas t'imaginer des trucs, on y va en copains.

— En copains, ça me convient très bien. Ta présence me suffit.

L'église était déserte et la nef plongée dans la pénombre alors que la nuit tombait sur la ville.

— Je croyais qu'il devait y avoir de la musique, s'étonna Orchidée. Pourquoi y'a personne ?

— Il est encore trop tôt, la rassura Pélican en l'entraînant par le bras vers les bancs installés face au chœur. Nous entendrons mieux d'ici.

— Comme tu veux, concéda la jeune femme du bout des lèvres.

Il dégagea sa main droite de la poche de son imperméable en faisant tinter les onglets d'acier fixés à ses doigts.

— La façon dont tu remues les doigts, on dirait que tu joues de la guitare, remarqua Orchidée.

— C'est vrai, reconnut-il. Le blues ne me quitte jamais.

Il agita ses onglets devant le visage de sa compagne. Ils étincelèrent à la lueur des cierges, et il se mit à chanter très doucement.

Well, I don't mind dying,
But I hate to leave my children crying.

50

Au lieu de regagner sa voiture en quittant le bâtiment principal du Centre Dafa, Gideon traversa la pelouse en direction de l'ancienne maison de gardien transformée en résidence privée. Avec ses allées de brique parfaitement tenues, sa porte encadrée de plates-bandes, ses rideaux de dentelle et ses bibelots exotiques, tout indiquait le refuge d'une vieille dame.

Il s'approchait d'un pas nonchalant lorsque deux hommes en survêtement noir jaillirent de nulle part.

— Vous cherchez quelqu'un ? demanda l'un d'eux d'une voix polie, mais ferme, en lui barrant la route.

— J'aurais voulu voir la mère de Biyu Liang, avoua-t-il, faute de savoir comment se nommait la vieille femme.

— Mme Chung vous attend ?

Son instinct ne l'avait donc pas trompé.

— Non, mais je suis le père d'un petit garçon qui doit prochainement entrer à l'institut Throckmorton et…

Sans même le laisser achever sa phrase, les deux hommes l'encadrèrent et lui saisirent chacun un bras.

— Suivez-nous.

— Son petit-fils Jie est inscrit dans la même classe que mon fils…

— Suivez-nous.

Plutôt que le reconduire à sa voiture, les deux gardiens l'entraînaient vers une petite porte métallique située sur le côté du bâtiment principal. Gideon se revit brusquement à Hong Kong, lorsqu'il s'était réveillé entouré d'une nuée d'agents chinois.

— Hé, attendez une seconde…

Il voulut se dégager en plantant ses talons dans le sol, mais les deux hommes le traînèrent en direction de la porte.

Ils s'immobilisèrent en entendant une voix s'élever de la maison. Gideon tourna alors la tête et découvrit une Chinoise d'un certain âge sur le seuil. Elle adressa un signe aux deux gardes et leur donna des instructions dans sa langue. Ils lâchèrent leur proie et s'en écartèrent à regret.

— Entrez, l'invita la vieille dame. Entrez, je vous en prie.

Gideon s'empressa d'obéir ; Mme Chung le conduisit dans un petit salon.

— Asseyez-vous. Une tasse de thé ?

— Avec plaisir, accepta le visiteur en massant ses bras endoloris.

Un domestique apparut, la vieille dame prononça quelques mots, et il se retira.

— Excusez mes gardes du corps, poursuivit-elle, mais je suis actuellement en danger.

— Pour quelle raison ? s'enquit Gideon.

Elle se contenta d'un sourire.

Le domestique réapparut avec une théière en fonte et deux minuscules tasses en porcelaine de Chine, que Mme Chung remplit l'une après l'autre pendant que Gideon la dévisageait. Il s'agissait bien de la femme de la vidéo, et il se sentit envahi par l'émotion en repensant au long parcours qu'il lui avait fallu effectuer avant d'arriver là. Il se dégageait de la vieille dame une joie de vivre, une énergie que les mauvaises images des caméras de surveillance avaient imparfaitement traduites. Jamais Gideon n'avait croisé la route d'une personne âgée aussi vive.

Elle lui tendit l'une des tasses, prit place dans un fauteuil, croisa les mains sur ses genoux et posa sur lui un regard d'une telle intensité qu'il faillit rougir, avant de déclarer :

— Je crois comprendre que vous avez des questions à me poser.

Son visiteur ne lui répondit pas immédiatement. Il avait mis au point toute une série de mensonges afin de lui tirer les vers du nez, mais il comprit que tout subterfuge serait inutile face à une personne aussi perspicace. Il avait beau se creuser la cervelle à la recherche d'une histoire plausible, il savait d'avance que ses efforts étaient voués à l'échec.

— Autant me dire la vérité, insista-t-elle avec un sourire en lisant ses pensées.

— Je...

Gideon ne pouvait se résoudre à tout lui avouer, à moins de tout perdre. Il sentit le rouge de la honte lui monter aux joues.

— Dans ce cas, c'est moi qui vais vous interroger.

— Oui, c'est préférable, répondit-il avec soulagement.

— Comment vous appelez-vous ?

— Gideon Crew.

— D'où êtes-vous originaire, et pour qui travaillez-vous ?

Il hésita un instant à s'inventer un curriculum à peu près crédible et finit par s'apercevoir qu'il en était incapable, pour la première fois de son existence.

— Je vis au Nouveau-Mexique où je travaille dans le centre de recherche de Los Alamos.

— Où êtes-vous né ?

— À Washington.

— Qui sont vos parents ?

— Melvin et Doris Crew, disparus tous les deux.

Elle serra ses mains autour de ses genoux.

— Je suis désolée, dit-elle sans le quitter un instant de ses yeux noirs, mais vous êtes un menteur professionnel au bout du rouleau. C'est tout du moins ce que je ressens.

Gideon ne sut que répondre.

— Pourquoi ne pas dire la vérité, pour une fois ? Elle permet souvent d'atteindre le but qu'on s'est fixé.

Il se sentait pris au piège, incapable d'avancer ou de reculer. Comment cette vieille dame avait-elle pu l'acculer de la sorte ?

Elle attendait qu'il réponde, les mains croisées, un sourire aux lèvres.

Et puis merde...

— Je suis... je suis une sorte d'agent spécial.

Les sourcils soigneusement dessinés de Mme Chung formèrent un accent circonflexe.

Il prit lentement sa respiration, curieusement soulagé à l'idée de ne plus mentir.

— Ma mission consiste à récupérer l'invention que Mark Wu portait sur lui à son arrivée à New York.

— Mark Wu. Voilà qui explique tout. Pour qui travaillez-vous ?

— Pour le gouvernement des États-Unis. Indirectement.

— Pourquoi chercher à me contacter ?

— Vous avez donné un objet à Mark Wu à l'aéroport, juste avant qu'il ne monte dans un taxi et ne soit tué. Je voudrais savoir ce que vous lui avez donné. Au-delà de cet élément d'information, j'aimerais savoir s'il transportait effectivement les plans d'une arme nouvelle, de quelle arme il s'agit, et ce qu'il est advenu des plans.

Elle hocha très lentement la tête, trempa les lèvres dans son thé et reposa la tasse.

— Êtes-vous gaucher ou droitier ?

Gideon fronça les sourcils.

— Gaucher.

Elle acquiesça à nouveau, comme si une telle réponse expliquait tout.

— Montrez-moi votre main gauche.

Il s'exécuta après un court moment d'hésitation. La vieille dame prit doucement sa main dans la sienne et il ne perçut tout d'abord que le contact de sa peau parcheminée, avant de pousser un cri de surprise en ressentant une brûlure à l'endroit où était posée la main droite de Mme Chung.

Il se cabra sur sa chaise ; elle le lâcha.

— Je vais essayer de répondre à vos questions, dit-elle en reprenant sa position hiératique. Vous mentez par obligation professionnelle, mais je vois… je *sens* que vous avez un bon fond. Je crois que nous pouvons nous aider mutuellement.

Elle but quelques gouttes de thé.

— Mark Wu était un scientifique qui travaillait en Chine sur un projet secret. C'était également un disciple dévoué du Falun Dafa.

Elle hocha la tête à plusieurs reprises en laissant retomber le silence.

— Vous le savez peut-être, mais le Falun Dafa a été brutalement réprimé en Chine. Ses adeptes ont été arrêtés, battus, torturés et emprisonnés par dizaines de milliers, de sorte que cette discipline n'a pu survivre que cachée. Aujourd'hui, tous vivent dans la peur.

— Pourquoi le gouvernement a-t-il agi ainsi ?

— Parce que nous mettons en péril sa toute-puissance. Tout au long de sa longue histoire, la Chine a vu plusieurs de ses empires s'écrouler du fait de mouvements spirituels. Le Dafa ne se contente pas de remettre en cause le communisme et le totalitarisme, il critique sévèrement le matérialisme et le capitalisme sauvage.

— Je vois.

Si Gideon comprenait brusquement ce qui avait poussé Wu à trahir son pays, il se demandait comment la CIA avait pu le piéger aussi aisément.

— En Chine, les disciples du Dafa sont contraints de pratiquer dans le plus grand secret, mais nous conservons des contacts extrêmement étroits avec eux. Pékin a bien tenté de nous bâillonner en fermant nos sites Internet, en vain.

— S'agit-il du danger auquel vous faisiez allusion tout à l'heure ?

— En partie. Mais vous ne buvez pas votre thé, s'étonna-t-elle avec un sourire.

— Oh, excusez-moi, balbutia Gideon en levant sa tasse.

— Le Dafa compte de nombreux ingénieurs et de nombreux scientifiques parmi ses disciples. Ils nous ont permis de mettre au point un logiciel baptisé Freegate, dont vous avez peut-être entendu parler.

— Le nom me dit quelque chose.

— Nous l'avons distribué partout dans le monde. Il permet aux internautes de Chine et d'ailleurs de consulter les sites censurés par leurs gouvernants.

Tout en écoutant, Gideon savourait son thé.

— Les serveurs de ce logiciel maquillent les adresses IP des utilisateurs afin de leur garantir l'anonymat. Nous disposons d'un serveur Freegate ici même, au centre de Bergen, et il en existe d'autres à travers le monde.

— Quel est le rapport avec Mark Wu ?

— Un rapport essentiel : Mark Wu nous apportait de Chine un secret de première importance.

— Quand vous dites « nous », vous voulez parler du Falun Gong ?

Elle acquiesça.

— Tout était prêt. À peine serions-nous entrés en possession de ce secret que nous l'aurions diffusé à la planète entière par le biais de Freegate.

— Quel est ce secret ? demanda Gideon, la gorge serrée.

La vieille femme lui répondit par un sourire.

— Nous n'en savons rien.

— Que voulez-vous dire ? Comment pourriez-vous ne pas savoir ? Je ne vous crois pas.

Les mots étaient sortis d'eux-mêmes, avant qu'il puisse les arrêter, mais Mme Chung ne sembla pas s'en offusquer.

— Wu n'a pas pu, ou voulu nous le dire. Notre rôle se limitait à assurer la diffusion de l'information qu'il nous transmettrait.

— Savez-vous au moins s'il s'agissait d'une arme nouvelle ?

— J'en doute.

Gideon écarquilla les yeux.

— Pour quelle raison ?

— Parce que cela cadrerait mal avec ce que Wu avait évoqué. Il nous a parlé d'une technologie d'un type nouveau qui permettrait à la Chine de conquérir le monde. Ou plus exactement de *dominer* le monde, si je me souviens bien de ses paroles. Nous n'avons pas cru comprendre qu'il s'agissait d'une invention dangereuse. En outre, je ne pense pas qu'il nous aurait demandé de fournir à la planète entière les plans d'une arme nouvelle, avec le risque que l'information tombe entre les mains de terroristes.

Elle se tut brièvement.

— Quel dommage qu'on l'ait assassiné, reprit-elle.

— S'il avait les plans sur lui, que sont-ils devenus ?

— Nous n'en avons pas la plus petite idée. Wu était un personnage très secret.

— J'imagine qu'il vous avait indiqué un moyen de les récupérer.

— Nous avions soigneusement choisi notre intermédiaire. L'un de nos contacts, Roger Marion, était censé les récupérer dans une chambre d'hôtel. C'est son nom que nous avons transmis à Wu à son arrivée.

La vieille femme parut rassembler ses souvenirs.

— Wu a laissé échapper une phrase étrange lors des négociations. Il nous a expliqué qu'il aurait besoin d'un peu de temps dans sa chambre pour extraire les informations.

— Extraire ? Je ne comprends pas.

— Il a utilisé l'expression chinoise *cai jian*, qui signifie extraire, ou bien couper. J'en avais déduit que l'information était cachée dans un objet dont il comptait la retirer.

Gideon repensa aussitôt aux radiographies des jambes mutilées du savant. Et si Wu avait dissimulé son secret *dans* son corps ?

— Il avait également mémorisé une longue séquence de chiffres. À quoi correspondait-elle ?

Elle le sonda des yeux.

— Comment connaissez-vous l'existence de ces chiffres ?

Gideon commença par retenir son souffle avant de répondre.

— Je l'ai suivi à son arrivée à l'aéroport, j'étais là quand le 4 × 4 a percuté son taxi, et c'est moi qui l'ai sorti de la carcasse de la voiture. Il m'a pris pour Roger Marion et m'a dicté les chiffres. J'ai tout tenté pour le sauver, sans y parvenir.

Un long silence s'installa, que la vieille femme finit par rompre.

— Nous ne connaissons pas la signification exacte de ces chiffres. Wu nous avait simplement expliqué qu'ils étaient indispensables pour exploiter l'invention qu'il nous apportait. C'était un moyen de protéger son secret, l'information sans les chiffres n'étant d'aucune utilité. Il était censé transmettre les deux à Roger.

— Et vous avez accepté sur la seule foi des paroles de Wu, sans savoir de quoi il s'agissait ?

— Le professeur Wu était un adepte aguerri du Dafa. Nous respections pleinement son jugement.

Gideon sentit qu'il approchait du but.

— Vous a-t-il précisé sous quelle forme se présentait son secret ? A-t-il évoqué des plans, une puce informatique ?

— Il nous a parlé d'un objet. D'une chose.

— Une chose ?

— Il a employé le mot *wù*, qui signifie chose, objet. Ce terme se prononce différemment de son nom de famille, le *ù* est accentué.

Gideon ne parvenait pas à chasser de son esprit les radiographies du scientifique, qui mettaient en évidence toutes sortes de débris de métal et de plastique au niveau des membres inférieurs. Il avait examiné attentivement ces clichés, mais il cherchait un tube susceptible de contenir des plans, ou une puce, et la *chose* avait fort bien pu lui échapper. Sous quelle forme se présentait l'invention ? Un morceau de métal, par exemple ?

Un morceau de métal !

D'après Epstein, l'amie physicienne d'O'Brien, les chiffres auraient pu correspondre à la formule d'un alliage métallique. Voilà qui expliquerait tout. Tout !

— Il faut bien comprendre que le professeur Wu n'avait nullement l'intention de trahir son pays au profit des États-Unis, reprit Mme Chung. C'était un patriote convaincu, mais sa formation de chercheur lui imposait une obligation morale de diffuser ce secret par notre intermédiaire. C'était une sorte de cadeau à l'humanité, si vous voulez.

Mindy s'était donc trompée sur les motivations de Wu... Gideon rassembla ses pensées. La dépouille de Wu se trouvait toujours à la morgue, où elle attendait d'être réclamée par son « compagnon », c'est-à-dire lui-même. Il ne lui restait plus qu'à se rendre là-bas et à récupérer l'invention sur le corps.

Encore lui fallait-il savoir à quel endroit chercher. Et seule la copine physicienne d'O'Brien pouvait l'aider à identifier la bonne tache sur les radios.

Il releva la tête et vit que Mme Chung l'observait.

— Une dernière recommandation, monsieur Crew, déclara-t-elle. Lorsque vous aurez récupéré l'objet que nous apportait le professeur, sachez que vous devrez impérativement me l'apporter.

Ils s'affrontèrent du regard.

— Vous en êtes bien conscient, n'est-ce pas ? Il s'agit d'une *obligation* à laquelle vous ne pouvez vous soustraire, insista-t-elle d'une voix mélodieuse en le gratifiant d'un sourire lumineux.

51

23 heures venaient de sonner lorsque Gideon regagna le Waldorf par l'entrée de service, soucieux d'éviter le jardin de l'église Saint Bartholomew où l'attendait peut-être encore Pélican. Sur le chemin du retour, il avait eu tout le loisir de comprendre que son ennemi s'était ainsi ménagé un poste d'observation idéal depuis lequel il lui était facile de surveiller aussi bien la façade de l'hôtel que l'entrée principale, ou l'issue de la 51e Rue.

Furieux de sa négligence, il enfonça d'un doigt rageur le bouton de l'ascenseur de service. Parvenu à l'étage où se trouvait sa chambre, il ouvrit la porte avec précaution en prenant garde de ne pas allumer, au cas où le tueur surveillerait sa fenêtre. Et s'il l'attendait, tapi dans le noir ? Gideon s'immobilisa sur le seuil, attentif au moindre bruit, regrettant d'avoir perdu son pistolet lors de sa traversée de la Harlem River.

Le plus inquiétant chez le Chinois n'était pas tant ses dons de limier que sa maîtrise du blues. En dépit des avertissements de Jackson, Gideon avait toujours voulu croire qu'il avait affaire à un vulgaire tueur à gage, un champion des arts martiaux digne d'un mauvais film de kung-fu. Il s'apercevait aujourd'hui que son adversaire connaissait parfaitement l'Amérique, sa culture, ses us et coutumes.

Il fut parcouru d'un frisson. Rien ne bougeait dans la chambre. Il s'approcha à pas feutrés du lit sous lequel était dissimulée sa mallette. Il composa la combinaison, souleva le couvercle et sortit l'enveloppe contenant le dossier médical et les radios de Wu avant de refermer la petite valise. Il retira son manteau, glissa les dossiers sous sa chemise et se rhabilla.

La manœuvre suffit à lui rappeler ses propres scanners. Il s'obligea à chasser cette pensée de son esprit, sûr d'échouer dans sa mission s'il perdait sa concentration.

Un hululement de sirènes attira alors son attention. Collé contre le mur, il coula un regard en direction de l'avenue. Il se passait un événement inhabituel à Saint Bartholomew, à en juger par les ambulances et les voitures de police garées sur plusieurs files devant le bâtiment. Un attroupement s'était formé et des agents en uniforme repoussaient les badauds en installant des barrières de sécurité. Pélican avait disparu avec sa guitare, probablement chassé par la foule, mais Gideon avait la conviction que son ennemi n'était pas loin.

Il quitta la pièce en tirant la porte derrière lui. Le couloir inondé de lumière était désert. Il devait se rendre chez O'Brien sans être suivi. Sa ruse de l'autre jour dans le métro avait prouvé son efficacité, mais la recette en était éventée et Pélican avait démontré qu'il était capable de le reconnaître malgré ses déguisements. Restait à trouver la parade.

Le Waldorf disposait de quatre issues : la principale sur Park Avenue, une autre sur Lexington, les deux dernières sur la 51e Rue. Comment savoir laquelle surveillait son ennemi ? Ce dernier avait fort bien pu le voir pénétrer dans l'établissement quelques minutes plus tôt.

Une idée lui vint : les badauds rassemblés devant Saint Bartholomew allaient paradoxalement lui offrir le moyen de s'éclipser discrètement.

Il s'engouffra dans l'ascenseur, traversa le hall de l'hôtel et sortit par l'entrée principale.

52

Gideon se dirigea d'un pas décidé vers la foule qui grossissait de minute en minute et menaçait de bloquer la circulation sur Park Avenue. Il regarda autour de lui sans parvenir à identifier la silhouette de Pélican.

L'air de rien, il se mêla aux badauds en jouant des coudes. La manœuvre obligerait son adversaire à l'imiter, et donc à sortir du bois. Un cri s'éleva du public alors que des infirmiers sortaient de l'église en poussant une civière sur laquelle reposait un sac à cadavre. Il devait s'agir d'un meurtre, à en juger par le nombre de flics qui grouillaient tout autour.

Les curieux s'avancèrent dans un murmure d'excitation, mais la police avait dressé des barrières à l'entrée du petit parc afin de permettre aux brancardiers de rejoindre l'ambulance garée sur l'avenue. C'était le moment. Gideon s'approcha de la première barrière, la franchit d'un bond, traversa l'espace dégagé au pas de course, enjamba la barrière opposée et disparut dans la foule. Un agent tenta bien de l'arrêter d'un cri, mais il était trop tard.

Ignorant les récriminations de ceux qu'il bousculait sur son passage, il s'éloigna en courant sur l'avenue en s'assurant d'un regard par-dessus son épaule que personne n'avait imité son exemple en franchissant les barrières. Il traversa au milieu des voitures sans attendre que le feu soit rouge et sauta dans un taxi qui venait de déposer un passager.

— 120e Rue Ouest, entre Broadway et Amsterdam Avenue, ordonna-t-il au chauffeur. Vite !

Lorsque la voiture démarra, Gideon s'assura à travers la lunette arrière que personne ne l'avait suivi.

Il regarda sa montre. Bientôt minuit. Il sortit son portable et composa le numéro de Tom O'Brien.

— Salut ! lui répondit la voix sarcastique de son ami. Pour une fois que tu m'appelles à une heure décente. Quoi de neuf ?

— Je sais ce que Wu apportait avec lui. Il s'agit d'un alliage spécial dissimulé sous la peau, probablement au niveau de la cuisse.

— Cool.

— J'arrive chez toi avec les radios. On y voit des débris de toutes sortes suite à l'accident. Je vais avoir besoin que tu m'aides à repérer la bonne tache.

— Il faudrait s'adresser à ma copine Epstein.

— C'était également ce que je me disais.

— Et ensuite ?

— Ensuite quoi ?

— Tu fais quoi une fois que t'as trouvé ton bout de métal ?

— Je vais à la morgue et je le récupère sur le corps.

— Super. Et tu t'y prends comment ?

— Un jeu d'enfant. Je me suis fait passer pour le compagnon de Wu et ils attendent que je vienne chercher sa dépouille.

Un rire lui répondit.

— Putain, Gideon ! Décidément, t'es un drôle de citoyen.

— Appelle ta copine, je suis à la bourre.

À peine raccroché, il composait le numéro d'Orchidée, heureux de pouvoir lui annoncer qu'il arrivait au bout de ses ennuis et pourrait la rejoindre d'ici un ou deux jours.

Le portable de la jeune femme semblait éteint ; Gideon se renfrogna en pensant qu'elle était sans doute occupée avec un client.

53

— Surtout, ne te gêne pas, lança O'Brien en voyant Gideon pousser la porte sans se donner la peine de frapper.

— C'est lui, le type dont tu m'as parlé ? interrogea Epstein, affalée sur le canapé, les cheveux en bataille, furieuse d'avoir été tirée de son lit à une heure aussi tardive.

Grande amatrice de câlins, elle se montrait d'humeur particulièrement maussade depuis qu'O'Brien lui avait expliqué que cet appel de nuit était purement professionnel.

— Gideon, je te présente Epstein. Epstein, Gideon.

— J'espère que vous ne m'avez pas réveillée pour rien, maugréa-t-elle d'une voix endormie.

— Tu ne seras pas déçue, s'empressa d'intervenir son ami, prêt à lui servir le boniment préparé pour l'occasion. Figure-toi qu'on a récupéré les radios d'un contrebandier qui se baladait avec de la marchandise planquée *dans* sa jambe. Sauf qu'il a eu un accident…

Elle le coupa d'un geste et interrogea Gideon.

— Si vous me disiez de quoi il retourne ?

Fatigué de mentir, celui-ci posa sur elle un regard terne.

— Dans votre propre intérêt, mieux vaut ne rien savoir.

— Comme vous voulez. Allons-y.

Tom O'Brien se frotta les mains d'excitation.

— Sors-moi ces radios, Gideon.

Tandis que ce dernier tirait l'enveloppe de sa chemise, O'Brien dégagea une table lumineuse et l'alluma. Epstein se redressa afin de jeter un coup d'œil aux clichés, puis reprit sa position allongée.

— Beurk, lâcha-t-elle.

— Récapitulons, proposa O'Brien en se frottant les mains de plus belle. Ce type transporte dans sa jambe un truc dont il a retenu la formule par cœur sous forme de chiffres. Nous possédons les radios, mais encore faut-il déterminer quelle tache correspond à ce qu'on cherche. Tu viens regarder, Epstein ?

— Non.

— Comment ça, non ? s'énerva O'Brien.

— Ça ne servirait à rien puisque je ne sais pas ce que vous recherchez. Les alliages, les oxydes et les composés chimiques réagissent tous différemment aux rayons X.

— À ton avis ? C'est toi la spécialiste de la matière condensée, après tout.

— Si vous me donniez une petite idée de ce qui se passe vraiment, espèce de petits branleurs, je pourrais peut-être vous aider.

O'Brien se tourna vers son ami en soupirant.

— Tu crois qu'on lui dit ?

Celui-ci réfléchit avant de répondre.

— D'accord. Mais attention, ce sont des informations top secret et vous risquez votre peau si certaines personnes apprennent que vous êtes au courant.

— Épargnez-moi vos histoires d'espions, je ne dirai rien à personne. On ne me croirait jamais, de toute façon. Alors ?

— Les Chinois travaillent depuis plusieurs années sur un projet secret dans l'une de leurs installations nucléaires, commença Gideon. La CIA croit savoir qu'il s'agit d'une arme inédite, mais cette théorie ne colle pas avec les informations dont je dispose. Il semble plutôt que ce soit une découverte technologique qui permettrait à la Chine de dominer le reste de la planète.

— J'en doute, mais continuez.

— Un scientifique chinois a récemment débarqué aux États-Unis avec ce secret, pour des raisons compliquées sur lesquelles je ne m'étendrai pas.

Epstein, brusquement intéressée, se redressa sur le canapé.

— Le truc qui se trouve dans sa jambe, c'est le secret ?

— Exactement. Un secret en deux parties : l'objet qu'il porte sous la peau d'une part, et de l'autre la séquence de chiffres que vous avez eue entre les mains. Inutile de vous faire un dessin, l'un n'a aucune valeur sans l'autre. Notre savant chinois a été victime d'un accident de voiture et ces radios sont celles de ses jambes.

La jeune femme se pencha cette fois sur les radios avec intérêt.

— Les chiffres semblent correspondre à la formule d'un alliage ou d'un composé chimique complexe.

Elle se tourna vers O'Brien.

— Tu aurais une loupe ?

— Une loupe d'horloger, répliqua-t-il en fouillant un tiroir.

Il fit la grimace en découvrant l'état de la lentille qu'il essuya avec sa chemise. La jeune femme porta la loupe à son œil et se pencha sur les taches blanches.

— Le malheureux a dû passer un mauvais quart d'heure. Regardez-moi tout ce merdier à l'intérieur de ses jambes.

— Il a été victime d'un sale accident, reconnut Gideon.

Epstein examinait longuement chacune des taches, et plusieurs minutes s'écoulèrent avant qu'elle passe à la deuxième radio, puis à la troisième. Elle s'arrêta brusquement sur une tache de petite taille, qu'elle scruta pendant une éternité avant de se redresser en laissant tomber la loupe d'horloger, le visage transformé.

— Que se passe-t-il ? lui demanda O'Brien.

— Incroyable, murmura-t-elle. Je crois savoir ce que c'est. Ça explique tout.

— Quoi ? demandèrent les deux hommes d'une même voix.

Elle leur adressa un sourire rayonnant.

— Vous voulez vraiment savoir ?

— Epstein, arrête ton char ! ronchonna O'Brien qui n'avait jamais vu une telle lueur d'excitation briller dans les yeux de son amie.

— Ce n'est qu'une hypothèse, mais une hypothèse solide. C'est la seule façon d'expliquer à la fois les faits tels que vous me les avez relatés et ce que je vois sur cette radio.

— Mais encore ? insista O'Brien.

Elle lui tendit la loupe d'horloger.

— Tu vois ce point qui ressemble à un morceau de fil électrique tordu ?

En approchant son œil, O'Brien découvrit un fil apparemment banal, de six millimètres de longueur.

— Regarde bien ses extrémités.

Il obtempéra et découvrit deux taches plus sombres.

— Ouais ?

— Tu vois ces ombres ? Ce sont les rayons X qui s'échappent des extrémités du fil.

— Ce qui signifie… ?

— Que le fil est parvenu à absorber et à véhiculer les rayons X.

— Et alors ? s'étonna O'Brien en relevant la tête.

— Et alors, c'est quasiment incroyable. Un matériau susceptible d'absorber et de véhiculer les rayons X ? Je n'en connais qu'un qui en soit capable.

Les deux hommes échangèrent un regard perplexe. Epstein leur adressa un sourire espiègle.

— J'attire votre attention sur le fait qu'il s'agit d'un *fil*.

— Bordel, Epstein ! Tu veux qu'on crève d'une crise cardiaque ou quoi ? Qu'est-ce que ça change, que ce soit un fil ?

— À quoi servent les fils ?

O'Brien prit longuement sa respiration. Un regard en direction de son ami lui confirma qu'il était aussi perplexe que lui.

— Les fils servent à conduire l'électricité, suggéra Gideon.

— Exactement. Sauf que nous avons affaire à un fil particulier, capable de conduire l'électricité de façon différente.

— Je ne te suis plus du tout, grommela O'Brien.

— Nous sommes en présence d'un supraconducteur à température ambiante, s'écria-t-elle sur un ton triomphal.

Son annonce fut accueillie par un silence.

— C'est tout ? demanda O'Brien.

— C'est *tout* ? répéta-t-elle en posant sur lui un regard incrédule. Mais enfin, c'est le Graal de toute la science énergétique !

— Je croyais que cette invention devait... changer le monde, balbutia O'Brien.

— Le révolutionner, tu veux dire ! Réfléchis un peu, espèce d'idiot. Quatre-vingt-dix-neuf pour cent de l'électricité produite dans le monde se perd entre son lieu de production et son lieu d'utilisation. *Quatre-vingt-dix-neuf pour cent !* On sait en revanche que les supraconducteurs permettent à l'électricité de circuler sans aucune résistance. C'est-à-dire sans déperdition. Si l'on remplaçait toutes les lignes électriques des États-Unis par des lignes réalisées avec ce matériau, on réduirait de quatre-vingt-dix-neuf pour cent nos besoins de production en électricité.

— Ah ouais... souffla O'Brien qui commençait à comprendre.

— Eh ouais. Il suffirait d'un petit pour cent de la production électrique actuelle pour répondre à nos besoins énergétiques. Le solaire, l'éolien et l'hydraulique y suffiraient amplement. Plus besoin de centrales à charbon, plus besoin de pétrole. Les coûts de transport et de fabrication diminueraient de façon décisive, l'électricité ne coûterait quasiment rien, les moteurs électriques relégueraient à l'âge de pierre les moteurs thermiques. Cela signerait l'arrêt de mort des énergies fossiles. Plus de gaz à effet de serre, plus de producteurs de l'OPEP imposant leur loi au reste du monde.

— En d'autres termes, poursuivit Gideon, le pays qui contrôlerait une telle invention mettrait toutes les autres nations à la rue au plan économique.

Epstein éclata d'un rire dur.

— Pire que ça : le pays qui posséderait cette invention contrôlerait *toute l'économie mondiale*. Il dominerait le reste de la planète.

— Et tous les autres seraient baisés, commenta O'Brien.

Elle se tourna vers lui.

— Le terme est parfaitement choisi.

54

« Que se taisent les conversations. Que s'éteignent les rires. En ce lieu, la mort se réjouit d'assister les vivants. »

Il était 2 heures du matin passées et Gideon en avait assez de lire et relire la devise affichée dans le hall d'accueil de la morgue. Des mots agaçants, à la fois macabres et complaisants. Personnellement, il ne trouvait rien de bien excitant à cet endroit sinistre et bruyant ; quant à la mort, elle ne le séduisait pas davantage.

Il poireautait depuis trois quarts d'heure et sa patience était à bout. La fille de la réception effectuait chaque geste avec une lenteur exaspérante, qu'il s'agisse de chercher un document ou de répondre au téléphone dans un murmure, son travail rythmé par le cliquetis sur le clavier de griffes rouges ridiculement longues.

Il se leva, n'y pouvant plus.

— Excusez-moi, mais j'attends depuis près d'une heure.

Elle posa son regard sur lui, et le cliquetis de ses ongles se tut. Il remarqua que de vilaines racines noires trouaient sa permanente de blonde décolorée. Une New-Yorkaise de la vieille école.

— Tout le personnel est mobilisé à la suite d'un meurtre.

La belle affaire, surtout à New York. Gideon se demanda si la victime pouvait être celle de Saint Bartholomew.

— Tout ça est bien joli, mais mon *compagnon* m'attend gentiment dans son tiroir réfrigéré, et j'aurais aimé pouvoir me recueillir seul quelques minutes auprès de lui, précisa-t-il d'une voix larmoyante. Rien que quelques minutes.

— Monsieur Crew, commença-t-elle sans se laisser attendrir. Dois-je vous rappeler que la dépouille de votre compagnon attend depuis cinq jours que vous vouliez bien nous fournir vos instructions ? Vous aviez tout le loisir de venir plus tôt ! Le dossier que j'ai devant les yeux précise que nous avons essayé de vous contacter...

Elle prit le temps de vérifier sur l'écran de son ordinateur.

— ... une bonne demi-douzaine de fois.

— J'ai perdu mon portable et j'étais en déplacement.

— Très bien, mais ça ne vous donne pas le droit de débarquer ici à 1 heure du matin et de penser que nous vous attendions comme le Messie. Vous ne trouvez pas ?

Elle ponctua sa question d'un regard sans appel.

Gideon rendit les armes, penaud. Tout en sachant qu'elle avait raison, il sentait le poids du cutter dans sa poche, comme celui des radios dans le sachet qu'il tenait à la main. L'idée que Pélican puisse surveiller l'entrée de la morgue à cet instant précis l'obnubilait. Plus il attendait, plus il donnait de chances à son adversaire de le retrouver.

— Vous pensez que ce sera encore long ? demanda-t-il.

Les griffes rouges reprirent leurs claquettes sur le clavier de l'ordinateur.

— Je vous préviendrai quand l'un de nos employés sera libre.

Gideon retourna s'asseoir et lut la devise une fois de plus d'un air morose. Des bruits s'échappaient de la salle voisine, étouffés par une double-porte en acier brossé abondamment éraflée par le trafic intense des civières. Le fameux meurtre, très probablement. Si c'était la victime de Saint Bartholomew, comme le pressentait Gideon, la nouvelle risquait de faire du bruit. Un assassinat dans l'une des paroisses les plus anciennes et les plus huppées de New York : la presse allait s'en donner à cœur joie.

— Qu'y a-t-il de l'autre côté de ces portes ? s'enquit-il.

La femme releva la tête.

— Les salles d'autopsie, les cellules réfrigérantes, les bureaux.

De nouveaux bruits signalèrent un regain d'activité. Gideon regarda l'horloge. Bientôt 2 h 30.

L'interphone de l'accueil couina. La réceptionniste répondit à voix basse, puis se tourna vers son visiteur.

— Quelqu'un vient vous chercher.

— Je vous remercie.

Un type en blouse pas très blanche poussa la double-porte, le menton mal rasé, des traces de coupures le long du cou. Il regarda le bloc qu'il avait à la main.

— George Crew ?

— Je m'appelle Gideon. Gideon Crew.

Sans un mot, le type tourna les talons, et le visiteur lui emboîta le pas.

— J'aurais aimé pouvoir me recueillir quelques instants avec lui, risqua-t-il dans le dos de son guide.

Pas de réponse.

Ils avançaient l'un derrière l'autre le long d'un couloir au sol recouvert de linoléum. Tout au bout se trouvait une porte à travers laquelle on apercevait des tables en acier brossé, des poubelles d'hôpital orange et des piles de récipients en plastique. Un conclave de blouses blanches et de flics entourait l'une des tables. La victime du meurtre, sans doute.

— Par ici.

L'homme franchit une porte et entraîna Gideon dans un couloir débouchant sur une pièce tout en longueur bordée, des deux côtés, de tiroirs métalliques aux armes de la société SO-LOW Inc.

Les cellules réfrigérantes.

Le type consulta son bloc en remuant les lèvres silencieusement, puis il poursuivit son manège en comptant les rangées de casiers avant de s'arrêter devant celui qu'il cherchait. Il le déverrouilla à l'aide d'une clé accrochée à son poignet par une cordelette et ouvrit le tiroir. Gideon vit alors apparaître un sac à cadavre gris et perçut aussitôt une forte odeur de viande avariée que le formol ne parvenait pas à masquer.

— Euh… vous êtes certain que c'est bien Mark Wu ? demanda-t-il avec une nervosité qui ne lui ressemblait guère.

— C'est ce qui est indiqué ici, répliqua l'homme en comparant le numéro agrafé au sac à celui figurant sur son bloc.

Malgré la température de la chambre froide, la main de Gideon était moite contre le manche du cutter, au fond de sa poche. Il se prépara mentalement à l'épreuve qui l'attendait.

— J'aurais souhaité me recueillir seul avec lui, répéta-t-il en étouffant un faux sanglot aux allures de hoquet.

L'homme en blouse blanche hocha la tête. Il ne paraissait pas plus heureux que Gideon de se trouver là.

— Cinq minutes, ça ira ?

— Plutôt dix… si ça ne vous gêne pas.

Cette fois, il laissa échapper un sanglot plus convaincant.

— Je vous attends dans le couloir.

— Merci.

L'homme s'éclipsa, le battant se referma automatiquement derrière lui et Gideon resta seul dans le bourdonnement des néons et le sifflement du système de climatisation, dans une odeur obsédante qui saturait son odorat.

Dix minutes. Mieux valait ne pas traîner. Il avait pris soin d'examiner longuement les radios : le supraconducteur se trouvait à l'intérieur de la cuisse gauche, à un endroit où Wu pouvait aisément le récupérer, directement sous la peau. Avec un peu de chance, l'opération aurait laissé une légère cicatrice. À condition que le corps ne se soit pas trop décomposé depuis cinq jours qu'il attendait là. Gideon prit sa respiration et saisit la tirette de la fermeture Éclair comme s'il s'agissait d'un asticot gluant. Après une dernière hésitation, il tira un grand coup. Le visage du mort apparut, puis son torse lisse et sans poils, grossièrement recousu à la suite de l'autopsie. Le corps, nettoyé rapidement à l'éponge, était constellé de croûtes de sang et de traces suspectes. Les plaies infligées à Wu lors de l'accident avaient en revanche été soigneusement traitées, mais l'odeur était insoutenable.

Gideon récupéra dans sa poche le cutter moite qu'il sécha avant d'en sortir la lame d'un mouvement du pouce, puis il acheva de tirer la fermeture à glissière.

Il ouvrit des yeux écarquillés, et mit quelques instants à retrouver sa voix.

Les jambes ! hurla-t-il intérieurement. *C'est quoi ce bordel ? Où sont ses jambes ?*

55

À quelques pâtés de maisons du terminal des bus de la 42e Rue se dressait la silhouette austère et presque borgne d'un immeuble de dix étages. Le bâtiment avait abrité autrefois l'usine et les bureaux de la New Amsterdam Blanket & Woolen Goods Corporation. Le jour où la compagnie avait été mise en faillite, un homme d'affaires avait racheté la bâtisse afin de la convertir en entrepôts, mais son entreprise avait périclité à son tour et la ville avait alors transformé l'édifice en y aménageant plusieurs centaines d'abris temporaires pour les SDF. Depuis, ce centre d'hébergement baptisé en l'honneur d'Abram S. Hewitt – le père du métro new-yorkais – accueillait plusieurs milliers de marginaux et de sans-abri.

Pélican occupait un box au sixième étage de ce que les habitués appelaient couramment la Fourmilière, et ce logement de fortune lui convenait à merveille. Les épaules rentrées, sous le couvert de son vieux chapeau, il se fondait dans la masse des autres « locataires ». Seule la guitare qu'il trimbalait dans une vieille caisse le distinguait de ses condisciples.

À 2 h 45 cette nuit-là, il remontait l'étroit couloir du sixième, sa guitare lui battant les mollets, sa marche rythmée par les ronflements, les quintes de toux et autres bruits indéfinissables qui s'élevaient derrière les portes numérotées au pochoir. Arrivé à hauteur de son box, il déverrouilla un gros cadenas, ouvrit le volet roulant, pénétra dans la petite pièce en baissant la tête, referma le volet qu'il coinça à l'aide d'une barre de sécurité, puis tira sur la cordelette du plafonnier et contempla son royaume. Dans l'un des murs de la pièce s'ouvrait une meurtrière donnant sur un puits d'aération.

Il s'assura que la minuscule pièce n'avait pas été visitée. Dès son arrivée, il avait pris la précaution de remplacer le cadenas original par un autre, équipé d'une serrure à cinq goupilles et d'un arceau en acier. Rien n'avait bougé, mais la méfiance était une seconde nature chez Pélican. Il ne possédait pourtant quasiment rien, à part un futon soigneusement bordé, une valise de cuir usé, une natte en papier de riz, un pack de bouteilles d'eau de source et quelques rouleaux de papier absorbant.

Dans un coin se cachaient un lecteur de CD et une pile d'albums de blues ; dans un autre étaient alignés quelques livres de poche. Il avait un faible pour Hemingway, Mark Twain, et *L'Investiture des dieux*, un roman populaire chinois célébrant les arts martiaux, connu sous le nom de *Fengshen Yanyi*.

Une photo aux couleurs passées du plateau de Pamir, dans la province du Xinjiang, offrait à l'ensemble un semblant de décoration. Pélican posa sa guitare, accrocha son chapeau et son imperméable à une patère, s'assit sur la natte et contempla la photo pendant cinq minutes.

Il avait vu le jour sur ce plateau, à l'ombre de ces montagnes, loin de tout village. Son père, gardien de troupeau et paysan, était mort lorsque son fils n'était pas encore âgé d'un an. Sa mère avait tenté de survivre en conservant la ferme avec l'aide de cet unique enfant. Un jour, alors qu'il avait six ans, un voyageur avait fait halte chez eux. Il ne ressemblait à aucun des êtres humains que l'enfant avait pu voir jusque-là et s'exprimait dans un mongol hésitant, avec un fort accent. C'était un missionnaire venu d'Amérique, une contrée dont Pélican connaissait alors à peine l'existence. Il portait la bonne parole en se déplaçant de village en village, mais ressemblait davantage à un mendiant qu'à un homme de Dieu. En échange d'un repas, il leur avait promis de prier pour eux et de leur enseigner la parole divine.

Sa mère avait invité l'homme à partager leur dîner. Tout en mangeant, il leur avait parlé de contrées lointaines, de son étrange religion. Il se servait maladroitement de ses baguettes, s'essuyait la bouche sur le revers de sa manche et portait régulièrement sa flasque à ses lèvres. L'enfant n'aimait guère le regard humide qu'il posait en permanence sur sa mère. À plusieurs reprises, l'homme avait entonné des mélopées poignantes comme il n'en avait jamais entendues. Le dîner terminé, à l'heure du thé, le visiteur s'était montré pressant avec son hôtesse. Elle avait tenté de résister et il l'avait envoyée rouler sur le sol. Pélican s'était jeté sur lui, l'autre l'avait rejeté violemment. L'enfant avait à nouveau tenté de défendre sa mère lorsque l'homme avait entrepris de la violer, mais ce dernier était beaucoup trop fort et l'avait assommé à l'aide d'une brique. À son réveil, Pélican avait découvert sa mère morte, étranglée.

Quelques jours plus tard, des moines shaolins l'avaient recueilli dans leur temple. À part les cours de kung-fu, la vie dans un monastère rebutait l'enfant qui avait tiré le meilleur parti de l'enseignement qu'on lui dispensait avant de s'enfuir, à Hohhot dans un premier temps, puis à Changchun, où il avait effectué son apprentissage de voleur de rue. La police de la province avait fini par l'arrêter, mais fort de ses talents, le jeune homme avait attiré l'attention des autorités qui l'avaient placé entre les mains du Bureau 610.

Il ne manquait jamais à ce rituel, prenant chaque jour le temps de méditer sur l'amertume de l'existence en contemplant cette photo jaunie des paysages de son enfance.

Il se releva et entama une longue série d'exercices respiratoires. Puis, dans un silence absolu, il accomplit les vingt-neuf mouvements rituels du kata de la « guillotine volante ». Lorsqu'il reprit place sur sa natte, son entraînement achevé, c'était à peine si son pouls s'était accéléré.

Gideon Crew se trouvait si près du but... Pélican n'avait plus qu'à attendre le succès de sa mission pour récupérer l'objet. La précipitation de sa cible au moment crucial le mènerait à sa perte.

« Ne laisse jamais à l'ennemi le temps de se reposer », avait écrit Sun Tzu. « Attaque-le lorsqu'il n'est pas sur ses gardes, montre-toi là où il ne t'attend pas. »

Pélican n'avait jamais plus souri depuis ce soir tragique sur le plateau de Pamir, bien des années plus tôt. Aujourd'hui, pourtant, il sentait monter en lui un sentiment de jubilation : la satisfaction que procure la violence, l'anticipation de la cruauté qu'elle engendre.

Il glissa la main dans la couture du futon et tira de la mousse du matelas un boîtier de plastique dur. Il désarma le mécanisme explosif qui le protégeait et souleva le couvercle, dévoilant six téléphones portables, des passeports chinois, suisse, britannique et américain, plusieurs milliers de dollars en monnaies diverses, un Glock 19 muni d'un silencieux et un mouchoir de soie brodé de motifs complexes. Le mouchoir de sa mère. Il le prit avec délicatesse, le posa sur ses genoux et récupéra dans la poche du vieil imperméable les cinq onglets de guitare : quatre pour les doigts, le cinquième pour le pouce. Maculés de sang et de peau, ils avaient perdu tout leur éclat.

Il déboucha l'une des bouteilles d'eau de source, humecta un carré de papier absorbant et aligna devant lui les cinq onglets, affublés par ses soins de noms de figures mythologiques, qu'il nettoya avec soin. Celui du petit doigt était Ao Guang, le dragon roi des mers de l'est, qui avait frappé de ses foudres un monde de péché. L'annulaire était Fei Lian, le dieu du vent. Le majeur figurait Zhu Rong, le dieu du feu, et l'index Ji Yushyu Xuan, le dieu des ténèbres infinies. Le plus puissant de tous était le pouce, Lei Gong, dieu du tonnerre, chargé par le ciel de punir les mortels qui s'étaient écartés du droit chemin.

Pélican se servait de ce doigt pour agripper la trachée de ses victimes tandis que les quatre autres onglets déchiraient leur cou.

Rendus à leur paisible apparence par ce maître attentif, ils n'avaient plus ensuite qu'à se reposer en attendant de reprendre du service.

Pélican les enveloppa délicatement dans le mouchoir de sa mère et les enferma dans une petite boîte en bois, puis il s'allongea sur le futon et s'endormit dans la rumeur de la Fourmilière.

56

— Où sont les jambes ?

Gideon se mettait rarement en colère, mais sa découverte l'avait mis hors de lui.

Son guide en blouse douteuse se précipita en entendant ses hurlements.

— Hé, calmez-vous…

— Pourquoi ne m'a-t-on rien dit ? Pourquoi ne m'a-t-on pas demandé mon autorisation ?

— Ne criez pas.

— Je crierai tant que je veux !

Sa voix se répercutait entre les murs du couloir ; un bruit de course se fit bientôt entendre.

— Il est interdit de crier, s'énerva le type. Calmez-vous, ou bien j'appelle la sécurité.

— Rien à foutre ! Vous n'aurez qu'à leur demander qui a volé les jambes de ce… de mon *compagnon* !

La double-porte s'ouvrit à la volée, laissant passer un employé de la morgue suivi d'un agent de sécurité.

Gideon se planta devant eux.

— Je veux savoir ce que vous avez fait des jambes de Mark !

— Calmez-vous, monsieur, s'interposa un troisième personnage arrivé sur ces entrefaites. Je suis Corelli, le responsable médical de cet établissement. Nous allons essayer de comprendre ce qui s'est passé.

Il se tourna vers l'un des employés.

— Allez me chercher le dossier du défunt.

— Je me fous de son dossier, je veux ses jambes ! hurla Gideon.

— Le dossier nous éclairera sur ce point, le tempéra son interlocuteur en posant une main rassurante sur son bras. Le patient a dû être amputé.

Il avait sans doute raison : suite à l'accident, les jambes étaient dans un tel état que les médecins avaient tenté l'amputation dans l'espoir de sauver la vie de la victime. Gideon aurait dû s'en douter à la vue de la bouillie révélée par les radios.

L'employé revint, accompagné de la réceptionniste blonde qui tenait à la main un document. Corelli déchiffra la feuille et la tendit au visiteur.

Le rapport de l'hôpital confirmait que les membres inférieurs du patient avaient été amputés quelques heures après l'accident. Gideon effectua un rapide calcul dans sa tête. Cela faisait une semaine. La gorge nouée, il comprit que tout était fichu.

Le voyant muet de saisissement, son interlocuteur renvoya discrètement les employés de la morgue.

— Que... qu'est-il advenu de ses jambes ? demanda péniblement Gideon.

— J'imagine qu'elles ont été emportées dans le cadre de la procédure normale.

— C'est-à-dire ? On enterre les membres amputés quelque part ?

— Non. En règle générale, ils sont incinérés.

— Ah... balbutia Gideon, hébété. Et... au bout de combien de temps ?

— On ne les garde pas longtemps, comme vous pouvez vous en douter. Écoutez, je suis sincèrement désolé, mais il faut vous habituer à l'idée que ses jambes ont disparu. Je comprends votre émotion, mais… votre ami est mort, résuma-t-il d'une voix compatissante en désignant le corps. Ce que vous voyez ici n'est plus qu'une coquille vide. Votre ami nous a quittés pour une autre dimension où ses jambes ne lui seront plus d'aucune utilité. Du moins est-ce ma conviction personnelle, si vous me permettez de la partager avec vous.

— Bien sûr. C'est juste que…

Il était incapable de continuer. Il avait du mal à croire que tout était fini, qu'il avait échoué lamentablement.

— Je suis désolé, répéta Corelli. Dites-moi si je peux vous aider.

— Inutile, répondit Gideon d'une voix lasse. Je m'en vais.

Il remonta la fermeture Éclair du sac contenant les restes de Wu et repoussa le tiroir en se demandant quel accueil allait lui réserver Eli Glinn.

Il allait quitter la pièce lorsqu'il remarqua la présence silencieuse d'une imposante Afro-Américaine vêtue d'une tenue de chirurgien, son masque sous le menton. Elle s'éclaircit la gorge.

— Je ne souhaitais pas me montrer indiscrète, mais j'ai entendu votre conversation, expliqua-t-elle. Je suis le Dr Brown, médecin légiste.

Un silence embarrassé s'installa.

— Comment vous appelez-vous, monsieur ? demanda-t-elle d'une voix douce.

— Gideon Crew.

— Dans ce cas, je crois pouvoir vous réconforter.

Gideon s'attendait à recevoir un nouveau sermon religieux lorsque son interlocutrice reprit la parole.

— M. Corelli a raison de préciser que les déchets chirurgicaux sont incinérés, mais ce n'est pas ce qui s'est passé dans le cas présent.

Il sursauta.

— Pour quelle raison ?

— New York constitue un cas à part dans ce pays. Lorsqu'un membre est amputé lors d'une opération, à moins que le malade n'ait donné des instructions spécifiques, il est placé dans une boîte qui est ensuite enterrée dans la fosse commune.

Gideon ouvrit des yeux effarés.

— La fosse commune ?

— Oui, le lieu de sépulture réservé aux indigents, conformément à une tradition qui remonte à l'enterrement de Judas.

— Vous voulez dire qu'il existe une fosse commune à New York ?

— Bien sûr. La Ville y enterre les dépouilles de tous ceux dont les corps n'ont pas été réclamés, ou dont la famille est trop pauvre. Il en est de même des membres amputés. C'est donc là que se trouvent les jambes de votre ami.

— Où se situe cette fosse commune ?

— À Hart Island.

— Où est-ce ?

— À ma connaissance, il s'agit d'un îlot inhabité près du Bronx.

— Vous dites que les jambes y ont été enterrées ?

— De toute évidence.

— Existe-t-il un moyen de... de savoir où, précisément ?

— C'est simple, répondit la légiste. À la suite d'une autopsie ou d'une opération, les corps et les membres sont placés dans des boîtes numérotées, de façon à pouvoir les récupérer, pour les besoins d'une enquête, par exemple. Si cela peut vous rassurer, les jambes de votre ami ont été enterrées dans la dignité.

— Je ne sais comment exprimer mon soulagement, balbutia Gideon dont le cœur s'était emballé à l'annonce de cette nouvelle inattendue.

Corelli lui donna une tape amicale sur l'épaule.

— J'espère que vous vous sentez mieux.

— Infiniment, répondit le visiteur. Sauf que j'aurais aimé pouvoir me recueillir devant ses jambes, ajouta-t-il en posant sur la légiste un regard implorant. Vous me comprenez ?

Le Dr Brown dissimulait mal son étonnement.

— J'aurais pensé que cela vous suffirait de vous recueillir devant sa dépouille.

— Bien sûr, mais une partie de son corps ne se trouve pas ici, expliqua-t-il d'une voix chevrotante.

Brown se perdit quelques instants dans ses pensées.

— Il nous arrive très rarement de devoir récupérer un membre. C'est une opération fastidieuse qui peut prendre des semaines, du fait de la paperasse à remplir. Vous devez vous en douter, l'accès de Hart Island est strictement interdit aux visiteurs. Les opérations d'enterrement sont d'ailleurs effectuées par des détenus de Rikers Island.

— Ils doivent bien savoir où sont enterrés les membres, puisqu'on peut les récupérer.

— Les boîtes sont numérotées et empilées dans des tranchées à mesure de leur arrivée. Lorsqu'une tranchée est pleine, on la signale par une plaque en ciment avant de passer à la suivante.

— Comment pourrais-je me procurer le numéro de la boîte et son emplacement précis ?

Brown s'empara de la feuille que tenait Corelli et l'examina, le front barré d'un pli.

— Le dossier indique le numéro. Je suppose que cela devrait suffire pour en connaître l'emplacement exact.

Gideon tendit la main.

— Puis-je jeter un coup d'œil ?

La légiste lui donna la feuille et il s'empressa de noter le numéro indiqué : 695-998 MSH.

— Je vous remercie infiniment.

— Si vous n'avez rien d'autre à me demander, on m'attend en salle d'autopsie. Nous manquons de personnel, en ce moment.

— Je vous en prie, docteur Brown. Et merci encore. Ne vous inquiétez pas pour moi, je retrouverai mon chemin tout seul.

— Je suis dans l'obligation de vous raccompagner jusqu'à la réception.

Gideon lui emboîta le pas et ils passèrent devant la salle d'autopsie dans laquelle régnait la plus grande agitation. Une dizaine de policiers de la brigade criminelle se trouvaient encore dans la pièce et plusieurs de leurs collègues discutaient devant la porte. De nombreux journalistes se pressaient à l'entrée du couloir.

— Tout ça pour un meurtre ? s'enquit Gideon.

— Il faut dire que l'assassin a fait preuve d'une brutalité inouïe, répliqua Brown d'une voix grave. Excusez-moi, vociféra-t-elle en repoussant les membres d'une équipe de télévision particulièrement collante.

D'autres journalistes se ruèrent vers elle en voyant sa tenue chirurgicale.

— Bonne chance, lui glissa Gideon en l'abandonnant à son sort.

— Les suspects ! cria une voix. Vous avez des suspects ?

— À quel endroit de l'église se trouvait le corps ?

— Des témoins ? Une piste ?

Gideon écarta d'un coup de coude un preneur de son baraqué qui lui bloquait le passage.

— ... vrai qu'on lui a arraché la trachée, comme la victime de Chinatown ?

Il se retourna, comme mû par un ressort. Qui avait posé cette question ? Il attrapa le reporter le plus proche par le revers de sa veste.

— C'est vrai ce que je viens d'entendre ? La victime a eu la trachée arrachée ?

— Vous êtes un témoin ? lui demanda le journaliste, tout excité. Bronwick, du *Post*.

Il dévisagea son interlocuteur à qui ses petites dents jaunes donnaient un air de fouine, et qui s'exprimait avec un accent cockney pour le moins incongru.

— Peut-être, mais commencez par répondre à ma question : la victime a eu la trachée arrachée ?

— Oui. Un meurtre horrible. Le corps a été retrouvé sous un banc de Saint Bartholomew. La fille avait été quasiment décapitée, comme le type de l'autre jour, à Chinatown. Je peux vous demander comment vous vous appelez, et votre rapport avec l'affaire ?

— Quoi ? Vous avez dit la fille ? Son nom, vite !

Il éprouvait brusquement une sensation atroce, comme si une armée de fourmis lui grignotaient les nerfs.

— Oui, une fille approchant de la trentaine…

— Son nom ! cria Gideon en secouant le reporter. Donnez-moi son nom !

— Doucement, mon gars, répliqua l'autre avec son accent des faubourgs londoniens. Une certaine Marilyn quelque chose…

Il consulta brièvement ses notes.

— Marilyn Creedy. Maintenant, dites-moi un peu ce que vous savez.

Gideon le repoussa d'une bourrade et quitta la morgue en courant.

57

Une aube jaunâtre se levait au-dessus du Mosholu Parkway, en plein cœur du Bronx. Gideon Crew, assis dans le Lexington Avenue Express, regardait par la fenêtre sale du wagon sans rien voir, rien entendre, rien ressentir. Cela faisait des heures qu'il enchaînait les allers et retours sur la même ligne de métro, entre le terminus d'Utica Avenue dans le Queens et celui de Woodlawn dans le Bronx, emporté par le tourbillon de ses émotions.

Lui qui n'avait pas pleuré depuis des années avait laissé échapper des larmes de rage, de chagrin, de honte à l'idée de sa bêtise et de son égoïsme. Une fois dépassé le stade des pleurs, il commençait peu à peu à recouvrer un semblant de sang-froid.

Pélican avait assassiné Orchidée et dissimulé son cadavre de façon à ce qu'il soit découvert plus tard, lui laissant le temps de s'enfuir tranquillement. Il l'avait tuée pour deux raisons : elle en savait trop, mais ce n'était pas sa motivation essentielle. Il voulait forcer son adversaire à sortir du bois. Et la manœuvre avait porté ses fruits, car Gideon était désormais décidé à l'affronter.

Il avait profité de ces heures passées dans le métro pour fourbir son plan. L'objet de leurs recherches était enterré à Hart Island ; tous les deux devaient donc s'y rendre, mais un seul en reviendrait vivant. Et Gideon comptait bien tourner la situation à son avantage, avec l'aide de Mindy Jackson.

Il sortit son portable et composa le numéro de la jeune femme.

À son grand étonnement, elle décrocha aussitôt.

— Où es-tu ? lui demanda-t-il.

— À Manhattan. Je n'ai pas encore réussi à retrouver la femme. Et toi ?

— Moi si, et ce n'est pas tout.

Sa réponse fut ponctuée par un silence.

— Raconte-moi, reprit-elle d'une voix glaciale.

— À une condition : tu me laisses prendre la direction des opérations.

Nouveau silence.

— OK, d'accord. C'est toi qui décides.

— Wu ne transportait pas les plans d'une arme secrète, mais un morceau de fil électrique dissimulé dans sa cuisse. Un fil d'un alliage révolutionnaire, dont la séquence de chiffres indique la composition. La recette, si tu veux.

— Un alliage de quelle sorte ?

— Un supraconducteur à température ambiante.

En quelques mots, Gideon lui détailla l'importance d'une telle découverte dont Jackson mesura instantanément les enjeux stratégiques et économiques.

— Ses jambes, amputées à la suite de l'accident, sont enterrées dans une fosse commune à Hart Island. Le temps de régler quelques détails et je compte bien les récupérer ce soir.

— Comment veux-tu t'y prendre ?

— Les membres sont inhumés dans une boîte dont j'ai réussi à me procurer le numéro. J'ai tout prévu. On peut louer des canots à moteur dans un magasin d'articles de pêche de City Island, Murphy's Bait & Tackle. On se retrouve là-bas à 21 heures.

— À quelle distance de la rive se trouve Hart Island ?

— Un peu moins de deux kilomètres au nord-est de City Island, en face de Sand's Point. Munis-toi d'un fusil à lunette.

— Je n'en reviens pas. Comment as-tu réussi… ?

Il la coupa.

— Pélican sera là.

— Oh putain !

— Souviens-toi de notre accord. Tu me laisses gérer la crise. Pas question d'appeler tes petits copains de la CIA à la rescousse pour qu'ils lui foutent la trouille. Rien que toi et moi.

Il referma le portable d'un geste sec et ramassa par terre un papier gras sur lequel il entama la rédaction d'un message.

Pélican, installé sur le trottoir devant Saint Bartholomew, grattait doucement les cordes de sa vieille guitare. La police avait terminé son travail, les barrières avaient disparu et une équipe de nettoyage s'était chargée d'effacer les traces du meurtre commis à l'intérieur de l'église. La vie avait repris ses droits, la journée s'annonçait magnifique, seuls quelques nuages pommelés traversaient le bleu du ciel. Il n'y avait plus qu'à attendre.

I wants my lover, come and drive my fever away,
I wants my lover, come and drive my fever away.

Il vit Crew déboucher de la 49e Rue à contre-courant de la marée des travailleurs. Pile à l'heure. Il constata avec satisfaction que son ennemi avait l'air hagard.

Celui-ci traversa Park Avenue et marcha droit sur son adversaire qui continuait de chanter doucement, la caisse de guitare ouverte à ses pieds. Il se planta devant lui, sans que l'artiste donne l'impression de remarquer sa présence.

Doctor says she'll do me more good in a day
Than he would in all of his days.

Crew se pencha et déposa un papier gras tout froissé dans la caisse, à côté des pièces et des billets jetés par les passants. Lorsque Pélican plaqua l'accord final, les regards des deux hommes se croisèrent. Ils s'observèrent pendant près d'une minute, sans un mot, le tueur savourant la lueur de haine qui brillait dans les yeux de son adversaire. Soudain, ce dernier tourna les talons et repartit en direction de Lexington Avenue.

Pélican attendit qu'il ait disparu pour déplier le petit papier sur lequel il découvrit une courte note.

« Rendez-vous à minuit à Hart Island. C'est là que sont enterrées les jambes de Wu suite à son amputation. Leur emplacement exact figure sur un papier au fond de ma poche. Il faudra me tuer pour le récupérer et entrer en possession du supraconducteur. Ou alors, c'est moi qui vous tuerai. L'un de nous deux ne sortira pas vivant de Hart Island.

Vous l'aurez voulu, ainsi soit-il.

G.C. »

Il froissa la feuille et la serra dans son poing d'un air satisfait.

58

Qui dit drogue dit armes à feu. Le centre névralgique de ce trafic à New York se trouvait au cœur du quartier bien mal nommé de Mount Eden, dans le sud du Bronx. Gideon avait pris place dans une rame de la ligne D, une épaisse liasse de billets au fond de sa poche. Ce n'était probablement pas le moyen le moins dangereux de se procurer une arme, mais c'était le plus efficace dans le peu de temps qui lui était imparti.

Le métro quittait la station de la 161e Rue et de Yankee Stadium lorsqu'un passager fraîchement embarqué prit place à côté de lui. Gideon ne reconnut pas immédiatement Garza, attifé en personnage bohème avec un béret noir et un caban.

— À quoi jouez-vous exactement ? demanda-t-il d'une voix qui avait perdu toute aménité.

— Je fais mon boulot.

— Vous avez perdu la tête, oui ! Vous devez vous calmer. Accompagnez-moi au siège d'EES, nous discuterons de la suite ensemble.

— Vous n'êtes plus concernés, répliqua Gideon sans prendre la peine de chuchoter. J'en fais une affaire personnelle.

— C'est bien ce que je disais. Vous n'avez plus le recul nécessaire. Je n'ai jamais vu quelqu'un d'aussi amateur. Eli a eu tort de vous accorder sa confiance. Vous mettez la mission en péril en vous comportant de la sorte.

Gideon garda le silence.

— À quoi rimait tout ce cirque à l'institut Throckmorton ? À compter de maintenant, nous voulons connaître à l'avance tous vos faits et gestes. Si vous croyez pouvoir gagner face à Pélican, vous vous trompez lourdement.

Gideon eut le sentiment que son interlocuteur n'était pas au courant de la visite qu'il projetait à Hart Island, et éprouvait une certaine fierté à l'idée d'avoir berné Glinn et son acolyte.

— Je m'en occupe tout seul.

— Pas question. Vous avez besoin de renforts. Arrêtez de vous comporter comme un idiot.

Il ne reçut pour seule réponse qu'un petit ricanement.

— Où lui avez-vous donné rendez-vous ? insista Garza.

— Ça ne vous regarde pas.

— Ne vous avisez pas de nous trahir, Crew, sinon je vous jure qu'on s'occupera de vous.

Ce dernier hésita. La situation était périlleuse, inutile de la compliquer davantage.

— Je dois le retrouver à Corona Park.

— Corona Park ?

— Dans le Queens. Sur le lieu de l'ancienne exposition universelle. Je lui ai donné rendez-vous à l'Unisphère.

Un court silence.

— Quand ?

— Ce soir, à minuit.

— Pourquoi là-bas ?

— Je cherchais un endroit tranquille.

— Un endroit tranquille, répéta Garza en secouant la tête.

— Pélican a assassiné mon amie. Entre nous, c'est désormais une lutte à mort. Je vous l'ai dit, ça n'a pas de rapport avec vous. Je finirai ma mission quand j'en aurai terminé avec lui. Ne vous avisez pas de me mettre des bâtons dans les roues.

Garza resta un moment silencieux, puis il hocha la tête. Lorsque la rame s'arrêta à la station suivante, il se leva et quitta le wagon d'un air dégoûté.

Crew descendit à la station de la 170e Rue et se dirigea vers le parc en passant devant une rangée d'immeubles abandonnés. À l'entrée du jardin public – une aire de terre battue couverte de détritus en guise de pelouse –, il ralentit le pas en multipliant les regards furtifs, à la façon d'un bourgeois ordinaire en quête de dope. Un dealer s'arrangea pour croiser sa route en murmurant « de l'herbe, de l'herbe » au moment où il passait à sa hauteur.

Gideon se retourna.

— OK.

Le dealer, un ado trapu habillé d'un baggy qui lui tombait sur les genoux, un peigne coincé dans sa tignasse, fit demi-tour.

— Qu'est-ce que tu veux ? Herbe, poudre, héro…

— Un flingue.

L'autre se figea.

— Je suis prêt à payer ce qu'il faut, poursuivit l'acheteur. J'ai besoin d'un gros calibre, de la came de qualité.

Le dealer donna l'impression de n'avoir pas entendu, puis il grommela « attends-moi » et s'éloigna.

Gideon attendit. Vingt minutes plus tard, le gamin était de retour.

— Viens, lui souffla-t-il.

Ils quittèrent le parc et pénétrèrent dans un immeuble abandonné de Morris Avenue, une vieille bâtisse en pierre aux fenêtres crevées dans laquelle flottait une odeur d'urine entêtante. La manœuvre n'était pas sans risque, mais cela valait mieux que de supplier Garza pour obtenir une arme.

Le dealer s'approcha de la cage d'escalier et siffla.

Un deuxième sifflement lui répondit.

— Au premier, annonça le gamin.

Gideon monta les marches en écrasant un tapis de capotes usagées, de fioles de crack vides et de vomi. Deux Latinos l'attendaient sur le palier du premier, habillés de survêtements de marque, de grosses baskets aux pieds. Le plus grand des deux arborait une barbiche de cinq jours soigneusement taillée, un assortiment impressionnant de bagues et de chaînes en or, et un fort parfum de déodorant bon marché flottait autour de sa personne. Son acolyte, plus petit, avait le visage couvert de boutons.

— Montre ton fric, exigea le grand Latino en affichant un sourire supérieur.

— Je vois le flingue d'abord.

Le vendeur enfonça les mains dans les poches de son survêtement et toisa Gideon afin de l'intimider.

— On a le flingue.

— Alors, montre-le. J'ai pas tout mon temps.

Le type boutonneux glissa la main dans la poche de sa veste et laissa entrevoir un pistolet.

— Beretta 9 mm.

— Combien ?

— Combien t'as ?

Gideon était au bord de l'ébullition.

— Écoute-moi, connard. Tu me donnes ton prix et je regarde le flingue. Si c'est bon, je te file ton fric. Sinon, je me casse.

Le grand type hocha la tête, une moue aux lèvres.

— Montre-lui.

Le boutonneux sortit l'arme et la tendit à l'acheteur qui l'examina rapidement en actionnant la culasse à plusieurs reprises.

— Le chargeur ?

L'autre le lui tendit et Gideon s'en empara, sourcils froncés.

— Les balles ?

— Hé, mec. Pas question de tirer ici.

Il avait raison. Il devrait tester l'arme plus tard. Il inséra le magasin, soupesa le pistolet et pressa la détente. L'arme semblait en parfait état.

— Je la prends.

— Deux mille.

Un prix élevé pour un flingue à sept cents dollars. Gideon l'examina de plus près. Le numéro de série avait été limé, ce qui ne changeait rien : quelques gouttes d'acide suffiraient à le révéler. Il glissa la main dans la poche de sa veste et saisit quatre des liasses de cinq cents préparées à l'avance, les tendit au grand type et mit l'arme dans sa poche.

Il posait le pied sur la première marche lorsqu'il entendit une voix dans son dos.

— Une minute.

Il se retourna et constata que les deux types le tenaient en respect avec leurs pistolets.

— File-moi le reste de ton fric, lui ordonna le grand.

Gideon ouvrit de grands yeux.

— Tu voles tes clients ?

— Tu l'as dit, bouffi.

Il avait encore deux mille dollars en poche. Après un court instant de réflexion, il les jeta aux pieds des deux types.

— C'est tout ce que j'ai.

— Le flingue aussi.

— Là, tu vas un peu loin.

— Alors, tu peux dire adieu à la vie, blanc-bec.

— Blanc-bec ? répéta Gideon, incrédule.

Il tira le Beretta de sa poche et visa les deux types.

— Tu oublies qu'il est pas chargé, trou du cul.

— Si je vous le donne, vous promettez de me laisser repartir ? gémit-il.

— No souci, répondirent les racailles avec un sourire mauvais.

Ils éclatèrent de rire en voyant que la main de leur victime tremblait, puis le plus grand tendit le bras afin d'attraper le Beretta. Profitant de cet instant de distraction, Gideon désarma le boutonneux d'une manchette et le déséquilibra d'un coup de pied derrière le genou tout en se jetant de côté. Le grand pressa la détente, mais son adversaire se rua sur lui en poussant un hurlement de rage, lui arracha brutalement l'arme des mains et lui fourra le canon dans l'œil.

— Non, nooooon ! hurla le type en tentant de se dégager.

Le canon de l'arme, enfoncé douloureusement dans son orbite, l'empêchait de bouger.

— Arrête, putain. Pas ça, je t'en prie ! Mon œil !

Le boutonneux s'était relevé et menaçait Gideon.

— Lâche ton flingue ou je tire ! lui ordonna ce dernier en criant comme un possédé. Et je te tue ensuite !

— Lâche ton flingue, implora le grand. Fais ce qu'il te dit !

Le boutonneux recula, paniqué, fit volte-face et dévala l'escalier quatre à quatre, rata une marche, s'écroula, puis s'enfuit en boitant.

— On dirait qu'on est tout seuls, à présent, remarqua Gideon.

Un liquide chaud lui coulait le long du bras. La balle lui avait probablement éraflé l'épaule, mais il ne sentait rien.

Le grand type marmonnait des paroles incohérentes. Son adversaire fouilla ses poches et trouva, en plus de son argent et d'un couteau, une liasse d'au moins cinq mille dollars qu'il confisqua. Il arracha les colliers en or, les bagues en diamant, ainsi que le portefeuille de sa victime, ses clés de voiture et de maison, un peu de monnaie et une demi-douzaine de balles de 9 mm, manifestement celles du Beretta.

Il se releva en laissant sa victime prostrée sur le palier gémir comme un bébé.

— Écoute-moi bien, Fernando, le prévint Gideon qui avait lu son nom sur son permis de conduire. J'ai tes clés et ton adresse. À la moindre connerie de ta part, je viens chez toi et je tue ta femme, tes gosses, ton chien, ton chat et ton poisson rouge.

L'autre couvrit ses yeux de ses mains en se balançant lamentablement sur le dos ; Gideon l'abandonna à son sort.

Quelques instants plus tard, après s'être assuré que le boutonneux ne le guettait pas, il reprenait le chemin du métro. En chemin, il se débarrassa des clés, de la quincaillerie et du portefeuille de Fernando, ne conservant que les armes et l'argent.

Il disposait à présent de deux pistolets. Collé contre la porte d'un immeuble abandonné, il examina sa prise de guerre : un Taurus Millenium Pro de calibre .32 avec un chargeur plein. Il inséra les balles de 9 mm dans celui du Beretta et glissa les deux armes dans sa ceinture, au niveau des reins, puis il retira sa veste et examina sa blessure. Elle n'était pas aussi superficielle qu'il l'avait cru, mais la balle avait uniquement entamé les chairs. Il se rhabilla et regarda sa montre. 10 heures.

Il se dirigea vers un drugstore où il se procura des pansements qu'il utilisa sans attendre après s'être enfermé aux toilettes. En passant devant une papeterie, il acheta un carnet, du papier, des stylos et une grande enveloppe de papier kraft. Quelques instants plus tard, assis dans un café, il rédigeait son testament.

59

Le café ne manquait pas de charme, surtout dans un quartier aussi oppressant. La serveuse était une ogresse d'une soixantaine d'années, vive comme une adolescente, coiffée à la Jeanne d'Arc et maquillée à la truelle. Elle s'approcha avec bonne humeur.

— Qu'est-ce que je vous apporte, mon chou ?

Pour la première fois depuis une éternité, Gideon ressentait l'envie de sourire.

— Un café, des œufs au plat bien cuits, du bacon et des toasts.

— C'est comme si c'était fait.

Il la regarda s'éloigner et ouvrit le carnet qu'il venait de se procurer. Ses deux trésors les plus précieux étaient son chalet de pêche dans les monts Jemez et le dessin de Winslow Homer. Ce dernier reprendrait sa place au musée Merton de Kittery, dans le Maine, où il l'avait dérobé des années plus tôt. Quant au chalet... Il voulait le léguer à quelqu'un qui l'apprécierait à sa juste valeur et ne le laisserait pas tomber en ruines. Quelqu'un, surtout, qui ne le vendrait pas à un promoteur immobilier. Quand bien même il sortirait vainqueur de son duel avec Pélican, ce qu'il fallait encore prouver, comment oublier qu'il lui restait un an à vivre ?

La serveuse déposa devant lui une assiette bien garnie.

— Vous écrivez le roman du siècle ? plaisanta-t-elle.

Il prit alors soudainement la mesure de sa solitude. Depuis son entrée dans l'âge adulte, il avait passé son temps à repousser les autres. Il n'avait pas de famille, pas d'amis, pas de collègues auxquels il était attaché. Son seul copain était Tom O'Brien, mais leurs relations s'étaient toujours limitées à la sphère professionnelle et Gideon lui reprochait de manquer d'intégrité. Sa seule véritable amie avait été une prostituée, et elle était morte par sa faute.

— Encore un peu de café ? lui demanda la serveuse.

— Avec plaisir.

Il eut alors une révélation. Il savait à qui il pouvait accorder sa confiance : Charlie Dajkovic. Les deux hommes ne s'étaient plus parlé depuis la mort du général Tucker, et il aurait été exagéré de prétendre qu'ils étaient amis, mais Dajkovic était un type bien.

Gideon se mit à écrire frénétiquement d'une main dont il tentait de contrôler les tremblements. Il léguait à Dajkovic son chalet avec l'ensemble de son contenu, à l'exception du dessin de Winslow Homer qu'il demandait à son légataire de rendre anonymement au musée Merton. Inutile d'avoir échappé aux soupçons toute sa vie pour se trouver accusé après sa mort.

En quelques minutes, le document était prêt. Tout en relisant sa prose, il repensa à son refuge secret de Chihuahueños Creek. Il avait mis des années à dénicher ce coin de paradis. Il retourna la feuille et dessina un plan à l'intention de Dajkovic, accompagné de quelques instructions sur le choix des mouches idéales en fonction des saisons.

Pourvu que ce type aime la pêche…

Sa tâche achevée, il adressa un signe à la serveuse.
— Du café ? sourit-elle.
— Non, un petit service.
Le visage de la femme s'illumina.
— Cette lettre est mon testament, expliqua Gideon. Il me faut deux témoins pour le valider.
— Mais enfin, mon chou, pourquoi penser à ça maintenant ? Si vous avez la trentaine, c'est le bout du monde, réagit-elle en remplissant sa tasse d'office. J'ai trente ans de plus que vous et je n'y ai encore jamais pensé.
— Je suis atteint d'une maladie incurable, laissa-t-il échapper.
À peine les mots étaient-ils sortis de sa bouche qu'il se demandait quelle mouche l'avait piqué de se confier à une inconnue.
Celle-ci posa une main amicale sur son épaule.
— Je suis désolée. Rien n'est jamais gravé dans le marbre. Adressez-vous au Seigneur, il accomplit des miracles.
Elle se retourna.
— Gloria ? Viens ici un instant, ce monsieur a besoin de nous.
Sa collègue, une petite boulotte d'une vingtaine d'années, s'approcha de la table, trop heureuse de rendre service. Gideon avait du mal à cacher son émotion face à deux personnes aussi désintéressées.
— Je vais signer ce document devant vous, leur expliqua-t-il. Je voudrais ensuite que vous y apposiez votre signature en précisant votre identité en lettres capitales.
Le testament dûment signé et contresigné, Gideon se leva. La grosse femme le serra alors spontanément dans ses bras.
— Priez le Seigneur, répéta-t-elle. Pour Lui, rien n'est impossible.

— Je vous remercie toutes les deux de votre gentillesse.

Les deux femmes s'éloignèrent ; Gideon se rassit afin de rédiger une note d'explication à l'attention d'Eli Glinn, qu'il glissa dans l'enveloppe avec le testament. Au moment de quitter la table, il fourra les cinq mille dollars de Fernando sous son assiette et regagna la rue.

Il déposa l'enveloppe dans une boîte aux lettres, submergé par un sentiment d'abandon à l'idée de quitter si vite cette planète, quelle que soit l'issue de sa confrontation.

Peut-être la serveuse avait-elle raison de lui conseiller la prière, puisque rien d'autre n'avait fonctionné tout au long de sa chienne de vie ?

60

Gideon prit le métro jusqu'à son terminus, puis monta à bord d'un bus à destination de City Island. À midi, il contemplait la façade du Murphy's Bait & Tackle en écoutant les mouettes piailler au-dessus de sa tête. Personne n'aurait pu imaginer que ce paisible village côtier faisait partie de la ville de New York.

Il poussa la porte du magasin d'articles de pêche et se retrouva dans une pièce toute en longueur dont trois des murs étaient couverts de casiers vitrés. Un géant vêtu d'un T-shirt se tenait derrière le comptoir.

— Je peux vous aider ? lui demanda-t-il d'une voix sonore teintée d'un fort accent du Bronx.

— Vous êtes Murphy ?

— Lui-même, en personne.

— J'aurais souhaité louer un bateau.

Le temps de remplir quelques documents et le géant conduisait son client jusqu'à l'eau. Une dizaine de barques en fibre de verre, toutes équipées d'un moteur de six chevaux, d'une ancre et d'un jerrican d'essence, étaient amarrées le long du quai.

— Il va y avoir de l'orage, prévint Murphy en veillant aux derniers préparatifs. Soyez rentré pour 16 heures.

— Pas de problème, répliqua Gideon en rangeant la canne à pêche et les appâts achetés au commerçant pour ne pas attirer ses soupçons.

Il s'éloigna de la rive, passa sous le pont de City Island et pénétra dans les eaux du détroit de Long Island. Hart Island se trouvait à moins d'un kilomètre au nord-est, une langue de terre enveloppée de brume que dominait une cheminée haute de cinquante mètres. Le vent s'était levé et le frêle esquif tressautait sur les vagues qui fouettaient sa proue. Des nuées sombres s'accumulaient dans le ciel et les mouettes se laissaient porter par la force des courants ascensionnels en criant.

Gideon consulta la carte marine qu'il s'était procurée et prit ses repères – Execution Rocks, les îles des Blauzes, David's Island, High Island, Rat Island – en sachant qu'il ferait nuit lors de son équipée.

La barque, difficilement propulsée par son maigre moteur, avançait à une allure d'escargot, mais la silhouette de Hart Island commençait à émerger du brouillard.

Long de près de deux kilomètres, l'îlot comptait plusieurs petits bois éparpillés entre des bâtiments de brique. Parvenu à cent mètres du rivage, Gideon vira de bord et fit le tour de l'île en l'étudiant à la jumelle. L'immense cheminée s'élevait d'un ensemble en ruines qui avait dû être autrefois une centrale électrique. Le bout de terre était protégé par une barrière de récifs, et d'immenses pancartes érigées tous les cent mètres sur les plages de galets prévenaient les visiteurs :

Service pénitentiaire de la Ville de New York
ACCÈS INTERDIT À TOUTE PERSONNE
NON AUTORISÉE
SOUS PEINE D'AMENDE

Il atteignait la pointe nord lorsqu'il remarqua de l'activité sur l'île. Le moteur au ralenti, il observa la scène à la jumelle. De l'autre côté d'un bois de chênes, un groupe de prisonniers en tenues orange travaillaient en plein champ. Une pelleteuse ronronnait, légèrement à l'écart. Les hommes déchargeaient des cercueils à l'arrière d'un camion et les déposaient le long d'une tranchée fraîchement creusée, sous la surveillance de gardiens lourdement armés.

Porté par le courant, Gideon poursuivit son observation en prenant des notes, puis il ranima le moteur et longea la côte est. Il ne tarda pas à découvrir une longue plage de sable couverte de bois flotté, de détritus et d'épaves de toutes sortes, qui s'arrêtait au pied d'une digue en béton au-delà de laquelle s'élevait la grande cheminée. Sur la façade de brique du bâtiment principal était peint en lettres gigantesques :

PRISON
ACCÈS INTERDIT

Le navigateur décida d'accoster au pied de la digue, près d'un marécage d'eau salée. Il avança prudemment au milieu des récifs. Quelques instants plus tard, il coupait le moteur, sautait dans un mètre d'eau et tirait la barque sur le sable.

Un regard à sa montre lui indiqua qu'il était 13 heures.

61

Gideon traversa la plage, franchit la digue et s'abrita derrière un bosquet afin de se repérer. À sa gauche se trouvait un pré derrière lequel se dressait l'ancienne centrale électrique ; de l'autre côté, à l'écart de la plage, quelques dizaines de bungalows dessinaient un village avec ses rues, ses réverbères, ses trottoirs : un banal quartier de banlieue abandonné, les toits des pavillons effondrés, leurs vitres cassées, façades et réverbères étouffés par la végétation, le macadam des rues transformé en puzzle par le labyrinthe des mauvaises herbes.

Il s'immobilisa, tous les sens aux aguets. Du nord lui parvenait le ronronnement de la pelleteuse, mais la partie de l'île où il se trouvait était déserte. Il tira de sa poche le plan Google Maps qu'il avait pris la précaution d'imprimer et s'orienta soigneusement, puis il emprunta une rue envahie de buissons et traversa le pré en direction de la centrale. Un bloc de pierre gravé, apposé sur la façade du premier bâtiment, indiquait la fonction du lieu et sa date de construction : SALLE DES DYNAMOS – 1912. Il s'approcha des fenêtres étoilées et découvrit à l'intérieur des restes de machinerie : rouages, courroies d'entraînement, vilebrequins, conduites à vapeur et compteurs cassés, ainsi qu'une chaudière en tôle mangée par les serpents de lierre qui descendaient du toit crevé.

Gideon prit la direction du site réservé aux inhumations. Il avançait lentement en se protégeant derrière les buissons et les arbres bordant la route. À mesure de son avancée, il prenait des notes et mémorisait le moindre repère en s'aidant de la photo satellite. Le décor, apocalyptique, avait tout d'une ville fantôme. Les maisons étaient restées en l'état, ouvertes à tout vent, comme si leurs occupants les avaient quittées sur un coup de tête, un demi-siècle plus tôt. Des carcasses de voitures surgissaient ici et là au milieu des broussailles ; les étagères de l'épicerie débordaient de marchandises rongées par la moisissure ; les ouvertures béantes des pavillons laissaient deviner des meubles en piteux état dans un décor de papier peint décomposé. Un parapluie solitaire montait la garde dans une entrée ; un vieux chapeau attendait vainement sur une table. Gideon passa successivement devant une chapelle en ruines, une boucherie dont on apercevait encore les couteaux fixés à un billot de bois, et traversa la place de la petite ville au centre de laquelle gisait une poupée Barbie décapitée. Le terrain de base-ball s'était métamorphosé en forêt miniature, les gradins revêtus d'un épais manteau de lierre.

Gideon contourna les ruines d'un sanatorium, puis celles de plusieurs dortoirs réservés aux délinquants juvéniles, la devise « DIEU ET TRAVAIL » gravée dans les linteaux de portes. Sous-sols et fondations, lorsqu'ils n'étaient pas protégés par des restes de plancher, béaient lamentablement, à la limite de l'effondrement. Une nouvelle consultation de l'image satellite lui permit de localiser, au-delà des dortoirs, l'immense rotonde en béton, trouée de trappes rouillées, d'une ancienne rampe de lancement de missiles Nike.

À mesure qu'il approchait de l'extrémité nord de l'île, les bâtiments s'espaçaient et laissaient place à des champs mal entretenus, parsemés de stèles en ciment numérotées, pendant que le grondement du moteur de la pelleteuse s'intensifiait. Gideon s'enfonça dans un petit bois en poursuivant sa progression. Cinq cents mètres plus loin, il en sortit et s'allongea au milieu des herbes afin d'observer l'activité des prisonniers, à une centaine de mètres de là.

Les détenus saisissaient des cercueils alignés le long d'une tranchée et les déposaient les uns après les autres dans la terre fraîchement creusée en les disposant par groupes de vingt-quatre : six en hauteur, quatre en largeur. Il regarda les hommes entasser deux piles successives et nota que chacun des cercueils portait un numéro, écrit au marker noir sur le couvercle et les côtés. Un prisonnier armé d'un bloc surveillait la manœuvre en prenant des notes, suivi par des gardiens armés de pistolets et de fusils.

Leur tâche achevée, les détenus quittèrent la tranchée et disposèrent des carrés de tôle ondulée au-dessus des cercueils. Le conducteur de la pelleteuse ralluma le moteur de son engin dans un épais nuage de fumée et reboucha l'excavation. Le vent, de plus en plus violent, faisait danser les faîtes des arbres en apportant à Gideon des odeurs d'humus, de formol et de décomposition. Le hangar de brique que l'on apercevait un peu plus loin abritait une seconde pelleteuse.

Il se releva discrètement et contourna le champ, à la recherche d'un observatoire qui lui permettrait de repérer l'emplacement des petites boîtes contenant les membres amputés. Il comprit qu'il touchait au but en découvrant un peu plus loin une tranchée, parallèle à la première et partiellement recouverte, dans laquelle attendaient des caissettes numérotées. Mais il n'était pas certain d'avoir trouvé ce qu'il cherchait. Le seul moyen de s'en assurer était de s'approcher, ce qui lui était impossible sans être vu.

L'instant suivant, il se relevait et traversait le champ d'un pas nonchalant, les mains dans les poches.

62

La réaction ne se fit pas attendre.

— Hé, vous !

Deux gardiens se précipitèrent dans sa direction, l'arme au poing. Gideon accéléra alors le pas afin de rejoindre la tranchée avant d'être intercepté. Il s'arrêtait au bord du trou lorsque les deux types parvinrent à sa hauteur.

— Gardez les mains bien en vue ! Bien en vue !

L'intrus posa sur eux un regard surpris.

— Que se passe-t-il ?

— Ne bougez pas ! Les mains bien en vue !

L'un des gardiens le mettait en joue, un genou à terre, tandis que son collègue s'approchait prudemment, le canon de son fusil en avant.

— Les mains derrière la tête !

Gideon obtempéra.

Les deux hommes, un Blanc et un Noir, ne manquaient pas de répondant à en juger par les muscles qui se dessinaient sous leurs chemises bleues, ornées dans le dos de l'inscription « NEW YORK – ADMINISTRATION PÉNITENTIAIRE » en lettres noires. Le Blanc palpa longuement Gideon, puis lui vida les poches et récupéra successivement l'image satellite et le carnet, ainsi qu'un portefeuille dans lequel se trouvait un parchemin préparé pour l'occasion.

— Il n'est pas armé.

Son collègue rengaina son Glock.

— Montrez-nous un peu vos papiers.

— Je n'ai rien fait, je le jure ! s'écria Gideon d'une voix faussement paniquée, les mains levées. Je voulais juste visiter l'île !

— Vos papiers ! Tout de suite !

Il tendit au gardien son permis de conduire du Nouveau-Mexique.

— Qu'est-ce qui se passe ? L'île est interdite ?

Les deux hommes examinèrent l'un après l'autre le document.

— Vous avez pas vu les pancartes ?

— Quelles pancartes ? Je suis un simple touriste en…

— Arrêtez vos salades, le coupa brutalement le Noir, qui menait la danse. Il y a des pancartes tout autour de l'île et vous prétendez ne pas les avoir vues ?

Il fut interrompu par une voix qui s'éleva en crépitant du haut-parleur de sa radio, s'inquiétant de l'intrus.

— Rien de grave, répondit-il en approchant le micro de sa bouche. Un type du Nouveau-Mexique. On s'en occupe.

Il rangea son appareil et regarda le visiteur en plissant les yeux.

— Ça vous ennuierait de nous raconter comment vous avez atterri ici et ce que vous fichez dans le coin ?

— J'étais… j'étais parti pêcher, et quand j'ai vu l'île, j'ai voulu la visiter.

— Ah ouais ? Parce que vous êtes aveugle, en plus ?

— Je vous jure, je n'ai pas vu de pancarte… La mer était agitée, je faisais attention au bateau, geignit-il avec conviction.

Le Blanc lui brandit le parchemin sous le nez.

— Et ça, qu'est-ce que c'est ?

Gideon piqua un fard et resta muet. Ses deux interlocuteurs échangèrent un regard amusé.

— On dirait une carte au trésor, reprit le Blanc en agitant la feuille sous le nez de Gideon.

— Je… je… bredouilla-t-il, incapable d'aller plus loin.

— Allez, arrêtez vos conneries. Vous êtes un chercheur de trésor.

Gideon baissa honteusement la tête.

— Euh… oui, murmura-t-il.

— Expliquez-vous.

— J'étais en vacances ici quand un type m'a vendu ce plan sur… Canal Street, je crois. Je suis en effet chasseur de trésor amateur.

— Canal Street ?

Les deux hommes levèrent les yeux au ciel. Le Noir s'empara du plan en s'efforçant de ne pas rire.

— Vous n'êtes même pas sur la bonne île.

— Comment ça, pas sur la bonne île ?

— La croix qui figure sur ce plan représente David's Island, c'est-à-dire l'île qui se trouve là-bas, précisa-t-il d'un mouvement de tête.

— On n'est pas sur David's Island ?

— Non, vous êtes sur Hart Island.

— Je ne suis pas un as de la navigation, j'ai dû me tromper.

Les deux gardiens éclatèrent d'un rire plus amusé que moqueur.

— Pour vous être trompé, vous vous êtes trompé. Et quel pirate est censé avoir enterré son trésor dans le coin ? Le capitaine Kidd ?

Nouveaux gloussements.

— Allez, monsieur Crew, déclara le gardien noir en recouvrant son sérieux. Vous saviez très bien que vous n'aviez pas le droit de pénétrer sur cette île. Vous avez très bien vu les pancartes. Je me trompe ?

Gideon baissa la tête.

— Oui, je le reconnais. Je m'excuse.

La radio crépita de nouveau.

— Un chasseur de trésor, capitaine, répondit le Noir. Armé d'un plan acheté sur Canal Street.

Un caquètement de rire sortit du haut-parleur.

— Qu'est-ce qu'on fait de lui ?

L'oreille collée au haut-parleur, le gardien écouta la réponse de son supérieur et rengaina sa radio.

— Vous avez de la veine qu'on ne vous arrête pas, déclara-t-il à Gideon. Le chef a décidé de vous laisser repartir. Où se trouve votre bateau ?

— Sur la plage, près de la grande cheminée.

— Je vais vous reconduire jusque là-bas. Pour votre gouverne, l'île est strictement interdite au public.

— Pour quelle raison ? Vous y faites quoi ?

— De l'aménagement paysager ! Allez, on y va.

Gideon suivit le gardien à travers champs en direction de la route.

— Sérieusement, à quoi servent toutes ces caisses que vous enterrez ? On dirait des cercueils.

Son interlocuteur eut une légère hésitation avant de répondre.

— Ce *sont* des cercueils.

— Pourquoi ? L'île sert de cimetière ?

— C'est l'espace d'inhumation public de la Ville de New York. La fosse commune, si vous voulez. On utilise des détenus de la prison de Rikers Island pour effectuer le boulot. C'est pour ça que l'accès à l'île est interdit.

— C'est fou, cette histoire. Combien de gens sont enterrés ici ?

— Plus d'un million, répondit le gardien avec une certaine fierté dans la voix.

— Incroyable ! fit mine de s'étonner Gideon.

— Le plus grand cimetière du monde. Il remonte à la guerre de Sécession.

— Incroyable, insista-t-il. Et tous ces gens sont enterrés comme de bons chrétiens ?

— Pas seulement les chrétiens. Toutes les religions sont représentées ici. On voit passer de tout : des pasteurs, des curés, des rabbins, des imams...

Ils contournaient la vieille centrale électrique lorsque l'homme s'inquiéta.

— Où se trouve votre bateau ? demanda-t-il en observant le rivage.

— Sur la plage, juste derrière la digue.

Au lieu de couper directement, il décida d'effectuer un détour en poursuivant sur la route.

— Pourquoi passez-vous par ici ? s'enquit Gideon.

— Il est interdit de passer à travers champs.

— Pour quelle raison ?

— Sais pas. Ce ne sont pas les endroits dangereux qui manquent, sur cette île.

— Comment faites-vous pour vous repérer ?

— On a une carte sur laquelle figurent toutes les zones interdites.

— Vous la gardez sur vous ?

Le type la tira de sa poche.

— Nous avons l'obligation de la porter sur nous en permanence.

— Je peux jeter un coup d'œil ?

Il la tendit au visiteur qui en mémorisa les détails avant de la rendre à son propriétaire. Au terme d'un long détour, les deux hommes débouchèrent sur la plage et se dirigèrent vers la barque.

— Euh... ça vous ennuierait de me rendre mes affaires ? demanda Gideon.

— Au point où nous en sommes, bougonna le gardien.

Il sortit de sa poche la carte au trésor, le carnet et les autres effets personnels de Gideon.

— Savez-vous si David's Island est ouverte au public ? s'enquit ce dernier.

Le gardien ne put s'empêcher de rire.

— C'est un jardin public. À votre place, j'éviterais d'y creuser des trous.

Il hésita.

— Je peux être franc avec vous ?

— Allez-y.

— Le plan que vous avez acheté est un faux.

— Un *faux* ? Qu'en savez-vous ?

— On vous l'a vendu sur Canal Street, c'est bien ça ? Vous avez vu toutes les Rolex, les sacs Vuitton, les parfums et autres accessoires Prada qu'on trouve là-bas ? Canal Street est le royaume de la contrefaçon, même si c'est bien la première fois que j'entends parler de fausses cartes au trésor, ajouta-t-il avec un rire compréhensif en posant une main amicale sur l'épaule de Gideon. Je ne voudrais pas que vous ayez des ennuis à cause de ce truc. Croyez-moi, c'est du bidon. Je suis désolé.

Le visiteur afficha une mine dépitée.

— C'est moi qui suis désolé du nombre de salopards qui profitent des touristes, dans cette ville.

Le gardien leva la tête vers le ciel dans lequel roulaient des nuages de plus en plus noirs. Le vent soufflait en rafales, dessinant des moutons sur la mer.

— À votre place, je laisserais tomber David's Island et je me dépêcherais de rentrer. Il ne fait pas bon naviguer dans la baie par temps d'orage, et celui qui se prépare n'est pas piqué des vers.

63

Les bourrasques venues du large faisaient grincer sur ses charnières rouillées la vieille pancarte du magasin d'articles de pêche. Une forte odeur d'iode et de varech parfumait l'air et des éclairs traversaient l'horizon à intervalles réguliers dans un ciel chargé de cumulus.

Gideon, l'air d'un étudiant avec son sac à dos, déambulait lentement sur City Island Avenue en gardant un œil rivé sur le Murphy's Bait & Tackle. En prévision de son équipée, il s'était muni des deux armes volées, d'une boîte de cartouches, d'un couteau, d'une lampe frontale, d'une torche électrique, d'une pioche et d'une pelle pliantes, d'une corde, d'une pince coupe-boulons, de cartes, de deux paires de jumelles à infrarouge et d'un carnet. Vers 22 heures, la voix de Mindy s'éleva derrière lui.

— Salut, Gideon.

La silhouette mince et musclée de la jeune femme émergea d'un petit parc. Elle-même équipée d'un sac à dos, elle avait enfilé un joli béret de laine sur ses cheveux courts. Elle l'embrassa fougueusement.

— Que me vaut l'honneur d'un tel accueil ?

— Ne joue pas à l'idiot, répliqua-t-elle avec un sourire enjôleur. Ça fait partie de notre couverture d'étudiants en vadrouille pendant les vacances d'été. C'est bien ce que tu voulais, non ?

— Exactement.

Ils se dirigèrent vers un petit chantier naval entouré d'un grillage en bordure des quais. Gideon s'assura que la rue était déserte, escalada l'obstacle et se laissa retomber de l'autre côté. Mindy atterrit en douceur à côté de lui et ils traversèrent le terrain au pas de course avant de franchir l'enceinte qui les séparait du quai.

— Les hors-bords se trouvent là-bas, annonça-t-il en désignant un hangar.

Il se débarrassa du cadenas à l'aide de la pince coupe-boulons, et ils jetèrent leur dévolu sur un moteur Evinrude de huit chevaux au réservoir plein. Le temps de récupérer une paire de rames et ils sautaient à bord d'un canot. Gideon boulonna le moteur à l'arrière en quelques gestes précis tandis que Mindy détachait l'embarcation du quai.

Quelques coups de rame plus tard, ils se trouvaient ballottés par la mer, fouettés par les rafales de vent.

— Quel est ton plan ? s'enquit Mindy en se protégeant des bordées d'écume.

— Je suis convaincu que Pélican est déjà arrivé sur l'île. Il ne doit en aucun cas se douter que je ne suis pas seul. Allonge-toi au fond du bateau pendant que je t'explique.

— Bien patron, obéit-elle en se recroquevillant au fond de la coque.

Gideon attendit de s'être suffisamment éloigné pour mettre le moteur dans l'eau, le lancer et prendre le cap du pont de City Island dont la silhouette trouait la nuit. Au-delà s'étendaient les eaux du détroit de Long Island sur lesquelles des moutons dessinaient des taches livides. La traversée s'annonçait rude.

— Je t'écoute, fit la voix de Mindy au fond du canot.

— Je vais te déposer à la pointe sud de l'île avant de poursuivre jusqu'à l'extrémité nord où se trouve la fosse commune. Tu traverseras Hart Island à pied en suivant les indications de la carte que je t'ai dessinée. Ne t'éloigne jamais du chemin indiqué, cette île regorge de pièges. Le temps que j'arrive à la fosse commune, tu seras en position derrière les arbres et tu me couvriras. J'identifie la caisse grâce à son numéro, je trouve la jambe, je récupère le supraconducteur et on se casse.

— Et Pélican ?

— Impossible de deviner à quel moment il va se montrer. L'espace est dégagé tout autour de la fosse, il lui est impossible de traverser le champ sans être repéré. Tire à vue dès que tu l'aperçois, et pas de quartier.

— Pas très fair-play.

— Rien à foutre du fair-play. Ça te gêne d'abattre un type dans le dos ?

— Lui, non.

— Tu as pris un bon fusil à lunettes, comme convenu ?

— Un pistolet-mitrailleur Kel Tec 2K 9 mm, semi-automatique. Sans oublier un gilet pare-balles. Et toi ?

— Un gilet et deux armes de poing. Je suis paré.

Il brandit une carte protégée par un étui en plastique hermétique.

— Tu n'auras aucun mal à te repérer, mais suis bien le chemin indiqué sur la carte en évitant soigneusement les raccourcis. J'ai minuté le trajet, respecte les délais.

— Que fais-tu s'il t'attend au fond de la tranchée et t'abat en te voyant arriver ?

— Je compte traverser le champ avec la pelleteuse. Il y en a deux dans un hangar, avec des cabines aussi solides que des tourelles de tank.

Le canot approchait du pont, ballotté par les vagues.

— Tu peux m'en dire plus sur cette île ?

— Elle a commencé par abriter un camp de prisonniers à l'époque de la guerre de Sécession. Les morts étaient enterrés sur place, ce qui a donné l'idée à la Ville de New York de racheter Hart Island en 1869 pour y établir une fosse commune. Comme celle-ci n'occupait qu'une moitié de l'île, on y a également construit un asile de fous pour femmes, une maison de redressement, un sanatorium, une prison, et un bâtiment où étaient mis en quarantaine les malades atteints de la fièvre jaune. Dans les années 1950, les militaires ont implanté une batterie de missiles Nike-Ajax dans des silos, mais l'île est aujourd'hui inhabitée et sert uniquement de fosse commune. Tous les bâtiments ont été abandonnés et tombent en ruines.

— Parle-moi de la fosse commune.

— Elle se compose de deux tranchées parallèles : la première pour les membres amputés, la seconde pour les cadavres. En moyenne, une demi-douzaine de membres amputés sont enterrés tous les jours, et chaque caisse porte deux numéros : celui de l'hôpital et celui attribué par les détenus chargés de l'inhumation. Chaque membre est identifié à l'intérieur de sa boîte. Wu ayant été amputé il y a presque dix jours, il va falloir remonter soixante ou soixante-dix caissettes en arrière. Elles sont regroupées par piles de trente-deux, quatre de large sur huit de haut, de sorte que les jambes de Wu doivent se trouver dans la deuxième ou troisième pile.

— Ensuite ?

Gideon tapota son sac à dos.

— J'ai emporté les radios. Il faudra se salir un peu les mains pour récupérer le supraconducteur.

— À quel moment penses-tu voir surgir Pélican ?

— Ce type-là est imprévisible. C'est pour cette raison que je t'ai demandé de rester cachée et de ne révéler ta présence qu'au moment de l'affrontement. Afin de bénéficier de l'effet de surprise.

— Tu as un plan B ?

— Et même un plan C. La dangerosité de l'île plaide en notre faveur, ajouta Gideon avec un sourire sombre. Pélican se comporte en joueur d'échecs. Je compte lui proposer une petite partie de dés à la place.

64

À peine franchi le pont, le canot fut accueilli par une véritable tempête. Les éclairs se rapprochaient dangereusement, suivis de plus en plus rapidement par des coups de tonnerre qui roulaient sur la mer avec un bruit d'artillerie lourde.

— Il faudrait que tu écopes, déclara Gideon à sa compagne en dirigeant l'embarcation dans le vent.

Elle s'exécutait lorsqu'une énorme vague ébranla la proue et frappa la coque de plein fouet en aspergeant les deux passagers.

— C'est pas vrai ! s'écria Mindy en écopant de plus belle. Ce canot est une vraie baignoire.

La nuit enveloppait le bateau à mesure que s'éloignaient les lumières de City Island ; Gideon sortit de sa poche une boussole afin de corriger leur trajectoire. Les creux, impressionnants dans un bras de mer aussi protégé, faisaient danser l'embarcation dont le moteur toussait et hoquetait dangereusement. S'il se noyait, tout était fichu. Mais pour l'instant, il tenait bon et ils continuaient d'avancer au milieu des bourrasques. La distance à parcourir, à peine supérieure à un kilomètre, était modeste, mais ils avançaient face au vent et un fort courant les entraînait vers le nord, loin de l'île.

S'ils rataient leur but, ils risquaient fort de se retrouver à Execution Rocks, où s'ouvrait la pleine mer.

Gideon, les yeux rivés sur sa boussole, obliqua vers le sud afin de compenser la dérive. Une nouvelle vague frappa la coque de plein fouet, manquant de les faire chavirer, et il s'empressa de corriger le cap avec un moteur qui commençait à s'époumoner.

— On va se noyer avant d'arriver en vue de l'île, s'inquiéta Mindy.

Elle achevait tout juste sa phrase que la silhouette de Hart Island se découpa dans la nuit, soulignée par l'écume des vagues qui se jetaient à l'assaut de sa côte. Gideon vira plein sud pour être protégé par la langue de terre. La houle se calma soudain.

— Apprête-toi à sauter, recommanda-t-il à sa compagne en lui tendant l'une des deux paires de jumelles à infrarouge. Sers-toi de ça, interdiction d'allumer la moindre torche, et respecte le minutage que je t'ai indiqué. Ne laisse pas passer ta chance, je t'en conjure.

— Je fais ce boulot depuis plus longtemps que toi, lui rappela-t-elle en serrant la lanière des jumelles autour de son cou.

Le bruit du ressac sur les galets était tout proche.

— Maintenant, lui lança Gideon.

Lorsque Mindy eut sauté à l'eau, son compagnon mit brutalement le moteur en marche arrière. Quelques secondes plus tard, la jeune femme s'était évanouie dans l'obscurité. Gideon exécuta un demi-tour et s'éloigna du rivage de façon à ne pouvoir être entendu depuis l'île. Il était obligé d'écoper tout en continuant à guider le canot, malmené par les vagues, détrempé par la pluie.

Il se dirigea au jugé vers l'ouest en suivant de loin le rivage et se rapprocha de la côte lorsqu'il estima être arrivé à hauteur de la petite plage. Il sut qu'il ne s'était pas trompé en voyant émerger de l'ombre l'immense cheminée de la centrale électrique abandonnée, et dirigea le canot droit sur le marécage d'eau salée dans lequel il s'enfonça avant de sauter dans la vase.

Courbé en deux, il réunit son équipement, ajusta ses lunettes de vision nocturne, vérifia ses armes et regarda une dernière fois la carte. Il avait veillé à choisir un chemin détourné à travers les ruines les plus dangereuses, dans l'espoir de dérouter son adversaire.

Pélican, fidèle à sa stratégie de l'araignée guettant la mouche, avait à coup sûr déjà pris position. Gideon n'avait rien dit à Mindy, mais il croyait savoir où se tapissait son ennemi. S'il le comprenait comme il croyait le comprendre, le tueur n'avait pu résister à l'envie de choisir l'observatoire le plus avantageux.

Les rues abandonnées étaient noyées de pluie et le tonnerre grondait sans discontinuer en même temps que les éclairs. La météo jouait en la faveur de Gideon qui consulta sa montre : 22 h 30. Il disposait de vingt minutes avant que Mindy se trouve à son poste.

Il se coula au milieu d'un épais buisson de myrte et scruta le paysage à la lueur verdâtre de ses jumelles à infrarouge, le contour des arbres brouillé par la pluie qui tombait à verse. Il avait l'impression d'avancer à l'aveuglette dans une ville fantôme.

Il s'approcha du bâtiment en ruines qui abritait autrefois la maison de correction et s'y glissa en enjambant le rebord d'une fenêtre cassée. Un épais manteau de moisissure avait pris possession de l'intérieur de la vieille bâtisse que la pluie traversait de part en part en profitant des trous béants découpés dans le toit et les planchers des étages. Des milliers de paires de souliers attendaient depuis plusieurs décennies dans un ancien atelier de cordonnerie, racornis comme des feuilles mortes, éparpillés dans un capharnaüm d'éclats de verre, d'outils rouillés et de formes de chaussures couvertes de champignons. Gideon se colla contre le mur, l'arme au poing, veillant à ne pas marcher sur les éclats de verre afin de ne pas trahir sa présence.

En quelques minutes, il parvint au couloir central de la maison de correction dont les murs tremblaient à chaque coup de tonnerre.

À l'extrémité du couloir pendait, sur une charnière rescapée, la porte arrière du bâtiment. Gideon traversa en courant un mur de broussailles et se retrouva dans le dortoir où des montants de lit rouillés montaient la garde, le long de murs couverts de graffitis. Il s'immobilisa afin de laisser passer une salve de grondements de tonnerre. Chaque éclair illuminait brièvement la pièce d'une lueur spectrale que parcouraient les ombres monstrueuses des lits en fer. Un graffiti, gravé dans le plâtre en gros caractères, attira son attention : « JE VEUX MOURIR. »

Gideon poursuivit son périple à l'intérieur du bâtiment et traversa une longue suite de pièces remplies de classeurs métalliques, de boîtes en carton éclatées et de dossiers déchiquetés par l'humidité.

Il retrouva ensuite l'air libre où l'attendait une pluie d'orage plus violente que jamais. Une fois franchies les ruines, il lui restait à traverser la partie la plus ancienne du gigantesque cimetière, rendue à la végétation. De vieilles stèles de ciment y délimitaient les rangées successives de sépultures communes. Ici et là, des ossements émergeaient des racines recouvertes de feuilles mortes.

Sans jamais quitter l'abri des arbres, il se glissa jusqu'au hangar dans lequel étaient garées les deux pelleteuses. Lors de sa première incursion sur l'île, il avait noté qu'il s'agissait de Caterpillar 450E flambant neuves dont il avait ensuite étudié le fonctionnement sur Internet afin de pouvoir court-circuiter le moteur, au cas où les clés ne se trouveraient pas sur le démarreur.

Il attendit un moment, tapi dans l'ombre, les sens aux aguets. Les éclairs projetaient leur lueur aveuglante sur le paysage environnant sans révéler la cachette de Pélican. Son adversaire était pourtant là, tout près.

Gideon fit le tour du hangar en restant à couvert. Il avançait avec précaution en surveillant constamment le rebord du toit, constitué de tôles ondulées vissées sur un entrelacs de poutres. Celles-ci étaient vermoulues, mais suffisamment solides pour supporter le poids d'un homme.

À l'arrière du bâtiment, un pan de mur écroulé dessinait une trouée entre les briques. D'un mouvement félin, il se glissa dans l'ouverture et se retrouva face aux pelleteuses, deux monstres verts dans le champ de vision de ses jumelles à infrarouge.

Collé au mur du hangar, il s'approcha de la première et tira à lui la portière de la cabine, restée entrouverte. Il se hissa au volant d'un bond et referma la portière.

La clé se trouvait sur le démarreur.

Il regarda sa montre : Mindy devait se tenir à son poste depuis dix minutes. L'heure du premier round avait sonné. Il régla les manettes, prit sa respiration et mit le contact.

Le moteur s'ébranla avec un ronronnement grave. *Parfait.* À en croire le manuel consulté sur Internet, le premier imbécile venu pouvait manœuvrer l'engin grâce à son joy-stick. Gideon baissa les stabilisateurs et leva la pelle en hauteur en guise de protection, puis il actionna brusquement le fameux joystick en retenant son souffle.

La pelle fendit l'air au-dessus de la pelleteuse et s'écrasa contre la charpente en déchiquetant les poutres. Gideon crut un instant que tout le hangar allait s'écrouler, mais la pelle passa à travers la tôle rouillée et le toit retomba lourdement en éclaboussant l'engin d'une pluie de débris.

D'une poussée sur le levier, il lança la pelle de côté et dessina une longue déchirure, puis la fit redescendre en agrippant au passage une poutre maîtresse dont l'effondrement provoqua celui du toit. Plusieurs coups de feu retentirent, indiquant à Gideon que la manœuvre avait fonctionné.

Sans attendre, il releva les stabilisateurs, enclencha la première et manœuvra la pelle de façon à la placer dans son dos pour se protéger. L'engin traversa le champ, suivi par une pluie de balles qui ricochaient sur le bouclier improvisé avec un bruit de cloche.

Gideon avait vu juste : Pélican avait pris position sur le toit du hangar d'où il lui était aisé de surveiller le champ et les tranchées tout en ayant la possibilité d'abattre quiconque tenterait de s'emparer des pelleteuses.

Ce salopard avait dû avoir la surprise de sa vie lorsque la pelle avait traversé le toit. *Dommage qu'il n'ait pas été tué lors de son effondrement.*

Gideon traversa le champ boueux à toute allure. Les coups de feu se faisaient plus précis : plusieurs balles avaient traversé le toit de la cabine en l'arrosant de débris de plastique et de mousse isolante. Il baissa la tête en poursuivant péniblement sa route ; le pare-brise s'étoila à plusieurs endroits. La pelle lui offrait donc une protection limitée.

Il releva brièvement les yeux afin de voir où il se trouvait et constata qu'il était tout près du but. Au même moment, une balle lui frôla le crâne. Il immobilisa l'engin, ouvrit la portière à la volée, jaillit de la cabine et sauta au fond de la tranchée. Il atterrit dans une mare d'eau boueuse, se releva et coula un regard au ras du sol afin d'observer les alentours.

Les tirs avaient cessé, il avait pris possession de la tranchée et Mindy restait sa carte maîtresse. Quant à son adversaire, il avait mal calculé son coup ; avec un peu de chance, peut-être était-il blessé.

Un sentiment proche de l'euphorie s'empara de Gideon.

65

Il se précipita vers les piles de caisses qui l'entouraient. Son refuge au fond de la tranchée le protégeait des balles de son adversaire que la jeune femme, dissimulée dans les arbres, empêcherait d'avancer à découvert. Le temps lui était compté : il retira ses lunettes de vision nocturne, enfila la lampe frontale qu'il alluma et se retrouva face à un mur de caissettes de trois mètres de haut, leur bois neuf maculé de boue. Des éclairs déchiraient le ciel sous une pluie battante, dans une odeur insoutenable de viande avariée, de chaussettes sales et de fromage coulant.

Gideon se pinça le nez en déchiffrant les numéros des caisses entassées tout en haut de la pile : 695-1078 MSH, 695-1077 SLHD, 695-1076 BGH.

1076 moins 998 égale 78.

Ce rapide calcul lui fit comprendre que les jambes de Wu se trouvaient au bas de la pile. Il sortit la pioche de son sac et s'attaqua à la paroi de l'une des caissettes dont l'éclatement provoqua la chute et l'explosion de toutes celles qu'elle soutenait, dans un festival de bras et de jambes en décomposition. Des effluves délétères l'assaillirent aussitôt.

Il déblayait les débris lorsqu'un bruit inquiétant troua la nuit : le moteur de la seconde pelleteuse, dont il avait oublié de retirer les clés de contact. *Grave erreur.* Un grondement lui indiqua que l'engin avait quitté son abri et traversait le champ à pleine vitesse.

Il enfila à la hâte ses lunettes à infrarouge et se hissa au bord de la tranchée. La pelleteuse fondait droit sur lui dans une pluie de boue, la pelle levée tel un dard de scorpion : Pélican s'appropriait la méthode mise au point par Gideon. Ce dernier disposait d'une minute au plus pour agir.

Il s'extirpa de la tranchée en s'agrippant à une branche et se rua vers sa propre pelleteuse dont le moteur tournait toujours au ralenti. Une volée de balles traversa la cabine à l'instant où il baissait la pelle. Il l'ajusta de façon à se protéger tout en se dégageant un minuscule champ de vision en haut du pare-brise, et lança vers son adversaire ses vingt tonnes d'acier à pleine vitesse. Il coinça son sac à dos sur la pédale d'accélérateur afin de pouvoir se lever et se pencher à la portière, le Beretta au poing. Entre la vitesse et les soubresauts de l'engin, son tir manquait de précision : ses balles ricochèrent inutilement sur la pelle de l'autre Caterpillar. Les deux monstres fonçaient l'un vers l'autre à trente kilomètres heure. Pélican fit feu à son tour, obligeant Gideon à se mettre à l'abri.

Il ne restait plus que quelques secondes, une dizaine tout au plus, avant la collision. Gideon se prépara à l'impact tout en réfléchissant à ce qui allait suivre.

Le choc, accompagné d'un tonnerre assourdissant d'acier déchiré, le projeta en avant. Le pare-brise, troué par plusieurs projectiles, vola en éclats et la cabine se déforma dans un bruit de tôle froissée. Gideon enclencha la marche arrière tout en actionnant d'une main fébrile la manette de contrôle de la pelle. Pélican l'imita aussitôt, les roues de son engin labourant profondément la terre détrempée.

Gideon lança en avant le bras de la pelle et tenta de frapper de plein fouet la cabine de son adversaire, à la façon d'un poing géant, mais ce dernier anticipa la manœuvre et leva sa propre pelle afin de se protéger. Les deux engins tremblèrent violemment sous le choc des deux masses.

La pelleteuse de Gideon fut alors projetée de côté dans un jaillissement de liquide hydraulique et une pluie de balles s'abattit sur sa cabine. Un projectile s'écrasa sur son gilet pare-balles, en pleine poitrine. La violence de l'impact le cloua littéralement sur son siège en lui coupant le souffle.

Peinant à retrouver sa respiration, les doigts accrochés au joystick, il releva précipitamment le bras de la pelle et voulut l'abattre sur la cabine de l'autre Caterpillar. Cette fois encore, le tueur anticipa en enfonçant la pédale d'accélérateur, repoussant ainsi son assaillant. La pelle de Gideon glissa sur le toit de la cabine de Pélican en provoquant une pluie d'étincelles ; il descendit précipitamment les stabilisateurs dans l'espoir que son engin ne se renverse pas.

Pélican leva alors au plus haut le bras de sa pelle pour donner le coup de grâce, mais sa manœuvre le priva brusquement du rempart qui le protégeait. Gideon vida dans sa direction le chargeur de son Beretta. Les vitres de la cabine explosèrent, le tueur se jeta au sol où il reçut une pluie de débris.

Son adversaire lança sa machine en enfonçant l'accélérateur, prêt à écraser la cabine d'un coup de pelle, mais l'autre para le coup et abattit le premier le bras de sa propre pelle, broyant la cabine de Gideon. Celui-ci eut le réflexe de se jeter au bas de son siège, mais son engin était désormais inutilisable. Il lui fallait sauter de la carcasse au plus vite car Pélican relevait sa pelle, prêt à le pulvériser.

Il s'arc-bouta contre la portière, mais celle-ci, coincée, refusa de s'ouvrir.

La pelle de l'autre Caterpillar s'abattit de tout son poids sur la cabine défoncée. Gideon se croyait définitivement perdu, mais il constata que les dents de la pelle avaient déchiré dans la tôle une ouverture suffisamment large pour lui permettre de s'échapper. Il jaillit des restes de la cabine, le Taurus au poing, en arrosant son adversaire d'un feu nourri, et roula dans la boue. Pélican leva une nouvelle fois le bras de sa pelle, bien décidé à l'écraser comme un vulgaire moustique, mais Gideon se releva d'un bond et courut vers la tranchée toute proche, pendant qu'une pluie de balles s'abattait sur lui. Une fois de plus, sa veste en kevlar lui sauva la vie, mais, frappé dans le dos, il s'effondra dans la boue. Incapable de se relever, à demi paralysé par la douleur, il rampait désespérément sur le sol gluant tandis que les impacts de balles dessinaient tout autour de lui un cercle mortel. Le moteur du Caterpillar rugit à nouveau, la pelleteuse de Pélican se mit en branle : à moins d'un miracle, jamais Gideon ne parviendrait à atteindre la tranchée.

Au moment où il ne pensait plus pouvoir échapper à l'écrasement, une suite de détonations retentit du côté des arbres et plusieurs balles trouèrent la cabine de son adversaire. *Mindy !* Surpris, Pélican immobilisa la pelleteuse en faisant pivoter la tourelle afin de se protéger à l'aide de la pelle, un répit inespéré qui permit à Gideon de trouver la force de se relever et de tituber jusqu'à la tranchée dans laquelle il se laissa tomber.

Quelques secondes plus tard, il s'appuyait sur le rebord du trou et arrosait le tueur de balles.

Pris entre deux feux, ce dernier fit marche arrière dans un nuage de gasoil et prit de la distance afin d'échapper au tir de ses ennemis. Tout en rechargeant le Beretta, Gideon vit alors la silhouette de Mindy sortir du bois et traverser le champ en courant. Il la couvrit en tirant dans la direction de la pelleteuse. La jeune femme le rejoignit au fond de la tranchée quelques instants plus tard.

— Je t'avais dit de ne pas bouger du petit bois ! hurla Gideon, sa voix à moitié couverte par l'orage.

— Il faut bien que je te couvre pendant que tu cherches la jambe.

Mindy avait raison. Elle prit position au bord de la tranchée et un échange de coups de feu nourri crépita dans la nuit tandis que Gideon, sa torche à la main, cherchait désespérément la caisse contenant les jambes de Wu.

— Je l'ai ! s'écria-t-il en découvrant une petite boîte portant le numéro 695-998 MSH.

— Dépêche-toi, l'enjoignit Mindy tout en continuant à tirer.

Il dégagea la boîte de celles qui l'entouraient en grimaçant de douleur. Il était certain d'avoir une côte cassée, peut-être deux, le dos et la poitrine labourés par l'impact des balles. D'un coup de pioche, il fit voler en éclats le couvercle de la caissette.

— Bordel de merde ! s'exclama-t-il en éclairant l'intérieur de la boîte. C'est un bras !

66

Gideon saisit d'une main fébrile l'étiquette accrochée au doigt du membre amputé. *Mulaski, Anna, Hôpital Saint Luc, 659346C-41.*

— Ces connards ont mélangé les caisses ! s'écria-t-il.

— Continue à chercher ! l'exhorta Mindy en baissant la tête tandis qu'une pluie de balles arrosait le bord de la tranchée dans une gerbe de boue.

Gideon saisit une première caisse au hasard, en déchiqueta le couvercle d'un coup de pioche et vit apparaître ce qui ressemblait à un poumon en piteux état. Il repoussa la boîte et s'attaqua aux suivantes en s'intéressant uniquement aux jambes dont il déchiffrait les étiquettes les unes après les autres. Il se débattait à présent dans une mer de restes humains plus ou moins identifiables, dont la plupart séjournaient là, dans la chaleur de l'été, depuis plusieurs jours.

— Il revient avec la pelleteuse, l'avertit Mindy.

— Essaye de l'arrêter ! répliqua Gideon en s'attaquant à la rangée de boîtes voisine.

Bras et jambes jaillissaient à chaque coup de pioche, alimentant le charnier qui s'accumulait autour de lui.

— Désolé, les gars, grommela-t-il entre ses dents.

— Il arrive ! Impossible de l'atteindre à cause de la pelle !

— Arrange-toi pour gagner du temps !

Gideon continuait inlassablement d'exhumer les jambes dont il lisait les étiquettes, se débarrassant de celles qui ne le concernaient pas. Il s'arrêta en découvrant enfin la caissette contenant les deux jambes tristement écrasées, accompagnée d'une étiquette : Wu, Mark. Mount Sinai 659347A-44.

— Je l'ai ! s'exclama-t-il en arrachant de la caisse la jambe gauche qu'il posa sur une planche.

Les chairs étaient si nécrosées que le membre se sépara en deux au niveau du genou. Mais seule la cuisse l'intéressait. Il fouilla son sac à dos à la recherche du cutter et sortit les radios qu'il examina à la lueur de sa lampe en les comparant avec la jambe.

— Pour l'amour du ciel, dépêche-toi ! Il va essayer de nous enterrer en repoussant le mur de terre sur nous !

Gideon prit sa respiration et plongea la lame du cutter dans les chairs à plusieurs reprises en dessinant des stries parallèles au niveau de la cuisse.

— Dépêche-toi ! cria Mindy.

À en juger par le grondement du moteur et les vibrations du sol, la pelleteuse était toute proche.

Gideon multipliait les coups de cutter, perpendiculaires cette fois.

— Vite ! hurla la jeune femme.

Elle tirait sans relâche, sans grand espoir d'atteindre Pélican que protégeait la masse de terre qu'il poussait devant lui.

La lame du cutter dérapa sur un obstacle dur. Gideon fouilla alors l'ouverture des doigts et retira de la plaie un épais fil métallique en forme de U, long d'un petit centimètre.

— Je l'ai ! s'écria-t-il en l'enfouissant dans sa poche.

Dans un rugissement de fin du monde, une énorme masse de terre parsemée d'ossements s'abattit sur la tranchée. Projeté en arrière, Gideon eut tout juste le temps d'entendre Mindy pousser un cri avant de perdre connaissance.

Lorsqu'il revint à lui, il était enterré dans la boue jusqu'à la poitrine. Ses côtes cassées le faisaient souffrir. Il s'ébroua afin de chasser la terre qui couvrait ses cheveux, aspira une longue bouffée d'air et tenta de s'extirper du bourbier.

Une lourde botte s'abattit sur son cou, empêchant tout mouvement.

— Pas si vite, l'ami, s'éleva une voix calme, dépourvue d'accent. Donne-moi le fil.

Gideon, incapable du moindre geste, respirait péniblement.

— Aidez-la. Elle est enterrée...

La botte accentua la pression.

— Ne t'inquiète pas pour elle. Tu ferais mieux de t'occuper de toi.

— Elle va étouffer !

Pélican agita devant ses yeux l'étiquette correspondant aux jambes de Wu.

— Je sais que tu as le supraconducteur. Donne-le-moi.

Une main fouilla la poche de chemise de Gideon et poursuivit ses explorations, trouvant successivement le Beretta, le Taurus et le cutter.

— Laissez-moi sortir, bon Dieu !

La botte s'écarta et Pélican recula de quelques pas, des jumelles à infrarouge autour du cou.

— Sors de ton trou en évitant les gestes brusques.

Gideon, prisonnier d'une masse de terre, était incapable de bouger.

— La pelle, balbutia-t-il.

Pélican la ramassa et la lui lança.

Gideon entreprit de se dégager en s'efforçant d'étouffer sa douleur. Quelques minutes plus tard, il se libérait de la boue qui le retenait prisonnier. À peine sorti du trou, il se précipita vers le tas de terre sous lequel était enfouie Mindy.

— Le fil, lui ordonna Pélican en posant le canon du Tec 9 sur sa tempe.

— Mais enfin, il faut la dégager !

— Tu ne comprendras décidément jamais rien, soupira son adversaire.

Il lui asséna un coup de crosse sur le crâne avant de lui arracher la pelle des mains.

— Le fil, répéta-t-il en posant l'arme contre l'oreille de son adversaire.

— Va te faire foutre.

— Alors, je vais le récupérer moi-même sur ton cadavre.

Il enfonça le canon du Tec 9 dans l'oreille de Gideon.

— Adieu, murmura-t-il.

67

Manuel Garza, affublé d'une tenue d'éboueur usée empruntée dans le vaste stock de déguisements d'EES, avançait d'un pas tranquille le long de la piste cyclable longeant la rive nord de Meadow Lake. La rumeur de la circulation lui parvenait depuis le Van Wick Expressway tout proche. Il était 23 heures et les joggeurs, les cyclistes et autres mères de famille derrière leurs poussettes avaient déserté le parc depuis longtemps. Les bateaux dansaient lentement sur l'eau, sagement amarrés à leurs anneaux.

Il ramassa un détritus à l'aide de la pince à long manche qu'il tenait à la main et se débarrassa de sa prise dans le sac en plastique accroché à sa ceinture. Ce genre de couverture n'avait plus le même sens qu'autrefois, dans le New York crasseux des années 1980. Les équipes de nettoyage municipales se faisaient rares dans les parcs, à présent que la ville avait retrouvé une propreté oubliée depuis longtemps. Il faudrait qu'il pense à évoquer le sujet lors d'une prochaine réunion. Les éboueurs avaient fait leur temps, l'heure était venue de les remplacer par des banlieusards, des SDF, ou encore des fans de marathon.

Il embrocha un papier gras, l'air sombre. L'évocation des réunions d'EES avait tout naturellement guidé ses pensées vers Eli Glinn. Depuis le temps qu'il travaillait sous ses ordres, le personnage restait une énigme. Ni l'âge ni l'expérience ne l'avaient adouci. Il restait totalement imprévisible. Comme ce jour où il avait menacé de déclencher une charge nucléaire lorsqu'un client lituanien avait refusé d'effectuer le dernier versement dû à la société. Le type avait fini par capituler lorsqu'il s'était aperçu que Glinn ne plaisantait pas, le voyant déclencher le compte à rebours. Ou encore cette course-poursuite en Terre de Feu, lorsque Glinn avait fait exploser un iceberg pour…

Garza chassa ce souvenir pénible de son esprit et regagna la voiturette électrique du service des Parcs et Jardins qui l'attendait un peu plus loin. Le matin même, Glinn lui avait interdit de lancer des équipes aux trousses de Gideon. Après l'avoir écouté attentivement lorsqu'il lui avait rapporté leur conversation dans le métro, le chef s'était contenté de secouer la tête en déclarant : « On ne fait rien de tel. »

On ne fait rien de tel. Garza leva les yeux au ciel. Du Glinn tout craché. Un ordre, sans raison ni explication.

Il s'installa au volant, posa sa pince à détritus et ouvrit la boîte à outils fixée au châssis du véhicule afin d'en vérifier le contenu : un Glock 9 mm équipé d'un silencieux, un fusil à canon scié, un Taser, une radio de police, des lunettes de vision nocturne, une trousse de secours et une demi-douzaine de badges du NYPD, de la police d'État et du FBI. Rassuré, il referma la caisse, appuya sur la pédale de la voiturette qui s'éloigna silencieusement en direction du musée des Beaux-Arts du Queens.

Faute d'obtenir le feu vert de Glinn, il se lançait dans cette équipée de sa propre initiative. De la réussite de cette mission dépendait l'avenir de l'humanité, et Garza n'avait pas l'intention de laisser Gideon agir seul face à un adversaire aussi coriace que Pélican.

À en croire Crew, la confrontation devait se dérouler près de l'Unisphère, le gigantesque globe argenté qu'on apercevait dans le lointain, de l'autre côté du Long Island Expressway. Il avait négligé de préciser si le rendez-vous avait lieu au pied du monument ou bien dans les environs, c'est-à-dire en plein cœur du Corona Park de Flushing Meadows, le deuxième plus grand jardin public de New York. S'il n'en avait tenu qu'à lui, Garza aurait fait appel à la police, aux services de secours, aux pompiers, aux tireurs d'élite, aux commandos, aux cascadeurs, aux journalistes de choc et à tout ce qu'il aurait pu poster aux quatre coins du parc. Et voilà qu'il se retrouvait seul.

Cette histoire n'avait ni queue ni tête. Pourquoi confier une mission de cette importance à un inconnu comme Crew ? Glinn aurait pu s'adresser à n'importe quel agent confirmé, au lieu de quoi il était allé chercher ce semeur de merde, un amateur qui n'avait jamais fait ses preuves, un impulsif, qui fonctionnait à l'instinct, sans prendre le temps de réfléchir. Tout le contraire de Garza, qui en avait des aigreurs d'estomac.

L'Unisphère brillait dans la nuit à la façon d'une météorite. Garza regarda à nouveau sa montre : 23 h 30. Il avait tout juste le temps de reconnaître le terrain et de choisir l'emplacement idéal.

68

Gideon comprit qu'il allait mourir, mais peu lui importait. *Autant partir vite, sans souffrir.*

Un cri monta soudain de la nuit, accompagné d'une série de coups de feu. Il pivota sur lui-même et vit une silhouette émerger de la boue en hurlant, une arme à la main. Pélican recula sous l'impact des balles et s'écroula en ripostant.

— Plus de munitions ! cria Mindy en jetant son fusil.

Gideon se rua alors sur le tueur afin de lui arracher son arme, mais ce dernier n'était pas mort, apparemment sauvé par un gilet pare-balles. Les deux ennemis roulèrent dans la boue en se battant pour le contrôle du Tec 9, mais Pélican, beaucoup mieux entraîné, repoussa son adversaire et finit par pointer vers lui le canon de l'arme.

Mindy s'approcha par-derrière, une planche à la main. Le tueur voulut éviter le coup en pirouettant sur lui-même, mais la planche s'abattit sur le bras avec lequel il tenait le pistolet-mitrailleur.

— Allons-nous-en ! hurla Gideon, comprenant que leur seul espoir de salut résidait dans la fuite.

Mindy bondit hors de la tranchée, suivie par son compagnon. Ils se trouvaient déjà loin lorsque la première rafale se fit entendre dans leur dos. Les balles se perdirent dans la nuit, puis le silence reprit ses droits, seulement troublé par un lointain grondement de tonnerre.

— Ce salaud est en train de recharger, remarqua Mindy, hors d'haleine, sans s'arrêter de courir.

Ils atteignaient le petit bois lorsqu'une nouvelle rafale déchiqueta les branches au-dessus de leurs têtes ; ils se ruèrent dans les broussailles en se sentant pousser des ailes.

— Où est ton arme ? demanda Gideon entre deux halètements.

— Perdue. Mais j'en ai une autre, répondit-elle sur un rythme haché en sortant un Colt .45 de sa ceinture. Le morceau de fil ?

— Dans ma poche.

— Inutile de traîner dans le coin.

La jeune femme s'élança vers la pointe sud de l'île tandis que Gideon la suivait du mieux qu'il le pouvait en s'efforçant d'oublier sa douleur.

Il avait perdu ses jumelles à infrarouge et sa torche dans la bagarre ; aussi avançaient-ils dans un noir presque absolu, fouettés par les ronces. Pélican avait dû se lancer à leur poursuite.

— On n'y arrivera pas comme ça, haleta-t-il. Il a des lunettes de vision nocturne. Il faut absolument retourner à découvert pour espérer le semer.

— D'accord, approuva Mindy.

— Suis-moi.

La topographie des lieux en tête, Gideon bifurqua vers l'est et ils sortirent des bois à hauteur d'un ancien espace d'inhumation. Ils le traversèrent en butant sur les crânes qui émergeaient de la végétation et rejoignirent la route abandonnée longeant la maison de correction, chichement éclairés par les lointaines lumières de New York.

— Où se trouve ton bateau ? s'enquit Mindy.

— Sur la plage, près de la cheminée.

Une rafale éclata dans leur dos et Gideon se jeta instinctivement à terre. Mindy atterrit à côté de lui, roula sur elle-même et riposta en se servant de son Colt. Un cri résonna dans la nuit, suivi d'un silence oppressant.

— Je l'ai eu ! s'écria-t-elle.

— Je n'en suis pas si sûr. Le connaissant, il nous tend peut-être un piège.

Ils se ruèrent dans les dortoirs à travers une porte défoncée. L'un derrière l'autre, ils traversèrent au pas de course salle après salle, trébuchant sur les débris de plâtre et les carcasses de lits. Ils retrouvèrent l'air libre à l'extrémité du bâtiment et Gideon obliqua alors en direction de la chapelle en ruines. Il s'y glissa, traversa la nef et ressortit en passant par la rosace éventrée avant de revenir sur ses pas.

— Que fais-tu ? s'étonna Mindy à voix basse. Je croyais que le bateau se trouvait…

— Le seul moyen de le semer est d'avancer sans véritable logique et de se cacher.

Ses côtes cassées en feu, il entraîna Mindy dans un bosquet d'arbres en avançant le plus silencieusement possible. Le petit bois débouchait sur le terrain de baseball abandonné repéré plus tôt dans la journée, envahi d'herbes sauvages. Gideon s'y arrêta en tendant l'oreille, mais les hurlements du vent et le crépitement de la pluie empêchaient d'entendre quoi que ce soit.

— Je suis à peu près certaine que nous l'avons semé, chuchota Mindy en puisant dans ses poches à la recherche de munitions pour recharger son arme. Une planque parfaite, ajouta-t-elle en montrant d'un mouvement de tête les tribunes recouvertes de lierre.

Gideon acquiesça et ils se glissèrent à quatre pattes sous les gradins, rendus invisibles par l'épais manteau de végétation. Au-dessus de leurs têtes, la pluie martelait inlassablement les sièges métalliques.

— Jamais il ne viendra nous chercher ici, décréta-t-elle.

Gideon afficha une moue dubitative.

— Il finira bien par nous retrouver à un moment ou à un autre. Attendons un peu, nous rejoindrons le bateau le moment venu. La plage n'est plus très loin.

Le bruit des vagues leur parvenait dans le lointain, malgré l'orage.

— Je crois vraiment l'avoir touché, tout à l'heure.

Gideon ne répondit rien. Il peinait à croire que Pélican fût blessé, ou qu'il ait perdu leur trace.

— Que sont devenues la lampe et la carte que je t'avais données ?

— Elles se trouvaient dans mon sac à dos. Je n'ai réussi à sauver que mon Colt.

— Comment as-tu réussi à t'extraire de ce tas de boue ?

— La terre était meuble et j'étais ensevelie sous une faible épaisseur. Les quelques pelletées que tu as enlevées m'ont permis de me libérer. Donne-moi le supraconducteur.

— Tu crois que c'est le moment ? demanda-t-il sur un ton agacé.

Mindy se releva alors lentement, recula d'un pas en sortant son arme et le mit en joue.

— Je t'ai demandé de me donner ce morceau de fil.

Gideon fixa le canon du Colt d'un air interloqué. La phrase étrange prononcée par Pélican lui revint brusquement en mémoire. « Tu ne comprendras décidément jamais rien. » Sur le moment, il avait cru à une banale insulte, proférée au hasard. Il aurait dû savoir que Pélican ne s'exprimait jamais sans raison.

— À quoi joues-tu ? demanda-t-il.

— Contente-toi de me donner le fil.

— Pour qui travailles-tu ? Pas pour la CIA, en tout cas.

— Plus maintenant. J'en avais ras le cul d'être payée au lance-pierres.

— Alors tu t'es vendue au plus offrant.

Un sourire étira ses lèvres.

— Si tu veux. Sur cette mission, c'est l'OPEP qui me paie.

— L'OPEP ?

— Tu es assez malin pour te douter de leurs motivations.

— Non, répliqua-t-il pour gagner du temps.

— Tu t'imagines peut-être que ton morceau de fil arrangerait leurs affaires ? L'usage de ce supraconducteur signifierait la fin des énergies fossiles et des voitures à essence. Allez, mon grand, donne-le-moi. Je n'ai aucune envie de te tuer, mais je le ferai si tu m'y obliges.

— Combien te donnent-ils ?

— Dix millions.

— Tu n'es pas très gourmande.

Il repensa à l'épisode de Hong Kong, à la facilité avec laquelle elle lui avait confectionné un passeport diplomatique. Ce seul détail aurait dû lui mettre la puce à l'oreille. Pélican avait raison, il ne comprenait jamais rien.

Mindy tendit la main. Et si elle avait décidé de le tuer, quoi qu'il arrivât ? Peut-être le souvenir des moments passés ensemble allait-il l'en empêcher… Il glissa la main dans la poche de son pantalon et lui tendit le morceau de fil.

— Merci, mon grand, sourit-elle en examinant le précieux objet.

Satisfaite, elle pointa le canon de l'arme sur lui.

— Ça me fait mal au cœur, mais je n'ai pas le choix.

Gideon serra les paupières.

69

Une détonation résonna dans la nuit, mais Gideon ne ressentit aucune douleur. Il rouvrit les yeux, surpris. Mindy lui faisait toujours face, impassible. Il ne remarqua pas immédiatement le petit trou rond qu'avait laissé le projectile, juste entre les deux yeux. Elle resta un instant immobile, comme suspendue dans l'espace, puis elle s'écroula.

Sans chercher à comprendre, Gideon arracha le morceau de fil qu'elle tenait dans sa main crispée et prit la fuite, courbé en deux sous les gradins.

Des coups de feu éclatèrent au-dessus de sa tête, l'arrosant d'échardes de bois. À peine sorti de son abri précaire, il détala en direction de la plage. Le bateau constituait son unique chance de survie.

Il s'engouffra à toutes jambes dans les rues abandonnées de la ville fantôme en multipliant les changements de direction dans l'espoir de semer son adversaire, mais Pélican était toujours dans son sillage, gagnant même du terrain. Gideon comprit qu'il n'arriverait jamais jusqu'au canot.

Il emprunta une rue de traverse, puis une autre, de façon à ne pas fournir au tueur une cible facile, regrettant de n'avoir pas récupéré le Colt de Mindy.

Mais Pélican courait plus vite que lui. *Vite, trouver une solution.*

Il arrivait en vue des dernières maisons, au-delà desquelles s'étendait le pré bordant la salle des dynamos. Que lui avait expliqué le gardien quelques heures plus tôt ? « Il est interdit de passer à travers champs. Ce ne sont pas les endroits dangereux qui manquent, sur cette île. »

Quels dangers ? Mais il n'avait pas le choix. Aussi s'enfonça-t-il résolument entre les herbes folles en zigzaguant. Il regarda furtivement par-dessus son épaule : il avait moins de cinquante mètres d'avance sur son poursuivant, qui attendait apparemment de l'avoir rejoint pour l'abattre.

À mi-parcours, il n'était tombé dans aucun piège, et l'écart entre le tueur et lui se resserrait : plus qu'une trentaine de mètres. Mais il courait toujours, mû par l'énergie du désespoir. Ce fut seulement lorsqu'il devina dans l'obscurité la silhouette monstrueuse de la cheminée de brique qui s'élevait au-dessus de la centrale abandonnée qu'il comprit : le danger, ce n'était pas le champ, mais cet édifice qui menaçait de s'écrouler.

Un escalier de fer en colimaçon courait sur toute sa hauteur.

Gideon obliqua brusquement dans sa direction et l'atteignit après avoir traversé un épais manteau de broussailles. Il hésita, prenant la mesure de l'inanité de sa décision.

Rien à foutre.

Il se lança à l'assaut des marches. Trois coups de feu retentirent derrière lui et des éclats de brique lui griffèrent le visage, mais l'escalier en spirale jouait en sa faveur en le dissimulant à la vue de son poursuivant.

Les marches, mangées par la rouille, tanguaient dangereusement sous son poids. Lorsque l'une d'elles céda, il se raccrocha de justesse à la rampe, retrouva son équilibre et reprit son ascension.

Quelques instants plus tard, l'escalier se mettait à vibrer de toute sa masse, lui faisant comprendre que Pélican avait atteint les premières marches.

Cette fuite désespérée n'avait aucun sens : le tueur finirait inévitablement par le rejoindre au sommet de l'édifice.

À mesure qu'il gravissait les marches, Gideon sentait la cheminée tanguer sous les assauts du vent. Comment avait-il pu se montrer assez fou pour entreprendre une manœuvre aussi absurde ? Sous l'effet de la tempête, la tour de brique menaçait de s'écrouler à chaque instant. Il était perdu…

Pélican ouvrit le feu et la balle écorna la rampe à quelques centimètres de sa main. Un éclair troua la nuit, projetant une lueur aveuglante sur le décor menaçant de cette île battue par une mer déchaînée.

— Crew !

Celui-ci arrêta un instant sa course. La cheminée, malmenée par les bourrasques, grinçait de façon inquiétante.

— Tu es fichu, pauvre idiot ! Donne-moi le morceau de fil et je te laisse la vie sauve !

Gideon reprit sa course. Un autre coup de feu retentit, mais la balle se perdit dans la nuit. Pélican, handicapé par l'orage, la pluie et le mouvement de balancier de la cheminée, n'était pas à son avantage. Gideon avait même cru discerner une note de peur dans sa voix. À l'inverse, il ne redoutait plus la mort depuis qu'il avait compris que son heure était venue. Il en éprouvait d'ailleurs un soulagement étrange. Son arme secrète, c'était précisément cette absence de peur face à la mort, puisqu'il se savait condamné.

Il escaladait les marches inlassablement ; le vent, de plus en plus brutal, menaçait à chaque instant de le projeter dans le vide. Un nouvel éclair traversa le ciel, suivi par un violent coup de tonnerre. Un grincement métallique se fit entendre lorsqu'une portion de l'escalier se détacha de la cheminée dans le crépitement brutal de ses boulons, lâchant les uns après les autres avec un bruit de mitraillette. L'énorme morceau de fer bascula dans la nuit et Gideon éprouva toutes les peines du monde à ne pas se laisser entraîner. Agrippé des deux mains à la rambarde, il fut plaqué contre les briques par une rafale. Puis les balancements de l'escalier se calmèrent et il put reprendre ses appuis.

À la lueur d'un éclair, il constata qu'il se trouvait à mi-hauteur.

Le mieux était encore de continuer à monter s'il ne voulait pas que les marches cèdent sous son poids.

— Crew ! cria Pélican en contrebas. C'est du suicide !

— Nous sommes tous les deux dans le même bateau, hurla Gideon en retour.

Le tueur avait raison, c'était effectivement du suicide. Que la cheminée s'écroule ou non, toute redescente lui était désormais impossible.

— Crew ! Arrête-toi, tu es complètement fou !

— Tu l'as dit, bouffi !

L'édifice trembla sur ses bases sous l'effet d'une bourrasque plus violente que les précédentes et plusieurs briques se détachèrent, contraignant Gideon à se coller contre la paroi pour ne pas être assommé. Il baissa les yeux, mais Pélican était invisible, malgré les éclairs.

Le sommet se trouvait tout proche à présent. Une étroite passerelle en faisait le tour. En partie détachée de la brique, elle penchait de façon inquiétante et Gideon s'y engagea prudemment en s'accrochant de toutes ses forces à la rambarde. L'ouverture de la cheminée, une partie de ses briques arrachées par les intempéries, ressemblait à une gigantesque bouche édentée. Les deux évents de cuivre qui servaient autrefois à réguler les échappements de fumée dressaient leurs ailes dans la nuit, à la façon d'une énorme chauve-souris. Sous l'effet du vent, un long gémissement s'élevait des entrailles de l'édifice, semblable à la plainte de quelque monstre antédiluvien.

Gideon avait atteint le bout de la route.

L'un de nous deux ne sortira pas vivant de Hart Island.
Vous l'aurez voulu, ainsi soit-il.

70

— Terminus, tout le monde descend ! lança une voix ironique quelques mètres plus bas.

Le sommet de la tour encaissa une nouvelle rafale en tanguant périlleusement, et quelques-uns de ses débris roulèrent dans le vide. À ce rythme, la cheminée pouvait s'écrouler à tout moment.

Gideon détacha une brique et attendit l'éclair suivant. Pélican, accroché aux marches une quinzaine de mètres en contrebas, formait une belle cible : il lança le projectile dans sa direction. Une volée de balles lui répondit, perforant la passerelle à plusieurs endroits, lui faisant presque perdre l'équilibre. Un éclat de rire résonna dans la nuit.

À quoi bon lui jeter des briques ? Il n'aurait aucun mal à les éviter grâce à ses jumelles à infrarouge, alors que Gideon devait attendre les éclairs pour viser son adversaire. Il n'avait rien à gagner à ce jeu-là.

Le vent s'engouffrait en sifflant entre les évents en faisant osciller tout l'édifice.

Le visage d'Orchidée se dessina dans la tête de Gideon. *T'as des ennuis, j'en suis sûre. Tu crois que je l'ai pas compris ? Pourquoi ne pas me laisser t'aider ? Pourquoi me repousser ?*

Il examina longuement les évents de cuivre et constata qu'ils étaient en relativement bon état, tout comme le levier et les rouages permettant de les manœuvrer. Il pesa alors de toutes ses forces sur le levier, mais les roues dentées grincèrent sans se débloquer. Il insista, sans succès. Accroché des deux mains à la rambarde, il finit par envoyer un grand coup de pied dans la barre : les évents retombèrent avec un bruit de tonnerre en envoyant des vibrations à travers la structure de l'édifice. Une dizaine de briques se détachèrent du sommet et la cheminée trembla sur ses bases.

— Qu'est-ce que tu fabriques ? s'écria Pélican d'une voix inquiète.

Un sourire grave éclaira brièvement le visage de Gideon.

Arc-bouté sur le levier, il releva les évents et les laissa retomber.

La cheminée tangua à nouveau sous la violence du choc et des craquements sinistres se firent entendre, amplifiés par le conduit.

— Tu es complètement cinglé !

À la lueur d'un éclair, Gideon constata que le tueur se trouvait juste en dessous de la passerelle. Des onglets métalliques brillaient aux doigts de sa main droite.

— Adieu, mon ami ! s'écria-t-il en relevant une nouvelle fois les évents avant de les laisser retomber de tout leur poids.

— *Non !*

Il répéta la manœuvre, et l'édifice tout entier oscilla dans la nuit.

— Tu es fou !

L'éclair suivant révéla à Gideon que Pélican, terrifié, redescendait les marches à toute allure. Il éclata d'un rire démoniaque.

— Je me demande bien quel est celui de nous deux qui ne comprend jamais rien ! hurla-t-il à la silhouette évanescente de son ennemi. Tu ne pouvais pas te douter que je me fichais bien de mourir ! Tu aurais mieux fait de m'attendre tranquillement au pied de la cheminée !

Il manœuvra une nouvelle fois le lourd levier en s'y agrippant, et la cheminée s'inclina brusquement. Il sentit la passerelle disparaître sous ses pieds, arrachée par le vent, et se retrouva pendu à la barre métallique, les jambes battant le vide.

Pélican, accompagné par les éclairs, dévalait les marches. Il ne fallait pas lui laisser le temps de sauver sa peau en regagnant le sol, sinon Gideon allait mourir pour rien.

Mû par une force dont il ne soupçonnait pas l'existence, ce dernier parvint à se hisser sur le levier et prit pied sur le rebord de la cheminée qui menaçait de s'effondrer. Des grondements terrifiants, amplifiés par les parois du conduit, annonçaient un désastre imminent.

Porté par l'énergie du désespoir, Gideon fit retomber une dernière fois les évents. Les vibrations provoquées par ce choc se répercutèrent à l'ensemble de la structure, la cheminée pencha dans un sens, puis dans l'autre, indécise, avant de se laisser emporter par le vent.

Le sommet fut secoué d'un violent tremblement à deux reprises.

— Non ! hurla la voix de Pélican.

Un éclair traça un zigzag livide dans la nuit et Gideon vit que son ennemi se trouvait à mi-hauteur.

Les briques de la base, broyées par le poids de la cheminée qui prenait de la gîte, se délitaient les unes après les autres. Les deux hommes ne survivraient pas à cet effondrement. Gideon se contenta d'espérer que la fin fût rapide.

— Orchidée tient sa vengeance ! hurla-t-il à son adversaire.

La cheminée commençait à basculer en prenant de la vitesse lorsqu'un éclair révéla la présence en contrebas de la mer en furie.

Gideon comprit brusquement que tout n'était pas perdu : le sommet de l'édifice allait s'écraser dans l'eau.

Cramponné au levier, il suivit la course de la cheminée dans sa chute vertigineuse. Le corps agité par les vibrations de l'ensemble, le visage fouetté par les rafales de vent, les oreilles vrillées par le rugissement de la mer, il sentit exploser le pied de la cheminée.

Les nerfs tendus à craquer, il vit la mer fondre sur lui à une vitesse vertigineuse. Au moment où le sommet de la cheminée atteignait l'eau, il donna un coup de jarret qui contribua à freiner sa chute tout en l'éloignant du remous provoqué par la catastrophe. Les bras serrés autour du ventre, il tomba au milieu des vagues en position verticale.

Il ressentit un choc violent au moment de l'impact et se trouva englouti par les flots. Écartant bras et jambes, il s'efforça de stopper sa descente et tenta de remonter vers la surface de l'eau glacée. Il multipliait les mouvements de jambes, mais l'air libre semblait inatteignable.

À l'instant où il croyait sentir ses poumons éclater, sa tête troua la surface de l'eau. Il aspira l'air goulûment, ballotté par les vagues. Tout était noir autour de lui, à l'exception des lumières de City Island dans le lointain.

Tout en s'efforçant de flotter du mieux qu'il le pouvait, il reprit son souffle, à la recherche des forces dont il allait avoir besoin pour rejoindre la plage de galets où l'attendait le canot à moteur. Secoué par les vagues qui lui recouvraient constamment la tête, ses côtes cassées tels des traits de feu dans sa poitrine, il nagea longtemps dans le noir, au milieu du vacarme assourdissant de la tempête. Le peu de forces qui lui restaient ne tarderaient pas à l'abandonner. Allait-il mourir noyé, après avoir échappé miraculeusement à une telle chute ?

Mais l'issue ne faisait plus guère de doute, c'était tout juste s'il parvenait encore à remuer bras et jambes, à maintenir la tête hors de l'eau. Une vague plus grosse que les précédentes déferla sur lui et il sut qu'il ne trouverait jamais l'énergie de remonter à la surface.

Il se laissait emporter lorsque ses pieds rencontrèrent un lit de galets.

Il ne sut jamais combien de temps il était resté allongé sur le haut de la plage, ni comment il avait trouvé la force de ramper jusque-là. À quelques mètres de lui, les restes de l'ancienne cheminée dessinaient une ligne droite qui traversait la plage et se perdait dans l'eau, des morceaux de brique et des débris de métal jonchant les galets.

Métal ! Il mit la main dans sa poche, pris de panique. Mais non, le petit morceau de fil conducteur se trouvait toujours là.

Gideon se mit péniblement à quatre pattes et longea la cheminée écrasée à la lueur des éclairs. Au terme de quelques minutes de recherche, il découvrit le corps de Pélican, à moitié recouvert de briques éclatées, à moins de deux mètres du bord de l'eau. En le poussant à redescendre, sa peur l'avait tué. Il s'était écrasé au sol, et son corps déchiqueté n'avait plus rien d'humain.

Épuisé, la tête vide, Gideon se releva au prix d'un dernier effort et tituba jusqu'au canot toujours dissimulé dans le marécage d'eau salée.

Une dernière mission l'attendait.

Épilogue

Gideon Crew traversa l'immense salle dissimulée dans les entrailles du siège d'EES sur la 12e Rue Ouest, guidé par un Garza dont l'hostilité rayonnait à la façon d'une lampe à infrarouge.

Rien n'avait changé depuis sa dernière visite : les mêmes rangées de tables couvertes de maquettes exotiques et d'appareils compliqués, les mêmes techniciens qui circulaient comme dans une ruche. Gideon se demanda une fois de plus pour qui il travaillait.

Quelques instants plus tard, les deux hommes rejoignaient la salle de réunion du troisième étage où les attendait Glinn, installé à l'extrémité de la table comme lors de leur rencontre précédente, son œil valide aussi gris qu'un ciel londonien.

Gideon prit d'autorité un siège, aussitôt imité par Garza.

— Eh bien, prononça Glinn en clignant lentement de la paupière afin de donner le feu vert à son collaborateur.

— Avant de commencer, déclara Garza d'une voix tendue, je souhaite m'élever vigoureusement contre la façon dont Crew a conduit cette mission. Il n'a jamais tenu compte de nos instructions et m'a menti à plusieurs reprises. En me cachant sciemment le lieu de la confrontation, il a pris un risque énorme et créé des problèmes considérables à Hart Island.

— J'aimerais en savoir davantage sur ce qui s'est passé sur cette île, réagit Glinn avec un nouveau clignement de paupière.

— Nous avons heureusement réussi à tout régler, poursuivit Garza en posant sans précaution sur la table un exemplaire du *Post*.

Un gros titre barrait la une :

DES VANDALES PROFANENT UNE FOSSE COMMUNE : DEUX MORTS

— Résumez-moi la situation.

— L'article explique comment des vandales se sont introduits sur Hart Island la nuit dernière en volant un canot à moteur à City Island. Après avoir profané des restes humains et démoli deux engins, l'un d'entre eux a voulu escalader la cheminée et s'est tué lorsque l'édifice s'est écroulé. Il n'a pas encore été identifié. L'autre victime, une femme, a été abattue. Les survivants sont activement recherchés par la police.

— Excellent, approuva Glinn. Monsieur Garza, vous m'apportez une nouvelle fois la preuve de votre efficacité.

— Certainement pas grâce à Crew. C'est un miracle qu'il soit parvenu à s'en tirer.

— Un miracle, monsieur Garza ?

— Je ne vois pas comment appeler ça autrement. De mon point de vue, il a merdé d'un bout à l'autre de l'opération.

Gideon crut voir Glinn sourire fugacement.

— Je ne suis pas de cet avis.

— Ah oui ?

— Comme vous le savez, EES dispose d'algorithmes qui nous permettent d'analyser le comportement humain et de simuler les situations à risques.

— Je sais, merci.

— On ne le dirait pas. À votre avis, pour quelle raison n'avons-nous pas envoyé une équipe de tueurs aux trousses de Wu ? Pour quelle raison n'avons-nous pas jugé opportun de surveiller les faits et gestes du professeur Crew ? Pour quelle raison ne lui avons-nous pas fourni davantage de renseignements ? Pour quelle raison n'avons-nous pas fait appel à la police ou au FBI ? Nous en avions pourtant toute latitude.

Il se pencha lentement vers son interlocuteur.

— À votre avis, pourquoi n'avons-nous pas tué Pélican nous-mêmes ?

Garza garda le silence.

— Vous connaissez l'étendue de nos ressources informatiques. Elles m'ont permis d'envisager tous ces scénarios, et bien d'autres. La raison pour laquelle nous n'avons suivi aucune de ces voies est très simple : elles nous conduisaient toutes à l'échec. Les Chinois n'auraient pas manqué de réagir avec la plus grande virulence si nous avions tué Pélican dès son arrivée. Il nous fallait impérativement éviter toute précipitation. Un agent isolé était le mieux à même de servir nos intérêts. Un agent agissant de sa propre initiative, qui laissait tout le loisir à Pélican d'envoyer des rapports rassurants à sa hiérarchie avant de le vaincre.

— Vous savez ce que je pense de tous vos logiciels, grommela Garza.

Glinn sourit.

— Je le sais fort bien, monsieur Garza. Vous êtes un ingénieur traditionnel, le meilleur que je connaisse, et je serais le premier à m'inquiéter de mes méthodes d'ingénierie psychologique si vous ne les remettiez pas en cause.

Il se tourna vers Gideon.

— Notre ami Crew, ici présent, est doté de talents uniques. Il est surtout animé par une tranquillité d'esprit absolue puisqu'il connaît la date et les conditions de sa propre mort. Les premières nations amérindiennes avaient percé le secret d'un tel atout psychologique : voir sa mort était le don le plus précieux accordé à un guerrier.

Gideon se tortilla sur sa chaise, mal à l'aise. Il commençait à se demander si Glinn le bénirait avec la même conviction lorsqu'il saurait de quelle façon il avait conclu sa mission.

Ce dernier posa sur lui son œil gris implacable et leva lentement une main handicapée qu'il tendit dans sa direction.

— Le supraconducteur, professeur Crew ?

L'heure de vérité.

— Je ne l'ai pas.

Une chape de plomb s'abattit sur la salle.

— Et pour quelle raison ?

— Je l'ai donné aux adeptes du Falun Gong, ainsi que la formule chiffrée. Je me suis contenté d'achever la mission de Wu. La composition du supraconducteur sera bientôt accessible à tous. Gratuitement.

Eli Glinn perdit brusquement le masque d'assurance qui ne le quittait jamais et une expression indéchiffrable brouilla brièvement ses traits.

— J'ai bien peur que notre client soit *extrêmement* mécontent.

— J'ai agi de cette façon…

L'expression s'effaça du visage de Glinn aussi brusquement qu'elle était venue.

— Inutile de vous expliquer, coupa-t-il avec un petit sourire. Je connais vos motivations.

Un court silence ponctua sa phrase.

— Je croyais que Crew constituait notre meilleure chance de réussir ! explosa Garza. Vos simulations avaient aussi prévu sa réaction ? Je vous avais prévenu depuis le début de ne pas vous fier à ce type. Qu'allons-nous dire à notre client, maintenant ?

Glinn observa alternativement les deux hommes, une ombre de satisfaction sur le visage.

Le silence s'éternisant, Gideon finit par se lever.

— Si nous en avons terminé, déclara-t-il, je retourne au Nouveau-Mexique où je compte bien passer une semaine entière à dormir, avant de repartir pêcher.

Glinn s'agita sur sa chaise roulante en poussant un soupir. Sa main décharnée émergea à nouveau de la couverture qui enveloppait ses genoux, un petit paquet coincé entre ses doigts.

— Votre paiement.

Gideon eut une hésitation.

— Je ne pensais pas que vous alliez me payer.

— À la lumière des éléments que vous venez de m'indiquer, la situation se trouve effectivement modifiée.

Il déplia le rabat de l'enveloppe dont il retira plusieurs liasses.

— Vous trouverez ici la moitié des cent mille dollars promis, précisa-t-il en tendant l'argent à son interlocuteur.

C'est toujours mieux que rien, pensa Gideon en s'emparant des billets.

À son grand étonnement, Glinn lui tendit les liasses restantes.

— Et voici l'autre moitié. Considérez-la comme une avance.

— Je ne comprends pas.

— Aucune importance. Avant votre départ, vous devriez envisager de vous rendre à la bibliothèque Morgan. On y expose *Le Livre de Kells*, prêté de façon tout à fait exceptionnelle par le gouvernement irlandais pour une semaine seulement. Je ne vous ferai pas l'injure de vous demander si vous avez déjà entendu parler de cet ouvrage.

— Comme tout le monde.

— Puis-je vous proposer de m'accompagner à cette exposition ? demanda Glinn.

— Je vous remercie, mais j'ai rendez-vous avec une truite sauvage à Chihuahueños Creek.

— Moi qui comptais sur vous ! insista Glinn.

— Notre ami Manuel se fera un plaisir de vous escorter, répliqua sèchement Gideon.

Garza leva les yeux au ciel.

— Vous êtes malheureusement le seul à pouvoir m'aider. *Le Livre de Kells* est le trésor national de la République d'Irlande, ce serait un crime de rater une telle exposition.

— Vous le dites vous-même, mes jours sont comptés. Et, pour ne rien vous cacher, je me fiche éperdument de ce bouquin, conclut Gideon, la main sur la poignée de la porte.

— Vous allez pourtant m'accompagner.

Glinn s'était exprimé de façon si péremptoire que son interlocuteur se retourna.

— Pourquoi donc ?

— Tout simplement parce que votre prochaine mission consiste à le dérober.

10527

Composition
FACOMPO

Achevé d'imprimer en Slovaquie
par NOVOPRINT SLK
le 11 août 2013

Dépôt légal : août 2013
EAN 9782290077801
L21EPNN000231N001

ÉDITIONS J'AI LU
87, quai Panhard-et-Levassor, 75013 Paris

Diffusion France et étranger : Flammarion